KB271521

솔가람
新무협 판타지 소설

春風愛
허허
실실

FANTASTIC ORIENTAL HEROES

허허실실 4

솔가람 新무협 판타지 소설

초판 1쇄 찍은 날 § 2008년 8월 5일
초판 1쇄 펴낸 날 § 2008년 8월 15일

지은이 § 솔가람
펴낸이 § 서경석

편집장 § 문혜영
편집책임 § 문정흠
편집 § 이재권

펴낸곳 § 도서출판 청어람
등록번호 § 제1081-1-89호
등록일자 § 1999. 5. 31
어람번호 § 제2-1551호

주소 § 경기도 부천시 원미구 심곡1동 350-1 남성B/D 3F (우) 420-011
전화 § 032-656-4452 팩스 § 032-656-4453
http://www.chungeoram.com
E-mail § eoram99@chollian.net

ⓒ 솔가람, 2008

ISBN 978-89-251-1427-9 04810
ISBN 978-89-251-1329-6 (세트)

검기상인(劍氣傷人)

4

부제 : 졸라(拙懶)

게으르고 나태하다.

허허
실실

솔가람 新무협 판타지 소설
FANTASTIC ORIENTAL HEROES

도서출판 청람

目次

第一章

사룡(四龍)

해남도(海南島) 해남맹가(海南孟家)의 소가주 맹휘(孟輝), 그는 부모를 비롯한 일가식솔이 눈앞에서 처참하게 도륙당하는 것을 보면서도 할 수 있는 것이 아무것도 없었다.

맹휘가 비록 열두 살의 어린 나이라고는 하지만 자기 한목숨을 부지하고자 마루 밑이나 대청 바닥에 숨지는 않았다. 오히려 그는 날선 단검을 들고 부모를 죽인 원수의 심장을 향해 돌진했다.

다른 놈들은 몰라도 방금 자신의 어머니를 거꾸러뜨린 놈만 죽이면 된다고 생각했으니까.

하늘도 무심하지는 않았는지 맹휘의 어머니를 죽인 놈은

다른 식솔을 죽이느라 마침 등을 보이고 있었다. 이에 맹휘는 다리에 힘을 주어 더욱 세차게 달려들었다. 하지만 맹휘의 상대는 오늘 습격을 주도한 해적 무리 거경방(巨鯨幇)에서 거금을 주고 데리고 온 본토 고수였다.

맹휘가 이 장 안으로 파고들자마자 그 본토 고수는 이미 알고 있었단 듯이 뒤돌아서 벼락같이 검을 휘둘렀다. 그러자 그자의 검에서 마치 낚싯줄 같은 가느다란 선이 휘어져 나오며 맹휘의 단검을 일격에 반 토막 내버렸다.

그것으로 끝이 아니었다. 뒤미처 일곱 개의 날카로운 검풍(劍風)이 날아들더니 기어코 여린 맹휘의 몸 일곱 군데를 찢어발긴 것이다. 그자는 단 한 번 검을 휘둘렀을 뿐이었는데도 말이다.

맹휘는 그제야 해남도 십대고수인 자신의 아버지가 왜 이자에게 어이없이 패했는지 알 수 있었다. 이자는 아버지가 말한 검기상인(劍氣傷人)의 경지에 오른 고수였다. 검이 닿지 않는 거리에서 검기만으로도 사람을 죽일 수 있는 고수 말이다.

전신 요혈 일곱 군데에 상처를 입은 맹휘는 자신이 무모했다는 것을 절감하며 힘없이 쓰러졌다.

거칠게 숨을 헐떡이며 죽어가는 맹가 식솔들을 안쓰럽게 쳐다보는 것만이 그가 할 수 있는 전부였다.

본토 고수는 피투성이가 된 맹휘가 살 가망이 없다고 판단

했는지 그를 내버려 두고 다른 식솔들의 생명줄을 하나하나 끊어갔다.

머리가 희끗한 집사 노인, 늘 목마를 태워주던 정원 관리인, 유모와 집안일을 돕던 아낙들까지 모조리.

그렇게 어린 맹휘의 눈앞에서 해남맹가의 가솔들은 하나둘씩 쓰러지고 있었다. 그리고 자신이 대청 바닥에 숨겨뒀던 네 살 터울의 남동생 맹유(孟裕)가 죽은 유모와 어머니의 시신을 향해 기어나올 때는 거의 정신을 잃어가고 있었다.

'유야, 이 멍청한 내 동생아, 내가 숨어 있으라고 했잖아. 어서 도로 들어가!'

희미해져 가는 정신을 부여잡고 맹휘가 힘들게 손짓했지만, 그것이 끝이었다. 바로 다음 순간에 더는 버티지 못하고 정신을 놓아버린 것이다.

다시 맹휘가 정신을 차렸을 때는 거경방 해적 놈들이 아닌 생뚱맞은 누더기 차림의 노도사(老道士)가 그를 걱정스럽게 쳐다보고 있을 때였다.

"휘야, 이제 정신이 드는 게냐?"

노도사는 일 년 전에 돌아가신 할아버지의 친구였다. 잊을 만하면 이따금 한 번씩 찾아왔던 그가 지금 맹휘의 눈앞에 나타난 것이다. 예전에 맹휘는 이 누더기 차림의 노도사를 왕거지 할아버지라 불렀었다.

노도사를 알아본 맹휘가 자신의 상처는 아랑곳하지 않고 동생의 안위부터 물었다.

"왕거지 할아버지, 유는요? 제 동생 맹유는 어떻게 됐어요?"

"미안하구나. 내가 너무 늦게 왔어."

노도사의 말에 맹휘는 감정이 동요한 듯 몸을 부르르 떨었다. 마치 스스로 생명줄을 놓으려는 듯한 격한 떨림이었다.

지금까지 실낱처럼 숨을 이어온 이유가 바로 동생 맹유 때문이었는데, 그마저 화를 당했다고 하니 맹휘로서는 그냥 죽고 싶다는 생각뿐이었다.

그러자 노도사는 재빨리 맹휘의 혈도 몇 곳을 점혈해서 정신을 놓지 않게 했다. 이어 귀에 대고 이렇게 속삭였다.

"휘야, 군자의 복수는 십 년이 지나도 부족하지 않다고 했다. 살아라, 살아서 복수해야 한다고 염원해라! 네가 살고자 하지 않으면 나도 널 살릴 수가 없다."

삶에 아무런 미련도 없었던 맹휘는 복수라는 한마디에 정신이 번쩍 뜨였다. 복수라면 그가 살 이유로 충분하고도 남았으니까.

그 뒤로 맹휘는 노도사의 등에 업혀 해남도를 도망치듯 빠져나왔다.

해남도를 벗어난 맹휘가 찾은 곳은 본토의 어느 이름없는 마을이었다.

병석에 누워 지내는 동안 대충 살펴보니 자신이 왕거지라 불렸던 도사가 평소에 기거하는 곳인 듯싶었다. 척 보기에도 거지 소굴처럼 누추하고 무척이나 초라해 보였으니까.

이 노도사에게는 제자 하나가 있는 것 같았다, 아픈 맹휘를 쳐다보지도 않고 오직 검만 미친 듯이 수련하는 제자가. 나이는 열일고여덟 정도 되어 보였는데, 원체 무뚝뚝하고 목검을 끼고 살아서 그런지 그마저도 잘 볼 수 없었다.

맹휘 또한 상처 때문에 거동을 할 수가 없어 그와는 친해질 기회가 별로 없었다.

아무튼 노도사는 맹휘가 살아 있는 것이 기적이라고 했다. 그리고 다시 검을 잡기 위해서는 당분간 얌전히 치료를 받아야 한다면서 직접 캐온 약초를 맹휘에 몸에 덕지덕지 붙이고, 탕을 끓여 먹였다.

보통은 그런 일은 제자들을 시키는데, 이 노도사는 제자에게 물 한 잔 떠오라고 시키는 법이 없었다. 그렇게 맹휘는 일 년가량을 누워 있은 다음에야 자리에서 일어날 수 있었다.

맹휘가 마침내 자리를 털고 일어나자 노도사는 그를 제자로 삼고자 했다.

"휘야, 우리 문파가 보잘것없긴 해도 검술 하나만큼은 누구에게도 뒤지지 않는단다. 그래서 너를 내 제자로 삼으려 하니 한 번 생각해 보거라.”

　이렇게 말한 노도사는 맹휘에게 생각할 시간을 주기 위해 일부러 먼 곳에 볼일을 보러 간다며 도관(道館)을 떠났다. 하지만 오래 생각해 볼 것도 없었다. 아무리 노도사가 생명의 은인이라고 해도 너무 악조건이었다.

　맹휘가 집 밖으로 나와 보니 도관이랄 것도 없는 작은 건물의 앞뒤로 마당 두 군데가 전부였다. 심지어 철검 하나 보이질 않았고 살림살이도 거의 없었다. 거지 소굴이라 부르기에 안성맞춤인 곳이 바로 노도사의 도관이었다.

　그래도 맹휘는 복수를 할 수 있는 뛰어난 검술만 배울 수 있다면 기꺼이 제자가 되려고 했다. 살아생전 해남도에서 제일고수였던 자신의 할아버지도 이 노도사의 실력을 인정했으니까. 하지만 이곳의 실상을 알면 알수록 맹휘는 점점 실망이 커져 갔다.

　먼저 노도사의 하나뿐인 제자가 맹휘보다도 내력이 약했다. 이를 더 정확히 말하면, 약한 정도가 아니라 아예 그 사람에게서는 내력 자체를 전혀 느낄 수 없는 수준이었다. 그래서 맹휘가 왕거지 노도사가 없는 틈을 타 그에게 물었다.

　“내공 수련은 안 하는 겁니까?”

　그랬더니 그 제자가 한다는 말이 가관이었다.

　“글쎄, 내가 언제 내공 수련을 했더라? 기억이 안 나네.”

　그의 대답을 듣고 맹휘는 크게 실망했다. 아무리 검술이 뛰어나고 초식이 화려하면 뭐 하는가? 내공이 없다면 이류를 벗어나기도 힘든데. 더구나 옆에서 잠시 지켜보니 그자는 단 일초식을 펼치는데 한 시진이 걸렸다. 그래서 맹휘가 그 제자에게 또 물었다.

"한 초식을 펼치는데 너무 오래 걸린다고 생각하지 않으신가요?"

그러자 그자가 대답했다.

"글쎄, 나는 너무 빠르다고 생각하는데? 이번엔 두 시진 동안 초식을 전개해 볼까? 아니야, 그것도 너무 빨라. 세 시진으로 하자!"

이렇게 말한 그는 정말 한 초식을 세 시진에 걸쳐 펼치는 것이었다. 번개처럼 빠른 검술을 펼쳐도 모자를 판에 세 시진 동안 초식 하나를 펼치는 검술을 연마하는 것을 보니 맹휘는 울화통이 터질 지경이었다.

'왕거지 늙은이한테 속았어. 복수니 뭐니 다 거짓말이었던 거야!'

이런저런 생각 끝에 맹휘는 도관을 뛰쳐나왔다. 노도사의 제자는 맹휘가 나가는 것을 신경 쓰지 않았으니, 그를 잡아줄 사람은 아무도 없었다. 하지만 도관을 뛰쳐나온 그로서는 딱히 갈 곳이 없었다.

무공을 배우러 가는 문파마다 열세 살 나이는 이미 기초 무공을 배울 단계가 지났다고 제자로 받기를 거부했던 것이다.

그가 아무리 해남도에서 어릴 때부터 수련을 했다고 설득해도 몸에 난 일곱 군데 상처를 보고는 모두 고개를 절레절레 저으며 돌아가기를 종용할 뿐이었다.

일 년가량을 그렇게 떠돌아다니고서야 맹휘는 후회했다.

'차라리 왕거지 할아버지 도관에 있는 것이 나을 뻔했어. 그랬다면 이렇게 허송세월을 보내지는 않았을 텐데. 내공심법은 아버지에게 배운 것도 있었잖아? 차라리 그곳에서 무공을 수련했더라면……?!'

그런데 그 순간 맹휘의 눈앞에 거짓말처럼 왕거지 노도사가 나타났다. 마치 그동안 맹휘를 뒤따라 다닌 것처럼 말이다.

"휘야, 이제 돌아가야지?"

지난 일 년간 홀로 떠돌아다니던 맹휘는 익숙한 그의 얼굴을 보자마자 그만 왈칵 눈물을 쏟았다. 천애고아에 혈혈단신이었던 그를 알아보는 사람이 있다는 것 자체가 기뻤다.

그 후 맹휘는 노도사의 도관으로 돌아와 노도사에게 아홉 번 절을 하고 술을 따라 올리는 구배지례(九拜之禮)를 한 후 그를 사부로 모셨다.

노도사는 첫날부터 그의 이름을 바꾸자고 했다.

"휘야, 과거에 집착해서는 내가 가르치는 검을 배울 수 없다. 그래서 난 너에게 새로운 이름을 붙여주고자 한다. 그렇게 하겠느냐?"

　노도사를 사부로 모신 첫날이었지만 맹휘는 과감히 고개를 가로저었다.

"아닙니다, 사부님. 근본을 잊는 것은 사람의 도리가 아니라고 배웠습니다. 적어도 복수할 때까지는 이름을 바꾸지 않겠습니다."

　맹휘는 이런저런 이유를 들어 자신에게 불리한 것은 바꾸지 않으려 했다. 그래야 내공심법이나 검 초식도 자신의 가문의 것으로 연공할 수 있을 테니 말이다. 하지만 노도사는 빙긋이 웃기만 하고는 더 이상 강요하지 않았다.

"우리 문파에서 배울 수 있는 내공심법은 두 가지다. 하나는 일평생 꾸준히 내공을 쌓아야 하는 심법이고, 다른 하나는 처음에는 죽어라 수련하고 나중에는 따로 수련하지 않아도 되는 심법이야. 한데 두 번째 방법은 우리 문파에서도 거의 성공한 예가 없다. 네 사형만 빼고 말이다. 너는 어떤 심법을 배우겠느냐?"

　사형이라는 말에 퍼뜩 내공 한 줌 없는 노도사의 제자를 떠올리며 맹휘가 말했다.

"사형이 배우지 않은 심법으로 하겠습니다."

　이에 노도사는 당연하다는 듯이 고개를 끄덕였다.

"잘 생각했다. 사실 두 번째 심법은 배우기가 여간 까다로운 게 아니야. 나도 한 이삼 년간 수련하다가 포기한 방법이니까."

이후 맹휘는 내공심법을 배우는 데 삼 년을 보냈다. 그동안 검술을 배우고 싶다고 해도 왕거지 사부는 검술을 가르치지 않았다. 하지만 내공심법의 결과는 의외로 놀라웠다. 기초 부분만 운용했을 뿐인데도 하단전에 제법 굳건한 기운이 느껴졌으니 말이다. 이는 해남도에서 다섯 살부터 근 십여 년간 쌓은 내력을 수십 배나 상회하는 것이었다.

놀란 맹휘에게 노도사가 말했다.

"이제 기초가 되었으니 일평생 스스로 내력을 쌓으면 된다. 그리고 이제부터 검술을 가르칠 테니 낮 동안은 검술 수련을 하거라."

이렇게 말한 노도사는 그에게 직접 검술을 가르쳤다. 한데 이 도사가 가르치는 검술이 또 놀라웠다. 예전에 그의 제자가 펼쳤던 느린 검술이 아니라 번개처럼 쾌속하고 태산처럼 묵직한 검술을 펼치는 것이었다.

펼치는 초식마다 매서운 검풍이 일어나고 변화가 무쌍하여 감히 따라 할 수나 있을까 걱정이 될 정도였다. 하지만 그때까지도 사형이라는 작자는 옆에서 예전보다 더 답답한 검초식을 펼치고 있었다. 며칠 밤낮 동안 끼니도 건너뛰며 한 초식을 펼쳤으니, 말 다했지 않은가?

맹휘는 그런 사형을 보며 삼 년 전 자신의 선택이 옳았다고 생각하며 사부가 가르쳐 준 검술 수련에 매진했다.

다시 삼 년이 지나자 맹휘의 검술은 놀라울 정도로 발전되어 있었다. 내력이 증진한 것은 물론이고, 검술 또한 누구에게도 지지 않을 만큼 자신감이 붙은 것이다.

그도 그럴 것이, 어릴 때부터 기초가 다져진 그가 복수의 일념으로 단 일 초도 허비하지 않고 수련했고, 거기에 노도사가 가르쳐 준 내공심법과 검술 또한 뛰어났으니 명문정파에서 수련한 이상의 결과를 얻은 것이다.

어느 날 맹휘가 검술 수련을 한참 하고 있을 때다. 그의 사형이란 작자가 목검을 내려놓더니, 아예 맨바닥에 드러누웠다. 맹휘는 얼핏 보기에 내공 한 줌 없는 자신의 검술에 한계를 느껴 자포자기한 것 같았다.

'드디어 포기를 한 건가? 그래도 저러고 있으니 마음이 편치는 않네.'

불쌍한 생각에 맹휘가 수련을 멈추고 말을 붙였다.

"대사형, 이제라도 다시 시작하세요. 저도 육 년밖에 안 됐는데 이 정도나 성장했잖아요."

그러나 그는 오히려 맹휘가 걱정스러운 듯 대꾸했다.

"아니, 됐어. 너야말로 새로 시작해. 내가 배운 방법으로 배우면 사부님 시중 안 들어도 된다."

"네?"

맹휘가 뜨악한 표정으로 묻자 그가 다시 말했다.

"이런! 능구렁이 사부님이 일부러 말을 안 한 모양이로구나! 우리 문파는 두 번째 내공심법을 배우면 사부가 일평생 먹여 살려. 그러니 제자가 사부의 시중을 들 필요가 없지. 네가 제자가 된 지 이제 육 년째니까 아마 내년부터는 밥도 해야 하고 빨래도 해야 할 거야. 시중들기 싫으면 지금이라도 두 번째 심법을 배우겠다고 해. 아직 일 년 남았으니까 기회는 있어.”

“제자가 사부를 모시는 건 당연하잖아요?”

“바보, 두 번째 심법을 배우면 사부가 제자를 모시는 게 당연하다니까 그러네!”

점점 모를 소리에 맹휘가 머리가 지끈거렸다.

‘대사형이 검술 수련을 포기하더니 정신이 조금 이상해진 건가? 맞아, 그런 거야. 세상에 사부를 모시지 않는 제자가 어디 있어?

맹휘는 애써 고개를 저으며 자신의 수련에 매진했다. 자신은 부모를 죽인 원수를 갚아야 한다는 굳은 일념이 있지 않은가? 하지만 대사형이란 작자는 그때부터 수련은 하지 않고 뒹굴뒹굴하다가 왕거지 사부가 뭐라고 하면 마실 나간다면서 코빼기도 보이지 않는 것이다.

그렇게 일 년이 지나자 빈둥거리는 사형의 말처럼 노도사가 맹휘에게 일을 시키기 시작했다.

“이제 맹휘, 너도 무공 수준이 일정 경지에 올라섰으니 도관의 일을 도와야겠다.”

"예, 사부님!"

병상에서 일 년, 그리고 무공을 배우면서부터 칠 년 동안 사부의 뒷바라지만 받았던 맹휘는 기꺼운 마음으로 검술 수련 틈틈이 밥도 짓고 빨래를 했다. 하지만 그의 사형은 해주는 밥만 축내고 빈둥빈둥거리기만 할 뿐, 좀체 도울 생각을 하지 않았다.

사부도 무슨 이유에서인지 대사형에게는 절대 일을 시키지 않았다.

맹휘는 그것을 무공을 포기한 제자에 대한 사부의 애틋한 마음으로 이해했다. 물론 진짜 사부의 속마음을 알지 못해서 그런 것이었지만.

다시 일 년이 흐른 어느 날 맹휘는 기분 나쁜 소식 하나를 들었다. 글쎄, 수련을 등한시하는 자신의 사형이 근처 주루를 돌아다니며 만나는 강호 무사마다 비무 시합을 하고 다닌다는 얘기였다. 그런데 문제는 자신의 사형이 비무를 해서 이기는 것이 아니라 매번 진다는 것이다.

심지어 내공도 없고 검술도 모르는 하류 잡배에게까지 지고 다니는 통에 신공(神功)이 적힌 비급도 그에겐 소용없다고 비급무용(秘笈無用)이라는 별호까지 얻었다는 소식이 그가 살고 있는 마을에까지 퍼진 상황이었다.

이를 맹휘가 다시 자세히 알아보니… 글쎄, 사형이 비무에서 지는 조건으로 술을 얻어먹고 다녔던 것이다.

　이에 발끈한 맹휘가 따졌지만 그는 들은 척도 하지 않았다.

　"대사형이 이러고 다니면 우리 문파는 어쩝니까? 차라리 제가 비무에서 이기는 법을 가르쳐 드릴 테니, 그거라도 배운 다음에 나가도록 하세요."

　"싫어. 비무에서 이기면 누가 공짜로 술 사주냐?"

　그의 사형은 매번 이런 식이었다. 그래도 맹휘는 사형을 어떻게든 설득하려 했으나 어디 들어야 말이 통하지 않겠는가? 차마 사부에게 고자질할 수 없었던 맹휘는 시간 날 때마다 사형을 쫓아다니면서 말리는 게 전부였다.

　맹휘가 사형의 비무를 뜯어말리러 간 또 어느 날, 그는 꿈에도 잊지 못할 불구대천지 원수를 주루에서 맞닥뜨렸다.

　바로 해남도에서 거경방 무리들을 도와 자신의 일가를 주살한 본토 고수를 말이다.

　일검파천(一劍破天) 석천향(石千香), 그가 내뿜고 있는 기세는 구 년 전 맹휘가 봤을 때보다 몇 배는 더 강해져 있었다. 어느 정도 경지에 올랐다고 자신한 맹휘의 실력이 보잘것없게 느껴질 정도로 말이다.

　그런 석천향과 히히거리며 술을 마시고 있는 이는 다름 아닌 맹휘의 사형이었다.

　맹휘는 평소와 다름없는 사형의 모습에 그가 오늘도 일부러 비무를 져주고 그 대가로 술을 마시는 것으로 생각했다. 하지만 지금 중요한 것은 사형이 아니었다.

‘검기상인(劍氣傷人), 난 아직 그 경지에 오르지 못했어. 그러니 내가 저자와 싸우면 백 번 싸워 백 번 모두 질 거야.’

마음 같아서는 당장 싸우고 싶었지만 맹휘는 냉정하게 생각했다.

지난 구 년 동안 예전에 무모했던 자신의 행동을 얼마나 반성했던가? 그때 자신이 무모하게 뛰어들지 않았다면 네 살 터울 동생은 분명 살아 있겠거니와, 둘이 함께하면 복수도 한층 쉬웠을 것이니 말이다.

이런저런 생각 끝에 맹휘는 분기를 억누르고, 원수가 누구였는지 확인한 것만으로 만족하며 뒤돌아섰다. 하지만 운명은 얄궂게도 맹휘를 괴롭혔다.

맹휘가 저도 모르게 살기 띤 눈으로 석천향을 쳐다본 것이 화근이었다. 주루에서 맹휘를 눈여겨본 그가 뒤를 밟은 것이다.

도관에 돌아온 맹휘가 복수의 일념으로 해남맹가의 검 초식을 펼치며 마음을 다잡고 있을 때, 석천향이 도관 안으로 들어섰다.

맹휘는 그가 들어서는 것을 보고 덜컥 가슴이 내려앉았다. 놀란 맹휘를 한참 노려보던 석천향이 고개를 주억거리며 말했다.

“예전부터 뭔가 찜찜한 기분이 들더니, 해남맹가 놈의 자식이 아직 살아 있었군. 네놈이 살아 있는 것은 그다지 신기

하지 않다만, 어째서 검을 들고 있을 수 있지? 분명 내가 폐인이나 다름없는 몸으로 만들어놨는데.”

“다, 당신이 어떻게 나를 알아보고 쫓아온 거지?”

“흐흐, 놀라긴! 별거 아니야. 검기에 다친 상처는 흔한 게 아니거든. 특히나 내가 만든 상처는 돌개바람처럼 휘어져 있으니 금방 알아볼 수 있지. 하지만 네가 이렇게 검까지 들고 있을 줄은 몰랐어. 불문곡직하고 이쯤에서 죽어줘야겠어. 해남도에서 했던 일을 여기까지 퍼뜨려서는 안 되거든. 이래 봬도 여기에서는 강호 협사인 몸이니까.”

석천향이 비웃음 섞인 살기를 덧씌우며 검을 뽑아 들었지만, 맹휘 또한 순순히 죽어줄 생각은 없었다.

‘그래, 이렇게 된 이상 나도 물러설 수 없어. 저 자식도 계속 강해질 테니 어쩌면 지금이 저놈을 이길 수 있는 유일한 기회일지도 몰라!’

맹휘가 결심을 굳히고 자세를 잡자 석천향은 속으로 흠칫 놀랐다.

‘큰 화를 키울 뻔했어. 이대로 십 년, 아니, 오륙 년만 더 지나면 나도 승패를 장담할 수 없겠어.’

석천향과 맹휘가 서로 맞붙을 찰나, 엉뚱하게 이를 가로막는 이가 있었다. 바로 맹휘의 사형 말이다.

“어라? 석천향, 니가 여긴 어쩐 일이냐?”

대뜸 석천향의 뒤통수에다 대고 반말부터 하는 맹휘의 사형이었다. 그것도 술에 잔뜩 취해 비틀비틀거리면서 말이다. 평소 빈둥거리기만 하던 사형이 갑자기 나타나자 맹휘는 난감했다. 혼자 상대하기도 버거운 상황에 사형의 안위까지 책임져야 할 테니 말이다.

"대사형, 저자는 위험한 자입니다. 어서 사부님을 찾아오세요. 사부님이라면 저자를 제압하실 수 있을 겁니다."

맹휘의 경고에도 불구하고 술에 취한 그의 사형은 고개만 살랑살랑 저을 뿐, 들은 척도 하지 않았다.

"아이참, 삼룡 대사형! 저놈은 대사형의 상대가 아니야! 해남도에서 내 부모님을 죽인 그 원수란 말이야. 그러니 어서 도망치라고!"

맹휘의 외침에 놀란 것은 그의 사형 삼룡이 아니라 일검파천 석천향이었다. 그는 무슨 이유에서인지 사색이 다된 얼굴로 몸을 잔뜩 움츠리고 있었다. 게다가 도망이라도 치려는 듯이 슬금슬금 눈치를 보고 있었다.

순간 맹휘의 사형, 삼룡이 눈치 채고 그에게 경고했다.

"너, 도망치면 죽는다."

그의 말에 일검파천 석천향은 한 발짝 움직이다 말고 얼은 듯 꿈쩍도 하지 않았다. 하지만 맹휘는 이 같은 행동이 삼룡을 공격하려는 움직임으로 생각했다.

'설마, 검기로 대사형을 공격을 하려고!'

"대사형, 너무 가까이 있어요. 검기로 공격할지 모르니 어서 떨어지세요.”

맹휘의 경고에 삼룡이 물러나는 것이 아니라 오히려 일검 파천 석천향이 공격할 의사가 아니라는 듯 고개를 흔드는 것이었다.

오히려 삼룡은 트림까지 해가며 여유를 보이고 있었다.

“끄억! 난 괜찮아. 근데 왜 그렇게 겁먹고 있어? 사제의 검으로도 저 자식은 이기고도 남는데?”

맹휘가 못 믿겠다는 듯이 쳐다보자 이번엔 석천향에게 눈을 흘기는 삼룡이었다.

“석천향, 네놈이 사제의 부모님을 죽인 놈이었냐?”

질문하는 삼룡의 눈빛은 평소와 다름없었다. 하지만 석천향은 사시나무 떨듯 몸서리치고 있었다. 마치 고양이 앞의 쥐 신세가 바로 석천향의 지금 모습이었다.

“어라, 대답 안 해?”

말과 함께 삼룡이 느릿하게 석천향의 앞으로 걸음을 옮겼다. 그러자 석천향이 기겁하며 변명하는 것이었다.

“그때는 검에 미쳐 있어서 저도 모르게 그만!”

“이 자식 봐라?!”

삼룡은 대뜸 손을 들어 올려 석천향의 뺨을 후려치기 시작했다. 단 일검으로 하늘을 조각 낸다는 일검파천 석천향을 말이다.

쫙, 쫙, 쫙!

　낭랑한 가죽 터지는 소리와 함께 석천향의 얼굴이 점점 부어오르고 있었다. 그와 함께 맹휘의 머릿속엔 의구심만이 가득했다.

　‘어째서 저런 고수가 맞고만 있는 거지? 대사형의 손찌검이 별달리 특별할 것도 없는데?’

　여러 의구심이 든 맹휘였지만 그래도 사형이 친히 나서서 응징하는 것에 별달리 반감이 들지는 않았다. 오히려 자신이 때리고 싶은 충동이 들었다. 그 순간,

　“맹휘야, 팔 아프다. 니가 쳐라!”

　“네?”

　맹휘가 뜨악하게 사형 삼룡을 쳐다보자 그는 별일 아니라는 듯이 휘적휘적 걸어가더니 마당 한 켠에 가져다 놓은 의자에 털썩 주저앉았다.

　“나 대신 때리라고! 그리고 저 자식 별거 아니야. 이 장 밖에서 날아드는 검기 몇 번 피하면 쉽게 이길 수 있어. 일검에 검기 일곱을 쏘아 보낼 수 있으면 뭐 하냐? 내력이 일곱 배로 줄어드는데.”

　삼룡의 말에 맹휘는 어안이 벙벙해졌다. 하지만 그의 말이 틀리지 않았다. 분명 일곱 배로 공력이 소모된다면 몇 번 안에 검기를 쓸 수 없게 되니까 말이다.

　“정말요?”

　“그럼! 아니면 내가 사제를 대사형으로 모실게. 물론 사부

님 없을 때만. 대신 내 말이 맞으면 안주 좀 만들어줘. 저 치사한 자식이 돈이 없다고 술만 사주더라."

이렇게 말한 삼룡은 더 두고 볼 것도 없다는 듯 의자에 기대 꾸벅꾸벅 조는 것이었다. 불구대천지원수 관계인 석천향과 맹휘를 사이에 두고 말이다.

그런데 웃긴 것은 삼룡의 말대로 검기상인의 경지에 든 석천향을 맹휘가 이겨 버린 것이다. 석천향은 고작 검기를 십여 차례 날린 것이 전부였다.

평소 같으면 내력을 숨겼다가 기회를 엿볼 수도 있었겠지만 그를 뻔히 아는 삼룡 때문에 공력을 모두 쏟아 부은 것이다. 물론 그 바람에 도관 곳곳에 집기들이 박살나 버렸지만.

어쨌든 석천향은 맹휘의 목검에 신나게 두들겨 맞고 땅바닥에 엎어져 있었다. 하지만 맹휘는 그것이 더 허무했던 모양이다.

"일어나, 어서 일어나란 말이야!"

울음기 섞인 맹휘의 절규가 도관을 쩌렁쩌렁 울렸지만 석천향은 일어날 생각은 하지 않고 무릎을 꿇고 살려달라고 애원했다.

"맹 대협, 제가 잘못했습니다. 제발 목숨만 살려주십시오."

"그러는 너는 살려줬냐? 여덟 살짜리 내 동생도 죽였잖아, 이 개자식아!"

그러자 석천양은 갑자기 자신의 뺨을 때리며 자기 자신을 욕했다.

"맞습니다. 어린아이까지 죽인 저는 개자식입니다. 하지만 저 같은 놈을 죽여서 뭐 하겠습니까. 그러니 제발 살려주십시오."

맹휘가 더는 비굴한 모습을 보기 싫었는지 목검을 치켜들자 석천양은 마지막이라 생각하고 눈을 질끈 감았다.

"사제, 정말 저 자식 죽일 거야?"

맹휘를 말리는 사람은 다름 아닌 의자에 앉아서 졸던 삼룡이었다.

"그럼요. 저자는 부모님을 죽인 원수예요. 그런데 어떻게 살려줘요?"

절규하는 맹휘의 말에 삼룡이 고개를 가로저으며 말했다.

"지금 저자를 죽이면 진짜 복수는 더 어려워질걸? 사제의 진짜 원수는 저놈을 사주한 거경방 녀석들이잖아?"

"그건 무슨 뜻이에요, 대사형?"

"사제가 오늘 저 녀석을 죽이면 그놈들이 가만있겠어? 아마 잔뜩 준비를 할걸? 돈을 주고 고수들을 사 모을지도 모르고."

"그럼 이놈을 그냥 살려두자는 얘기예요?"

삼룡과 맹휘의 사이의 대화를 듣던 석천향은 살 수 있다는 희망에 숨을 죽이고 가만히 듣고만 있었다.

"응, 살려줘! 대신 이놈을 거경방 녀석들한테 보내."

"보내면요? 이놈이 대신 그놈들을 죽여주기라도 한다는 말이에요?"

기회를 포착한 석천향이 대뜸 끼어들었다.

"맹 대협, 저를 보내주시면 제가 그놈들을 모조리 죽여 버리겠습니다. 어차피 그놈들이 주기로 한 은자도 절반밖에 받지 못했습니다. 강호에 소문을 퍼뜨린다고 해서 여태껏 참았는데, 이참에 아예 입막음을 하겠습니다."

"지금 네 실력으로?"

맹휘가 못 믿어하자 억울한 듯 석천향이 가슴을 치며 말했다.

"그건 삼룡 대협께서 제 약점을 잘 알고 계셔서 그런 겁니다. 지금까지 삼룡 대협 말고는 져본 일 없습니다."

"거경방 녀석들은 수백 명이야. 아무리 살고 싶어도 말이 되는 소리를 해!"

"아, 아닙니다. 거경방 녀석들은 방주와 몇 놈을 제외하면 아무것도 아닙니다. 게다가 저는 방주와 친분이 있으니 손쉽게 접근할 수 있습니다. 연회를 베풀어 술을 잔뜩 먹인 다음 방주부터 죽이고 하나하나 죽이면 됩니다."

"그래, 너라면 예전처럼 하나하나 남김없이 잘 죽일 거다, 이 자식아!"

"그, 그럼요. 그러니 제발 저를 살려주십시오."

맹휘는 머리를 조아리는 석천향은 쳐다보지도 않은 채 삼룡에게 물었다.

"대사형, 이런 자를 어떻게 믿죠? 자기와 친분이 있는 자까지 죽이겠다고 하는데?"

그러자 삼룡이 피식 웃으며 대답했다.

"걱정하지 마. 난 저 자식이 예전에 한 일을 꽤 알고 있거든. 저 자식이 쓰는 검술도 공동파에서 훔친 파천검법이라고 나한테 실토했어. 그리고 예전에 복면 쓰고 강도짓하다가 이를 말리던 아미파 여제자를 겁탈한 일도 말해줬지. 그것만 강호에 퍼뜨리면 저 자식이 숨을 곳은 없어."

삼룡의 말에 석천향이 맞장구쳤다.

"그럼요. 제가 공동파의 검법을 훔친 것만 알려져도 저는 숨을 곳이 없습니다."

당장 거경방 해적들에게 복수할 힘이 없었던 맹휘는 그런 이유로 석천향을 풀어줬다. 하지만 부모를 직접 죽인 원수를 풀어줬다는 것이 금세 후회가 되었다. 그런데 그 순간 삼룡이 맹휘의 옆구리를 찔렀다.

"무슨 생각해?"

"후회가 돼서요. 거경방 녀석들에게 복수를 하는 건 다행이지만, 어쨌든 부모님과 동생을 죽인 놈은 저놈이잖아요. 이미 용서해 줬는데 다시 쫓아가서 칼을 들이댈 수도 없어서 후회가 됩니다. 차라리 시일이 걸리더라도 직접 복수를 하는 게 옳잖아요?"

그러자 삼룡이 코웃음을 치며 말했다.

"사제, 바보로구나!"

"네? 그게 무슨 말씀이세요?"

"거경방 녀석들이 누구 손에 죽는 게 억울할 것 같아? 그놈들은 죽을 짓을 했으니까 사제 손에 죽는 건 당연한 거야. 하지만 석천향이란 놈한테 죽으면 얼마나 억울하겠어?"

"그건 그렇지만, 옛말에 부모를 죽인 원수와는 한 하늘 아래에서 살지 말라고 했잖아요? 게다가 동생까지도."

"누가 그 자식을 살려주라고 했어?"

삼룡의 반문에 맹휘가 놀라서 되물었다.

"대사형이 죽이지 말라면서요?"

"그랬지. 하지만 난 사제가 직접 죽이지는 말라고 한 거야. 복수를 하지 말라는 소리는 안 했어. 그리고 그 자식은 정말 죽을죄를 지었으니까 사제 손에 죽으면 억울할 게 없어."

"그럼 제가 어떻게 해야 한다는 겁니까?"

"공동파와 아미파가 있잖아. 그놈이 해남도에 들어간 사이 귀띔해 주면 그들이 가만있겠어? 우선 공동파에서 그 녀석 무공을 없애 버릴 테고, 그다음은 아미파에서 그 녀석을 죽일 텐데. 아마 거경방 녀석들보다 더 억울하게 죽을걸?"

순간 맹휘의 얼굴이 환해졌다.

"대사형!"

하지만 그의 사형 삼룡은 술동이를 들어 보이며 이렇게 말했다.

"안주 좀 만들어 와라. 술맛이 안 난다."

"잠시만 기다리세요. 제가 금방 만들어서 올게요."

이후 삼룡의 말대로 일검파천 석천양은 거경방 해적 무리를 모두 주살하고 해남도를 빠져나오다가 기다리고 있던 공동파와 아미파 제자들에 의해 죽임을 당했다.

문제는 그다음이었다. 복수심에 불타서 수련만 하던 맹휘의 목표가 한순간에 없어진 것이다. 게다가 그의 사형은 옆에서 빈둥빈둥 놀기만 하고 있는 게 아닌가! 하루 이틀 그와 놀아주다 보니 맹휘도 어느새 사형과 비슷해진 것이다.

그들의 사부 송림이 돌아왔을 때는 사형제 둘이 나란히 맨바닥에 누워서 잠을 자고 있었다. 벌건 백주대낮에 말이다.

왕거지 송림은 화가 잔뜩 나서 삼룡에게 물었다. 일단 삼룡은 예외였으니 그에게는 화를 낼 수가 없지 않은가.

"삼룡아, 얘가 수련 안 하고 왜 이러고 있는 거냐?"

"몰라요. 직접 물어보세요."

라고 말하며 슬쩍 한쪽으로 빠지는 삼룡이었다.

"맹휘야, 너 복수 안 할 거냐?"

"벌써 했어요. 뭐, 별거 아니더라구요."

맹휘의 대답에 그의 사부 송림은 간신히 분기를 억누르며 부드럽게 말했다.

"그래도 좀 치워야 하지 않겠냐? 누추하긴 했어도 이렇게 지저분하지는 않았는데."

"에이, 대충 좀 살죠. 뭐!"

이때부터였다. 맹휘가 사부에게 구박받기 시작한 것이 말이다.

"인마, 그래도 넌 내 시중을 들어야지!"

"저도 대사형 따라 두 번째 내공심법 배울 겁니다."

"인마, 칠 년 지났어. 칠 년 지나면 다시는 내공심법을 되돌릴 수 없단 말이야. 잔말 말고 일어나서 치워!"

"그럼 대사형은요?"

"인마, 쟤는 두 번째 내공심법을 익혔잖아. 그리고 우리 개소문 역사상 두 번째 심법을 익힌 사람은 저놈밖에 없단 말이야."

"에이, 그런 게 어디 있어요? 저도 두 번째 내공심법 배울 거예요."

"이 자식이, 말로는 안 되겠네."

순간 삼룡이 슬쩍 눈치를 보더니 아예 자리를 피하는 것이었다. 맹휘는 그런 줄도 모르고 계속 버팅기고 있었다. 아직까지는 자신의 복수를 완벽하게 만들어준 대사형을 굳게 신뢰하고 있었으니 말이다.

삼 일 후, 삼룡이 다시 개소문으로 돌아왔을 때 맹휘는 이전과 달리 고분고분해져 있었다. 물론 도관은 예전보다 훨씬

깨끗하게 변해 있었다.

　양 눈두덩이 부근이 시퍼레진 맹휘가 삼룡에게 꾸벅 절을 하며 말했다.

　"앞으로 사룡이라 부르세요, 대사형!"

　삼룡을 부르는 맹휘, 아니, 사룡의 눈가에는 부러움과 질시가 섞인 눈빛이 교차되고 있었다.

　'젠장, 나도 두 번째 내공심법을 배울걸. 내력이 필요없는 내공심법이 있을 줄 어떻게 알았겠냐구?

第二章

적발마녀(赤髮魔女)

허허실실

아귀궁(餓鬼宮)의 특급 살수 열한 명은 천리마군 독고천의 지시를 받고 개소문의 대사형 삼룡을 추적했다. 그들의 임무는 단 하나, 바로 삼룡을 제거하는 것이었다. 하지만 그들 모두 이번 임무를 내키지 않아 했다.

마교 역사상 아귀궁 살수 모두가 동원됐던 일은 스무 번이채 되지 않았다. 그마저도 한 사람이 아니라 여러 명인 경우가 대부분이었고, 절정 이상의 막강한 고수들이거나 무림맹에서 쟁쟁하게 이름을 날리는 인물들이었다. 한데 천리마군은 어디서 듣도 보도 못한 삼룡이라는 놈 하나를 죽이기 위해서 아귀궁 살수 모두를 동원한 것이다.

특급 임무를 주로 수행하는 아귀궁 살수들에게 삼류무사 하나를 처리하라고 하면 심정이 어떻겠는가?

자존심 강한 몇몇 살수들은 이번 임무를 거부하자고 주장하기도 했지만, 혈교에 의해 천마신교가 완전히 뒤바뀐 상황이라 차라리 임무를 수행하는 편이 낫다는 쪽으로 결론을 내렸다.

어쨌든 아귀궁 살수들은 이번 임무를 통해 변함없는 충성심을 증명해야 했다. 그렇지 않으면 천리마군이 아귀궁 자체를 없애 버릴 테니 말이다. 하지만 이번 임무의 성패를 걱정하는 살수들은 단 한 명도 없었다. 이급 살수를 보내기에도 과분한 삼류 한 놈을 처리하는 일이라고 생각했으니까.

그런데 막상 삼룡이란 놈을 하루 이틀 추적하다 보니 생각만큼 쉽지 않았다.

아, 글쎄, 이놈이 살수들이 숨어서 기다릴 만한 곳은 죄다 피해 버리고, 때로는 몇 날 며칠 말을 타거나 마차를 타고 추격망을 벗어나는 통에 계속 허탕만 쳤던 것이다.

손바닥도 맞부딪쳐야 소리가 난다고, 삼룡과 만날 기회가 있어야 특급 살수의 솜씨를 펼치든지 말든지 할 것 아닌가?

물론 이는 살수들의 생리를 잘 아는 아귀궁 출신 축귀(丑鬼) 탓이었지만, 그 사실을 몰랐던 이들은 번번이 자신들의 포위망을 벗어나는 삼룡의 행동에 당황스러웠다. 하지만 이들이 괜히 특급 살수들이 아니었다.

뭔가 간파당하고 있다는 생각에 살수 임무보다는 정보를 습득에 주력했고, 급기야 축귀의 존재를 눈치 챈 것이다. 그 다음은 오히려 쉬웠다. 축귀가 방심할 만한 상황을 찾으면 됐으니 말이다.

축귀를 완전히 따돌리고 강선(江船)에 오른 아귀궁의 열한 명 살수는 은형술을 풀고 뱃전에 번듯이 누워 있는 삼룡을 죽일 듯이 노려봤다.

아무리 삼류무사라 할지라도 살수들이 노골적으로 드러낸 살기를 느끼지 못할 리가 없는데도 이놈은 배짱 좋게 잠만 처자고 있는 것이 아닌가? 물론 삼룡은 축귀라는 특급 살수를 믿고 이렇게 자고 있는 것이었지만.

어쨌든 살수들이 귀신처럼 갑자기 갑판에 나타나자 선상에서 일을 하고 있던 선원들은 모두 기겁해서 옴짝달싹 못했다.

살수들의 눈, 그것도 특급 살수들의 시선은 일개 선원들이 감내할 정도가 아니었다. 모두들 시선을 피해 쥐 죽은 듯 숨만 간신히 쉬고 있었다. 이에 반해 삼룡은 잠꼬대까지 해가며 태평이었다.

"서연아, 누가 보면 어쩌려고 그래? 음냐!"

급기야 잠꼬대를 하던 삼룡이 입이라도 맞추려는 듯 입술을 삐죽 내밀었다. 순간, 자존심 상한 아귀궁 살수들이 일제히 암기를 던졌다. 어찌나 감정이 상했는지 들고 있던 작살처럼 생긴 독문병기를 던진 놈도 있었다.

파파팍!

내력이 한껏 실린 암기들이 틀어박히자 나무 갑판이 조각조각 깨지며 튀어 올랐다. 하지만 정작 삼룡을 맞춘 암기는 단 하나도 없었다. 못 맞춘 것이 아니라 특급 살수의 자존심 때문에 일부러 맞추지 않은 것이었다.

주변이 난장판이 되었음에도 정작 삼룡은 여전히 누워 있는 그 자세 그대로였다. 하지만 삼룡은 자고 있는 것이 아니었다. 더 이상 코를 고는 것도 잠꼬대도 하지 않았으니 말이다. 오히려 눈을 뜨지 않는 삼룡이 신기할 따름이었다.

살수들을 이끌고 있는 신귀가 대표로 나섰다.

"껬으면 일어나 재주를 피워봐. 만약 소문대로 삼류 정도의 실력을 보인다면 산 채로 뼈를 바르는 고통이 무엇인지 깨닫게 해주마."

신귀의 엄포가 끝나자 삼룡이 때를 맞춰 몸을 부스스 일으켰다.

"축귀는 어딨냐?"

미간을 잔뜩 찌푸린 삼룡은 아귀궁 살수들은 거들떠도 보지 않고 고개를 두리번거렸다. 또다시 삼룡에게 무시를 당하자 신귀가 참고 있던 노성을 터뜨렸다.

"네놈이 정녕 간이 부은 게로구나!"

우웅!

노성을 지른 신귀의 검에서 긴 용울음이 울려 나왔다. 이는 신귀가 검에 공력을 주입하고 있기 때문이었다. 그런데 신귀가 들고 있는 검에는 한 가지 특이한 점이 있었다. 바로 푸른 빛을 머금고 있던 검신(劍身) 한 자 반가량이 시야에서 감쪽같이 사라진 것이다.

이를 본 아귀궁 살수들은 다들 속으로 흠칫 놀랐다. 바로 신귀가 펼치고 있는 검술의 정체 때문에 말이다.

'은형마검(隱形魔劍)이다. 그것도 한 자를 넘긴 은형마검이야!'

은형마검은 검이 보이지 않는 것은 물론이고, 검 주변의 공기 흐름이 검기와 같은 역할을 해서 조금만 스쳐도 회복될 수 없을 정도의 치명상을 입히는 일격필살의 검법이었다.

고수가 많은 옛 마교에서조차도 이 은형마검을 한 자 이상 펼칠 수 있는 무사는 그리 많지 않았다.

특히나 마교 수뇌부들의 안위 때문에 백여 년 전부터 살수들에게는 금기시한 검법이었다.

이 때문에 신귀도 마교 내에서는 은형마검을 익힌 것을 비밀로 한 채 오직 살수 임무를 수행할 때만 간혹 썼을 정도였다. 아무튼 지금 이 자리에서 신귀가 은형마검를 시전한 것은 자신을 무시한 삼룡을 반드시 죽여 버리겠다는 의지를 보인 것이다.

하지만 당사자인 삼룡의 반응은 뜨뜻미지근했다.

"축귀, 이 자식, 별것도 아닌 놈들에게 당한 거야? 에이!"

삼룡이 '에이!' 라는 말을 하자마자 신귀가 바로 달려들었다. 더 이상 삼류에게 무시당하고 싶은 생각이 없는 그였다.

순식간에 이 장 거리로 좁혀든 신귀는 주저없이 검을 위에서 아래 방향으로 그었다. 그러자 검에서 거친 선이 뽑아져 나오더니 채찍처럼 삼룡을 덮치는 것이다. 하지만 이때까지도 삼룡은 그런 신귀를 멍하니 쳐다보고만 있었다.

옆에서 지켜보는 아귀궁 살수들만이 경악할 뿐이었다.

'은형마검편(隱形魔劍鞭)!'

콰~지익!

낚싯줄처럼 길게 늘어선 검편(劍鞭)이 삼룡을 바로 공격하지 않고 옆에 있던 상자를 박살 내며 다시 반대편으로 짓쳐들었다. 자존심이 상한 신귀는 삼룡을 실컷 농락한 후 죽일 심산이었던 것이다.

콰쾅!

신귀의 검편이 삼룡의 옆을 때리자 배에 주축을 이루는 용골 전체가 흔들렸다. 이쯤 되자 삼룡도 더는 지켜볼 수만은 없었다.

"에이, 귀찮게 하네!"

삼룡이 말과 함께 발아래에 박혀 있는 표장 하나를 발로 둑

차는 것이었다. 그러자 바닥에서 튕겨 오른 표창이 빙그르르 회전을 하며 신귀가 휘두른 검편의 진로를 방해했다.

검기(劍氣)보다 강한 것이 검기로 만든 채찍, 즉 검편(劍鞭)이었으니 아무 힘도 없이 튀어 오른 표창을 신경 쓸 리 없었다. 신귀는 오히려 표창을 조각내며 삼룡의 팔 하나를 요절낼 생각으로 검편을 세차게 휘둘렀다.

콰르릉!

마른하늘에 번개가 치는 것처럼 신귀의 검에서 갑자기 용트림이 울려 나오며 삼룡을 덮쳐들었다. 반면 삼룡은 피식 웃으며 빤히 쳐다보고만 있었다.

'왜 웃는 거야? 가만있으면 팔이 잘리는데?!'

신귀가 염려하는 순간, 휘어져 들어가는 검편과 힘없이 회전하는 표창이 맞부딪쳤다. 그 순간 신귀는 손에서 느껴지는 사이하고도 강력한 힘에 경악했다. 그냥 허공에 떠오른 표창을 때렸는데, 마치 거대한 태산을 때린 것 같은 묵직한 반발력이 느껴진 것이다.

"으악!"

신귀가 압력을 참지 못하고 비명을 지르며 물러섰다.

영문을 모르는 살수들은 신귀를 공격한 다른 사람이 있는 줄 알고 황급히 주위를 두리번거렸다. 혹시나 축귀가 쫓아와 방해한 것이 아닌가 싶었던 것이다. 하지만 그들의 기감(氣感)에 축귀의 존재는 느껴지지 않았다.

신귀 또한 다른 곳이 아닌 삼룡을 쳐다보고 있었다. 다만 이전처럼 얕잡아 보는 표정이 아닌 놀란 표정으로 말이다.

"무, 무공을 숨겼나?"

삼룡은 대답하기 귀찮은 듯 입을 크게 벌려 하품을 했다. 그리곤 아귀궁의 다른 살수들을 훑어보며 말했다.

"살수들이니 마지막 한 명까지 덤비겠지? 귀찮으니 한꺼번에 덤벼라. 대신 저놈처럼 제대로 익히지도 못한 검술을 펼쳤다간 돼지게 맞고 한 대 더 맞고 죽을 줄 알아. 어디서 배우다 만 검술을 들고 설치는 거야!"

삼룡의 도발에 아귀궁 살수들은 주저없이 신형을 날렸다. 어차피 목표가 살아 있는 이상 공격하는 것은 특급 살수로서 당연한 일이었다.

"뒤로 물러서! 저자는 삼류가 아니다!"

이번 임무의 명령권자인 신귀가 소리치자 삼룡에게 일 장까지 접근했던 살수들이 재빨리 뒤로 물러섰다. 특급 살수들이라서 그런지 치고 빠지는 움직임이 마치 전광석화(電光石火)를 보는 듯했다.

하지만 공격을 못하게 한 신귀의 명령 때문에 모두들 영문을 몰라 고개를 갸웃거리고 있었다. 다만 삼룡은 기다리기 지루한 듯 연신 하품을 하고 있었다.

그때 묘귀(卯鬼)라는 살수가 삼룡의 앞을 손가락을 가리키며 소리쳤다.

"표창이 아직도 떠 있어!"

묘귀의 외침에 살수들이 쳐다보니 정말 신귀의 검편과 부딪쳤던 표창이 아직까지 허공에 둥실 떠 있는 것이다. 게다가 조금의 흠집도 나 있지 않고 멀쩡해 보였다.

검기로 이루어진 검편은 단단한 바위도 박살 내는 파괴력을 가졌다고 알려졌는데, 이렇듯 조그만 표창 하나에 흠집조차 내지 못했으니 아귀궁 살수들은 모두 경악할 수밖에 없었다.

"아, 배고파. 괜히 기운 쓰게 만들고 있어."

삼룡이 자리를 털고 일어서자 그제야 표창이 허공에서 떨어졌다. 이를 보고 아귀궁 살수들이 다시 놀라자 삼룡이 그런 그들을 놀렸다.

"뭐야, 니들 살수 아니었어? 왜 공격을 안 해?"

이번 삼룡의 도발에 걸려드는 이는 단 한 명도 없었다. 이는 겁을 먹어서가 아니라 빈틈을 찾을 수 없었기 때문이다.

예전 삼안통과 독각화선은 무턱대고 달려들었지만, 기감에 뛰어난 아귀궁의 특급 살수들은 그들처럼 무모하지 않았다.

이들은 삼룡이 주변 공간 전체를 장악하고 있는 느낌을 받았다. 심지어 자신들의 내쉬는 공기의 흐름마저 불안하게 만드는 기운까지 말이다.

이 같은 느낌은 특급 임무를 맡아온 이들에게도 처음이었다. 하지만 살수들에게는 끈기가 있었다. 해서 언제든 삼룡이 빈틈을 보이기만 하면 자신의 독문병기로 단번에 숨통을 끊기 위해 기다렸다.

이 때문에 삼룡과 아귀궁 살수들 사이에는 팽팽한 긴장감만 맴돌았다. 그때였다.

쾅!

갑자기 선실 입구 문이 박살나면서 붉은 머리의 소녀가 튀어나와 고성을 질렀다.

"이 새끼, 어디 갔어?"

붉은머리소녀는 다름 아닌 백서연이었다. 그간 무슨 일이 있었는지 그녀의 머리카락은 온통 석양처럼 붉은빛을 머금고 있었다. 게다가 화가 잔뜩 난 표정으로 눈을 부라리며 누군가를 찾고 있었다.

뱃전에서 노숙하면서 백서연이 나오기만을 고대한 삼룡이 재빨리 손을 들어 보이며 반가워했다.

"서연아, 네가 어쩐 일이……."

말을 마치기도 전에 삼룡이 화들짝 놀라 자리를 피했다. 왜냐하면 백서연이 삼룡을 보자마자 기다렸다는 듯이 장풍을 날렸던 것이다. 그러자 세찬 광풍이 불어 제끼더니 삼룡이 방금 있던 자리를 덮쳐들었다.

쿠~앙!

마치 거대한 바위가 선상에 떨어진 것처럼 뱃전이 크게 흔들리며 갑판이 깨져 나갔다. 만약 배가 조금만 더 작았더라면 단번에 박살날 정도로 큰 충격이었다.

아귀궁 살수들은 갑자기 나타난 백서연을 보고 모두 눈이 휘둥그레졌다. 붉게 물든 머리는 그렇다 치더라도 머리가 희끗희끗한 절정고수들 중에서도 장풍을 구사하는 이는 얼마 안 되는데, 앳된 소녀가 장풍을 휘파람 불듯 쉽게 구사했으니 말이다.

"서연아, 갑자기 왜 이래?"

"뭐가 갑자기야, 이 자식아! 그때 사당에 있던 놈이 너였지? 그때 날 어떻게 했어? 빨리 바른말 해!"

"너, 혹시 기억이 돌아온 거냐?"

"혹시는 개뿔, 너 거기 안 서?"

백서연이 또 장풍을 날릴 기세로 덤벼들자 삼룡은 아귀궁 살수들 뒤로 도망쳤다.

"나 아무 짓도 안 했어. 정말이야!"

삼룡이 마침 묘귀(卯鬼)라는 살수 근처를 지나며 소리치자 백서연은 주저없이 손바닥을 내밀었다. 어디 예전에 그녀가 앞뒤 분간하고 살수를 썼어야 봐주고 말 것이 아닌가?

묘귀도 살기가 느껴지자 재빨리 삼룡을 따라 움직였다.

펑!

굉음과 함께 배의 옆구리 한구석이 터져 나가며 수많은 나무 조각들이 비산했다.

방금 그 자리에 묘귀가 그냥 있었더라면 분명 처참한 몰골이 됐을 터였다. 묘귀가 안도의 숨을 내쉬는 반면 다른 살수들은 정반대였다.

삼룡이란 놈이 계속 아귀궁 살수들 뒤를 숨어가며 도망치고 있으니 말이다.

쾅, 콰쾅! 쾅!

백서연이 일장을 날릴 때마다 뱃전에 굉음이 울렸고, 그에 따라 아귀궁 살수들이 창백한 얼굴로 재빨리 경공을 전개했다. 살수 임무든 뭐든 조금만 주저했다가는 백서연의 장풍에 그대로 몸이 꺾일 테니 이것저것 따질 겨를이 없었다.

하지만 삼룡이 도망쳐 봐야 뱃전이었다. 싯누렇게 흐르는 강물로 뛰어들 수도 없었으니 말이다.

금세 도망갈 곳이 궁해진 삼룡이 돛대 위로 올라가 소리쳤다.

"너, 자꾸 이럴래? 내가 태청검보(太淸劍譜), 소청비급(小淸秘笈), 극양장법(極陽掌法)까지 전부 찾아줬잖아!"

삼룡의 외침에 백서연이 장풍을 날리기를 멈추고 미간을 찡그렸다. 태청과 소청이라 쓰여져 있는 합을 봤다고 치더라도, 아무것도 써져 있지 않은 합의 비밀은 어떻게 알았단 말인가?

"네가 어떻게 그걸 알고 있는 거지?"

그러자 삼룡이 말하기 껄끄러웠는지 쭈뼛거리며 대답했다.

"실수였어."

"실수?"

"그래, 너한테 주려고 챙기다가 그만 떨어뜨렸거든. 그때 뚜껑 한 개를 줍다가 우연히 기관을 작동시켰어. 나머지도 우연히 알게 된 거지. 우연히!"

삼룡의 말이 왠지 못 미더운지 백서연이 다시 소매를 들어 올리며 소리쳤다.

"이 자식, 거짓말을 하려면 그럴듯하게 해. 그건 우연히 알 수 있는 게 아니야!"

다시 백서연이 장풍을 날리려 할 때였다. 선실 입구 쪽에서 낭랑한 목소리가 울려 퍼졌다.

"제가 알려줬어요."

목소리가 들린 곳에는 담초홍이 담담한 표정으로 서 있었다.

"너, 너는!"

예전 기억을 되찾은 백서연은 담초홍을 보자 기겁했다. 비록 친자매간처럼 살갑게 지내지는 않았어도 그동안 함께 생사고락을 겪은 일이 적지 않았다. 한데 오늘 기억을 되찾고 보니 아미신녀와의 비밀을 알고 있는 꼬맹이가 바로 담초홍이 아닌가?

"네, 저도 당신을 기억하고 있습니다. 당신이 저기 있는 살수들과 다를 바 없다는 것을요. 그래서 당신에게 건네주려는 물건이 얼마나 위험한 것인지 알려줬어요."

"그럼 아미신녀님께서?"

"네, 그래요. 예전에 사부님이 합에 숨겨진 비밀을 알려주셨습니다. 원래 극양장법이 숨겨진 합과 소청비급 합이 같이 있었는데, 극양장법에 억울하게 죽은 강호인들이 많다고 하시면서 숨겨둔 겁니다. 그런데 그걸 삼룡 오라버니가 용케 발견에서 가지고 오신 거구요."

"삼룡이가 그걸 알고도 나에게 줬다고?"

백서연의 물음에 담초홍은 고개를 끄덕였다. 하지만 그녀는 그대로 믿고 싶지 않았다. 삼룡이 그동안 자신을 수차례 구해준 데에는 다른 이유가 있을 것이라 여긴 것이다.

'그때 난 저 자식을 함정에 빠뜨리고 죽이려 했는데 왜 도와준 거지? 설마 할아버지가?'

잠시 멈칫하던 백서연이 이유를 짐작한 듯 삼룡에게 물었다.

"인마대제(人魔大帝) 할아버지가 날 도우라고 보낸 것이냐?"

그녀의 말에 사당에서 있었던 일이 생각이 났는지 삼룡이 바로 대답하지 않고 뜸을 들였다.

"아니, 네가 날 오라버니라고……!"

삼룡이 말하다 말고 재빨리 자리를 피했다. 이번엔 백서연이 장풍을 쏘아 보낸 것도 아니었다. 그렇다고 지켜보고 있던

아귀궁 살수들 짓도 아니었다. 아무도 삼룡을 공격하지 않는 상황에서 그가 움직인 것이다. 하지만,

파파팍!

굉음과 함께 삼룡이 있던 뒤쪽으로 수백 개의 세침(細針)이 뚫고 지나쳤다. 어찌나 강맹한 내력으로 침을 쏘았는지, 돛이 벌집처럼 찢어진 것은 물론이고 세침에 닿은 돛대 기둥과 밧줄이 누더기가 된 듯 너덜거렸다.

게다가 한 번의 공격으로 끝난 것이 아니었는지 삼룡은 무언가를 피해 연신 허공에서 재주를 넘었다. 백서연과 아귀궁 살수들은 누가 삼룡을 공격하는지 전혀 감을 잡지도 못했는데 말이다.

이때 삼룡이 외쳤다.

"서연아, 초홍이!"

"뭐?"

"초홍이가 위험하다구!"

백서연이 황급히 담초홍이 있었던 자리를 보자 가녀린 그녀의 몸이 허공으로 둥실 떠오르는 것이었다. 담초홍은 혈도를 제압당했는지 입을 벌린 채 아무 말도 못하고 있었다.

이를 보고 백서연이 급히 뇌섬보(雷閃步)를 펼치며 황급히 쫓았지만 담초홍의 몸은 점점 멀어지고 있었다.

"초홍아!"

백서연이 외침과 함께 담초홍이 갑판에서 바람에 나부끼

듯 강물 위로 떨어졌다. 하지만 물에 빠지는 소리는 들리지 않았다.

이어 머리까지 온통 붉은 천을 뒤집어 쓴 괴인이 담초홍을 옆구리에 끼고 누런 황하 강물을 양탄자 밟듯 뛰어가는 것이 보였다. 그는 강물 위를 달리느라 은형술을 펼치지 못해 어쩔 수 없이 모습을 드러낸 것이다.

그러자 백서연도 주저없이 강물 위로 뛰어내려 그를 쫓았다.

삼룡은 이때까지도 세침을 피해 허공에서 계속 빙글빙글 회전하고 있었다. 분명 누군가가 계속 암기를 던지고 있는데, 몸을 숨길 곳도 없는 허공인 터라 피하는 수밖에 없었던 것이다. 어느 순간,

"사부님, 제 도를 받으세요."

축귀의 목소리와 함께 날렵한 환두도가 거꾸로 삼룡에게 던져졌다. 그러자 삼룡이 재빨리 도를 받아 들고 허공을 향해 도를 휘둘렀다.

가강!

공기를 찢는 소리와 함께 삼룡이 휘두른 도에서 세찬 광풍이 휘몰아쳤다. 그러자 삼룡에게 날아들던 세침이 방향을 바꿔 갑판 위로 날아들었다.

"으아악, 으악!"

갑판 서너 군데에서 비명 소리가 들리더니 이번엔 검은 무

복을 입은 괴인들이 쓰러졌다.

아귀궁 살수들은 자신들과 비슷한 옷을 입고 은형술을 펼치는 괴인들의 정체가 궁금했는지 재빨리 다가가 그들의 복면을 벗겼다.

"이놈들은!"

해귀가 검은 복면을 한 괴인의 정체를 알아채고는 미간을 잔뜩 찌푸렸다.

"도룡각(屠龍閣) 살수들이로군!"

어느새 축귀가 나타나 아귀궁 살수들의 옆에 서 있었다. 아귀궁 살수들은 축귀가 한때 동료였기 때문인지 잠시 놀라기만 할 뿐, 그를 거부하지는 않았다.

신귀가 그에게 물었다.

"축귀 선배, 어째서 도룡각 놈들이 천마은형술을 알고 있는 거죠?"

축귀는 대답하지 않고 뱃전에 우뚝 서 있는 삼룡만을 쳐다보고 있었다.

"축귀!"

삼룡이 그를 부르자 재빨리 고개를 숙였다.

"네, 사부님!"

"네 칼은 내가 잠시 빌리겠다. 넌 내 짐을 챙겨서 쫓아와. 그리고 이번엔 늦지 마!"

삼룡은 축귀의 대답도 듣지 않고 신형을 날렸다. 하지만 삼룡은 혈의를 입은 괴인이나 백서연처럼 강물 위를 달리지는 않았다. 그는 허공을 딱딱한 땅을 밟듯이 밟아가며 담초홍과 백서연이 사라진 쪽으로 달렸다.

이를 보고 아귀궁 살수들은 저마다 입이 벌어진 채 다물 줄을 몰랐다. 왜냐하면 삼룡의 경공 수준은 허공을 몇 차례 걷는 허공답보(虛空踏步) 정도가 아니라 물가를 스치듯 나는 제비처럼 빠른, 비연보(飛燕步)라는 신법이었기 때문이다.

비연보를 펼치는 삼룡의 신형이 갈대숲 사이로 사라지자 신귀가 축귀에게 다시 물었다.

"선배, 저희들은 어쩌죠?"

"애초부터 천리마군은 너희들을 믿지 않았어. 다만 미끼로 쓴 것뿐이지. 어떻게 할 것인지는 스스로들 정해. 난 서연 아가씨를 보좌하러 가야 한다."

"그럼, 아까 그분이!"

축귀는 가볍게 고개를 끄덕이더니 선실로 들어가 삼룡의 봇짐을 챙겨 들고 나왔다. 하지만 그를 막는 것이 있었다. 바로 아귀궁 살수들 말이다.

"천리마군은 나를 죽은 것으로 알고 있을 텐데, 혹 살수 목표에 나도 끼어 있었나?"

이번에도 신귀가 대답했다.

"있있습니다."

"그럼 왜 날 막는 거지? 나라도 죽여서 천리마군에게 받아 달라고 부탁할 건가?"

"아닙니다. 저희도 천리마군이 아귀궁을 싫어한다는 것을 어렴풋하게나마 알고 있었습니다. 우리가 그동안 살수 임무를 수행했던 목표 대다수가 혈교의 인물이었겠죠."

"그걸 잘 알면서 뭘 더 알고 싶은 거지?"

"그자요? 숨긴 무공을 보니 분명 혁 교주님과 연관이 있을 것 같습니다. 만약 천마신교가 다시 재건된다면 저희들은 그쪽에 가담하겠습니다."

신귀의 말에 축귀가 코웃음을 치며 고개를 흔들었다.

"축귀 선배님, 왜 그렇게 웃는 거죠? 우리는 이제 의탁할 곳이 없습니다. 어쩌면 이 배에서 내리자마자 우리를 목표로 하는 살수들이 있을지도 모른단 말입니다. 아무리 우리가 특급 살수지만 혈교에 남아 있는 살수 모두를 이길 순 없다구요."

그러자 축귀가 아예 큰 소리로 웃으며 말했다.

"하하, 그래서 웃는 게 아니야."

"그럼요? 어서 말씀 좀 해보세요."

"내가 아는 한 그분은 혁 교주님이나 천마신교와는 전혀 관련이 없는 분이시다. 하지만 그분이 강한 것은 사실이지. 그리고 나는 돌아가신 교주님의 명으로 아가씨 곁에서 머물 뿐이야."

"그렇담 저희들도 선배님처럼 그리하겠습니다."

신귀가 매달리듯 말하자 축귀가 고개를 가로저었다.

"사부님이 허락하지 않으시면 너희들은 붙어 있지 못해. 그분이 한번 독하게 마음먹으면 천마신교의 장로들보다 더 악랄한 수법으로 너희들을 죽일 수도 있는 분이시다. 하지만 정 방법이 없는 건 아니지."

"그게 뭔데요?"

"서연 아가씨다."

"교주님의 여손 아가씨 말입니까?"

"그래. 사부님은 서연 아가씨를 지킨다고 하면 귀찮다고만 할 뿐 쫓아내지는 않아. 방법을 알려줬으니 이제 길을 비켜 줘. 이번에도 늦으면 사부님은 내 다리를 부러뜨려서라도 떼어놓을 분이시다."

축귀가 경공을 전개하자 아귀궁 살수들은 더 이상 그를 잡지 않았다. 대신 그들도 축귀의 뒤를 열심히 쫓을 뿐이었다.

*   *   *

해는 거의 저물어 사위가 온통 어둑어둑해지는 가운데 황하를 뒤로하고 혈의인(血衣人)이 담초홍을 옆구리에 낀 채 내달리고 있었다. 그의 뒤로는 붉은 머리 백서연이 양손을 부지런히 놀리며 쫓고 있었다.

백서연이 펼치는 뇌섬보란 경공은 여간 빠른 것이 아니었
다. 황하강 수면 위를 달릴 때는 별 차이가 없었지만 맨땅에
들어서면서부터는 심한 차이를 보였다. 만약 미리 매복해 있
던 도룡각 살수들이 돕지 않았더라면 혈의인은 분명 백서연
에게 따라잡혔을 것이다.

푸악!

백서연의 손길이 닿자 빈 허공에서 사람의 몸이 터지고, 뒤
에 있던 땅이 벌떡 일어섰다.

아무리 완벽한 은형술을 익힌 살수라 하더라도 갈대가 꺾
이고 풀이 눕는 소리까지 없앨 수는 없었다. 게다가 조금이라
도 의심스러운 점이 있으면 백서연은 주저없이 극양장법을
구사했다. 그렇게 해서 지금까지 수십 명의 살수를 해치웠다.

하지만 숫자가 문제였다. 아직도 덤벼드는 기세가 줄지 않
았으니 말이다.

문득 혈의인을 쫓던 백서연의 눈매가 가늘어졌다.

'젠장, 평지야.'

평지가 나오면 백서연이 극도로 불리해질 수밖에 없었다.

지금이야 갈대와 풀 때문에 은형술을 익힌 자들의 위치를
쉽게 알아낼 수 있지만, 탁 트인 평지에서는 아니었다. 더구
나 살수들의 경공이 풀을 밟고 전개할 수 있는 초상비(草上飛)
수준은 되었다. 즉, 평지에서라면 발자국 소리도 잘 들리지
않아 은형술이 완벽에 가까워지는 것이다.

급한 마음에 백서연은 자신에게 덤벼드는 살수들은 제쳐 두고 혈의인만 쫓았다.

사삭!

귀에 들릴 듯 말 듯한 예성(銳聲)과 함께 백서연의 오른 소맷자락이 세 치가량 잘려 나갔다. 하지만 그녀는 신경 쓰지 않고 더욱 경공을 끌어올렸다. 또한 그와 동시에 그녀의 옷자락도 점점 찢겨져 누더기처럼 변해갔다.

앞서 달리던 혈의인은 갑자기 백서연이 자신만 쫓아오자 화들짝 놀라 있는 대로 경공을 끌어올렸다. 하지만 뇌섬보를 펼치며 폭발적으로 쫓아오는 백서연을 따돌리기에는 역부족이었다. 벌써 이십여 장 나던 차이가 오 장 거리로 줄어든 상태였다.

그리고 오 장 정도면 백서연이 장풍을 구사할 수도 있는 거리이기도 했다.

급한 마음에 혈의인은 옆구리에 꿰차고 있던 담초홍을 평지 쪽으로 던져 버렸다. 평지에서라면 그도 백서연과 맞부딪쳐 이길 자신이 있었다. 그렇게 되면 다시 담초홍을 되찾을 수 있으니 그로서는 금상첨화의 선택인 것이다.

그의 생각대로 백서연은 자신을 내버려 두고 담초홍을 쫓았다. 하지만 담초홍을 던진 혈의인의 내력이 상당한 수준인지라 체구가 작고 가벼운 담초홍은 긴 포물선을 그리면서도 아래로 떨어질 줄을 몰랐다.

파라락!

때를 맞춰 달려온 백서연의 신형이 허공에 둥실 떠오르더니 하늘을 나는 제비처럼 민첩한 동작으로 담초홍을 받아냈다.

꽤 높은 높이까지 솟아오른 백서연이었지만 바닥으로 내려올 때는 가벼운 낙엽이 떨어지는 것처럼 천천히 내려왔다. 그사이 은은한 저녁 바람이 불어오자 백서연의 붉은 머리카락이 자연스럽게 뒤로 날리며 더욱 도드라져 보였다.

쫓아오던 도룡각 살수들은 선녀처럼 하강하는 백서연의 고운 자태에 자신도 모르게 멈칫거리며 은형술을 풀었다. 하지만 누가 방심하라고 일러줬던가?

퍼펑! 펑!

백서연은 모습을 드러낸 도룡각 살수 서넛을 극양장법으로 날려 버렸다. 다른 살수 몇도 보낼 수 있었지만, 한 손에 담초홍을 안고 있었기 때문에 그러지 못했다.

스슷, 스슷!

잠시 방심했던 도룡각 살수들이 재빨리 은형술을 펼치며 모습을 감췄다. 또한 담초홍을 던졌던 혈의인도 어느새 모습이 보이지 않았다.

백서연은 담초홍의 안위 때문에 그녀를 바닥에 내려놓지 못하고 한 손으로 주위를 경계했다. 그러면서 침착하게 생각했다.

‘그냥 기다리면 당해. 한 방향을 선택해서 경공을 전개하는 게 나아.’

이윽고 마음의 결정을 내린 백서연은 달려오던 반대 방향으로 뇌섬보를 펼치려 했다.

순간,

쉐에엑, 파파팍!

날카로운 소리와 함께 백서연의 주위로 무언가 박히는 소리가 들렸다. 어두운 탓에 잘 보이지는 않았지만, 언뜻언뜻 바닥에 비치는 금속 빛 숫자가 꽤 되었다. 필시 백서연의 주위로 잡초처럼 무성하게 날카로운 세침이 돋아 있는 것이 분명했다.

암기에 묻은 독을 염려할 백서연이 아니었지만 암기가 발바닥에 박힌 채로 경공을 전개할 수는 없었다. 더 큰 문제는 백서연이 빠른 경공을 구사하긴 하지만 삼룡처럼 허공을 밟을 재주가 없다는 것이다.

몇 장의 거리 정도는 뛰어넘는다 해도 그다음이 문제니 무턱대고 뛰어넘을 수도 없었다.

“크흐흐, 잘난 척하더니, 꼴좋군!”

“그러게 말입니다.”

누군가가 백서연에게 한 말이었지만, 목소리가 허공에 퍼져서 어디에서부터 목소리가 시작되었는지 알 수 없었다. 하지만 목소리를 허공에 흩어놓을 상대라면 보통 내력의 소유자가 아닐 것이었다.

하지만 그는 몰랐다, 백서연이 암기 때문에 경공을 전개하지 못한 것이 아니라 일부러 그렇게 연기를 한 것이라는 것을.

백서연은 도망치기를 포기한 듯 담초홍을 바닥에 내려놓았다. 그러면서 암암리에 공력을 끌어올렸다.

'조금만 더 가까이 와라, 한 번에 모두 죽여주마!'

이윽고,

"극양장법(極陽掌法) 제일장(第一章) 천지요동(天地搖動) 지폭광뢰(地爆爌雷)!"

백서연의 낭랑한 목소리와 함께 그녀의 양 손바닥이 빙글 회전했다. 순간 그녀의 손바닥이 붉게 물든 듯하더니 이윽고 전후좌우 사방을 향해 장풍을 쏟아내기 시작했다.

그다음은 그야말로 아비규환이었다. 땅이 뒤집히고 돌덩이가 사방을 날아다닌 것은 물론이고, 도룡각 살수들이 던진 세침들이 폭풍처럼 주위를 헤집고 다녔으니 말이다.

콰쾅, 쾅! 쿠아앙!

"아아아악!"

"아악, 살려줘!"

도룡각 살수들이 내지른 비명이 주변 십 장 안에 가득했다.

백서연은 극양장법의 파괴력이 얼마나 되는지 몰랐다. 극양장법을 익힌 후 처음 시전해 보는 것이었으니 단순히 거리

안에 들어온 이들을 모두 공격한다는 마음뿐이었다. 하지만 뒤집혔던 땅이 내려앉고 돌덩이가 바닥에 떨어지자 참상이 고스란히 드러났다.

무려 사십 명에 가까운 살수가 사지가 잘린 채 뒹굴고 있었다. 그중에는 붉은 혈의를 입은 인물도 보였다. 그들 모두 단번에 절명한 듯 신음 소리조차 내는 이가 없었다.

비록 살수들이라고는 하지만 자신이 저지른 참상에 백서연은 자신의 빈손을 물끄러미 쳐다봤다.

'제일장이었는데 이 정도 파괴력을! 그래서 아미신녀님께서 이것을 숨겨둔… 초홍아, 네가 왜?!'

백서연이 극양장법의 위력에 놀라 멈칫한 사이, 발아래 있던 담초홍이 벼락같이 몸을 튕기며 솟아올랐다. 그녀의 손에는 날선 단검이 들려 있었는데, 얼핏 보니 검기(劍氣)가 한 자 정도 자라 있었다. 게다가 그 검이 여린 백서연의 목덜미를 노리고 있었다.

반면 백서연은 담초홍을 믿고 있던 터라 아무 대비도 못하고 있었다.

"죽어라, 적발마녀!"

담초홍의 목소리는 뜻밖에 남자의 목소리였다.

'아뿔싸! 초홍이가 아니야.'

백서연이 뒤늦게 눈앞의 상대가 담초홍이 아닌 것을 알아챘지만 이미 검기가 목 가까이에 다가와 있는 상태였다. 하지만 검기가 맺힌 단검은 더 이상 그녀를 노리지 못했다. 바로 다음 순간 전광석화보다 빠른 한 신형이 그를 덮쳤으니까.

퍼억!

둔탁한 소리와 함께 백서연에게 단검을 휘둘렀던 정체불명의 사내가 땅으로 처박혔다. 그리고 그의 몸 위로는 누더기를 입은 한 인물이 소녀를 품에 안고 있었다.

"미안해. 조금 늦었다."

그는 바로 삼룡이었다. 또한 그의 품에 있는 사람은 다름 아닌 진짜 담초홍이었다. 백서연이 가짜를 뒤쫓고 있는 사이 진짜를 뒤쫓다가 지금에서야 나타난 것이다.

"흥, 누가 도와달라고 했어?!"

콧방귀를 뀌며 고개를 돌린 백서연의 얼굴은 그렇게 싫은 기색이 아니었다. 다만 속마음을 들킬까 봐 고개를 돌린 것이다. 하지만 문제는 삼룡에게 있었다.

"초홍이가 위험해."

고개를 돌린 백서연은 삼룡이 또 흰소리를 하는 줄 알고 들은 체도 하지 않았다. 하지만 삼룡은 바로 담초홍을 바닥에 눕히며 심각하게 말했다.

"그놈들은 처음부터 초홍이를 죽일 심산이었어. 나에게 던져 주는 척하며 살수를 썼거든."

백서연이 급히 내려다보자 정말 담초홍이 가슴을 움켜쥐고 힘들게 숨을 쉬고 있었다.

“난, 난 괜찮아요.”

힘든 기색의 담초홍을 보며 백서연이 대번에 화를 냈다.

“애가 이 지경인데 여길 데려오면 어떡해?”

삼룡은 백서연의 고성에 나직이 한숨을 쉬며 대답했다.

“초홍이가 널 유인한 놈이 아무래도 아미신녀님을 죽이러 왔던 자객과 비슷하다고 네 걱정만 하더라.”

“아미신녀님을 죽인 놈?”

“그래. 그리고 오다 보니 은형술을 할 줄 아는 살수들도 쫙 깔렸더군. 내가 좀 처리하긴 했지만 숫자가 너무 많아. 게다가 초홍이의 혈맥(血脈)이 때가 됐어.”

삼룡의 말에 백서연의 눈동자가 커졌다. 그가 말한 때란 바로 천음절맥 같은 혈맥이 발작하는 시간이었다. 안 그래도 상처 입어 힘들어하는데 발작까지 일으킨다면 목숨이 경각에 달린 것이나 다름없었다.

이어 삼룡이 부탁하듯 말했다.

“지금 시간이 없으니 서연이 네가 초홍이와 나를 지켜줘야겠다.”

“할 수 있겠어?”

“그건 몰라. 나도 해봐야 알 수 있어.”

삼룡의 자신없는 모습에 백서연이 오히려 질책하듯 소리쳤다.

“초홍이가 죽게 되면 널 다시는 안 볼 거야. 그러니 어떻게든 살려!"

　삼룡은 백서연의 호통에 질끈 눈을 감고 말했다.

　"알았다, 대신 호법을 부탁해. 사실 여기까지 온 것도 무리였어."

　"그건 걱정하지 말고 어서 어떻게 좀 해봐. 더는 고통스러워하는 걸 못 보겠어."

　백서연의 말이 끝나자마자 삼룡은 담초홍을 조심스럽게 가부좌를 틀게 하고는 자신도 그 앞에 앉았다. 이윽고 서로를 마주 본 상태에서 삼룡이 담초홍에게 말했다.

　"초홍아, 힘들겠지만 직접 팔을 들어라. 그렇게 하지 않으면 네 좁은 혈도가 열리지 않을 거야."

　"네, 아저씨."

　담초홍은 대답한 후 이를 악물어가며 힘들게 손을 들어 올렸다. 삼룡은 초홍이 힘들게 들어 올리는 것을 보면서도 도와주지 않았다. 오히려 백서연이 도와주려 접근하자 삼룡이 손을 들어 만류했다.

　"네가 도와주면 초홍이는 영영 혈맥이 뚫리지 않을 거야. 다른 건 모르겠지만 혈맥에 관해서는 나를 믿어도 좋아. 그리고 그놈들이 거의 다 쫓아왔다."

　삼룡의 경고에 백서연은 도로 손을 거두고 주변을 경계했다. 그런 그녀가 걱정이 되었는지 삼룡이 덧붙여 말했다.

　"서연아, 바람을 볼 수 있으면 은형술을 쓰는 자도 볼 수 있어. 청력에만 의존하지 말고 눈으로 봐!"

이윽고 삼룡은 입을 다물었다. 바로 다음 순간 담초홍에게 의경(醫經)을 시전한 것이다. 하지만 그가 마지막에 해준 말은 의미심장한 말이었다.

'바람을 볼 수 있으면 은형술을 쓰는 자도 볼 수 있다고?'

삼룡이 백서연에게 은형술을 꿰뚫어 볼 방법을 알려줬지만 그것은 말처럼 그리 쉽진 않았다. 게다가 이십여 장 안까지 살수들이 접근하는 소리가 들렸으니 깊이 생각할 시간도 없었다.

상황이 더 급박하게 됐지만 백서연은 극양장법을 구사할 수 없었다. 내력이 갑자기 소진되어서 그런 것이 아니라 호법을 서는 지금 극양장법을 구사하면 삼룡과 담초홍에게 해를 줄 수 있기 때문이었다. 하지만 그녀에게 극양장법만 있는 것은 아니었다.

청성파가 한때 무림을 호령했던 검법, 바로 태청검법이 그녀에게 남아 있었던 것이다.

백서연은 살수들이 떨어뜨린 장검 한 자루를 발견하고는 재빨리 주워 들었다. 이어 검에 공력을 주입하자 신귀의 검이 그랬던 것처럼 용울음이 울려 나왔다.

우웅!

검에서 심상치 울림 소리가 들리자 접근해 오던 살수들의 발자국 소리가 금세 잦아들었다. 아무리 목숨을 돌보지 않고 덤벼드는 불나방 같은 살수들이라고 하지만 처참하게 쓰러져 있는 주검 한가운데 사신(死神)처럼 우뚝 서 있는 적발(赤髮)의 백서연을 보고 겁먹지 않을 리가 없었다.

얼핏 보기에는 검으로 이 모든 살수들을 제압한 것처럼 보이기도 했다.

어찌 됐든 상대가 주춤한 기색을 보이자 백서연은 다른 수를 생각해 내고 검에 주입한 공력을 변화시켰다. 그러자 이번엔 용울음 대신 검이 붉게 달아오르기 시작했다. 하지만 이는 태청검법과는 전혀 상관없는 극양장법의 수법이었다.

즉, 기선을 제압하기 위해 백서연이 일부러 눈에 띄는 변화를 준 것이다. 원래 검법이라는 것은 초식 변화에 따른 적절한 내력 운용이 필요한 법인데, 지금은 단순히 극양의 기운을 주입시켜 달아오르게 한 것이다. 반면 검이 달아오른 만큼 그 강도가 약해질 것은 뻔한 이치였다. 원래 검이라는 무기가 길고 얇은 터라 극양의 기운과도 맞지 않았다.

그 사정을 모르는 살수들은 불길이 치솟은 검 때문에 지레 겁을 먹고 접근하지 못했다.

화르륵, 화르륵!

한차례, 또 한차례 붉은 반원이 어두운 공간을 가르자 도룡각 살수들은 검기폭풍(劍氣暴風)이라도 일어나는 줄 알고 두세 걸음 뒤로 물러났다. 하지만 일정 경지에 오른 검객들의 눈을 계속 속일 수는 없는 법이었다.

"아무 쓸모 없는 검이다. 쳐라!"

누군가의 지시하는 목소리가 들리자 백서연이 기다렸다는 듯이 소리가 들려온 곳을 향해 검을 집어 던졌다. 살수들을 이끌고 온 우두머리만 처치하면 지휘에 혼선이 있을 것이고, 초반 싸움 기세를 완전히 자신의 것으로 할 수 있을 것이라는 판단에서 말이다.

밤에 불화살이 쏘아진 것처럼 한껏 달궈진 붉은 검이 직선 궤적을 그리며 한 방향으로 날아갔다.

"으아악!"

순간 비명 소리와 함께 검은 무복을 입은 살수 하나가 가슴 부위를 움켜쥐고 쓰러졌다. 하지만 느낌상 그가 명령을 내린 자는 아닌 것 같았다. 살수들을 지휘하는 자가 이렇듯 쉽게 당할 리가 없으니 말이다.

아니나 다를까, 방금 전에 공격하라고 명했던 목소리가 다시 들려왔다.

"후후후, 검을 집어 던진 것을 보니 역시 내 추측이 맞았군. 살수들은 더 기다리지 말고 공격해라. 저년의 목을 따는 자에게는 도룡각 각주 자리를 내어주고 혈교의 상승 무공을 직접 전수해 줄 것이다."

공격을 독려하는 말이 떨어지자마자 주변 일대가 삽시간에 발자국 소리로 요란해졌다. 어림잡아 백 명은 넘을 듯했다.

아무리 백서연이 극양뇌음단으로 내력을 쌓고 태청검보와

극양장법을 익혔다고는 하지만 홀로 수많은 살수들을 상대하기에는 무리였다. 더구나 상대는 은형술을 쓰는 살수들이라 눈에 보이지도 않았다.

백서연이 할 수 있는 일이라고는 새 검을 집어 들고 살수들이 더 접근하지 못하게 온 사방에 검기를 뿌리는 일뿐이었다. 그러자 소 발에 쥐 잡기 식으로 무작정 달려들던 살수들 몇몇이 검기에 맞고 쓰러졌다.

백서연이 앞뒤 분간하지 않고 일정 거리마다 검기를 뿌려대는 상태에서 공격 명령을 내렸으니 꼭 그들만의 탓은 아니었다. 하지만 이들을 질책하는 목소리가 바로 들렸다.

“이런 한심한 마교 놈들, 은형술을 쓸 때는 발소리를 내지 말란 말이야!”

다시 질책이 이어지자 대번에 발자국 소리가 줄어들었다. 하지만 백서연이 계속 검기를 뿌려대는 이상 가까이 접근할 뾰족한 방법이 있는 것도 아니었다. 그러자 이번엔 백서연을 비꼬는 목소리가 들렸다.

“하하하, 살기 위해 발버둥치는구나. 일단 검기를 뿌리게 놔둬라. 저 상태로는 일각을 버티기 힘들 것이다. 산 채로 잡아서 혈존께 갖다 바쳐야겠다.”

도룡각 살수들은 공격 고삐를 늦추었지만 백서연은 계속 검기를 뿌릴 수밖에 없었다. 은형술을 쓰는 상대에게 조금이라도 빈틈을 줬다간 곧바로 삼룡과 담초홍이 무사하지 못할 테니 말이다.

그렇게 이각이 지났지만 여전히 백서연은 연신 검기를 뿌려대고 있었다.

사실 극양뇌음단을 연공한 그녀의 내력은 보통 무인의 상식으로는 이해하기 힘들 정도의 수준이었다. 아미파의 절정고수들조차 진원진기를 쓰지 않고는 대뢰승들을 쫓을 수 없었던 것처럼 백서연의 내공은 상식 저편에 있었던 것이다.

하지만 그녀라고 내력을 무한하게 쓸 수 있는 건 아니었다. 다시 일각이 흐르자 그녀도 더 이상 검기를 쓰지 못했다. 아직 검을 내려놓은 것은 아니지만 삼 각 동안 검기를 쏟아낸 그녀는 전신이 땀으로 흠뻑 젖어 있었고, 입에는 거친 숨이 그칠 줄을 몰랐다.

- 풀썩!

백서연이 더 버티지 못하고 한쪽 무릎을 꿇었다. 어떻게든 더 시간을 끌려고 했지만 더 이상은 무리였다. 진원진기가 아직 남아 있었지만 대부분 무림인들이 그런 것처럼 마지막 순간을 위해 남겨둔 상태였다.

그녀는 마지막 순간 극양장법을 써서 도룡각 살수들과 동귀어진(同歸於盡)할 작정이었다. 물론 그렇게 되면 삼룡과 담초홍도 백서연과 함께 마지막 순간을 맞을 것이었다.

모든 것을 포기한 순간, 백서연의 눈에 무언가가 아른거렸다. 언뜻 보니 무기를 쥔 사람의 형상이었다. 기력이 쇠한 탓에 헛것이 보였다고 여긴 백서연이 안력을 돋우자 그 형상은 이내 사라져 버렸다.

이때 머리에 퍼뜩 떠오르는 말이 있었다. 바로 삼룡이 마지막에 해준 말 말이다.

"바람을 볼 수 있으면 은형술을 쓰는 자도 볼 수 있어. 청력에만 의존하지 말고 눈으로 봐!"

이어 그녀는 삼룡이 해준 말과 좀 전의 상황을 연관시켜 생각했다.

'모든 기운을 소진했을 때 분명 뭔가가 보였어. 하지만 다시 안력을 돋우니 사라졌고! 왜일까? 바람을 볼 수 있는 방법… 바람은 원래 보이지 않아. 낙엽이 날리거나 모래가 섞여야만 보이지. 하지만 삼룡이는 그냥 볼 수 있다고 했어. 방금처럼 말이야!'

백서연은 자신도 모르게 무아지경에 빠졌다. 이대로는 위험하다는 생각이 들었지만 간신히 얻은 실마리를 놓칠 수가 없었다. 분명 조금만 더 집중해서 생각하면 해결점이 보일 것 같았으니 말이다.

하지만 상대는 기다려 주지 않았다. 바로 다음 순간 저승사자 같은 살수의 목소리가 들렸다.

"제길, 새파랗게 젊은것이 백발이 성성한 마교 노괴들보다 내력이 강하다니! 하지만 이제는 손가락 하나 움직일 힘도 없을 것이다. 도룡각 살수들은 어서 삼룡이란 놈과 아미신녀의 제자부터 죽여라. 그리고 적발마녀는 산 채로 잡아라. 머리가 붉은 것을 보니 혈교에 제물로 바치라는 계시 같구나.”

도룡각 살수들이 명령을 받고 막 움직이려 할 때였다. 갑자기 암기가 날아오는 예성과 함께 곳곳에서 비명이 들렸다. 이어 고함 소리와 함께 무기 부딪치는 소리도 들렸다.

“누구야?”

“대체 어떤 자식이 같은 편을 공격하는 거야?”

챙, 챙, 챙!

백서연을 공격해야 할 도룡각 살수들이 갑자기 혼란에 빠져들었다. 누군가 그들을 공격하는데, 은형술을 쓰는 자들이라 같은 편인지 아닌지 분간이 되지 않았던 것이다.

워낙 순식간에 기습을 당한 터라 도룡각 살수들은 속수무책으로 당할 수밖에 없었다. 하지만 기습은 어디까지나 기습의 효과만 있을 뿐이었다.

“은형술을 풀고 뒤로 빠져라. 그리고 먼저 공격하는 놈을 공격해라!”

명령이 떨어지자 도룡각 살수들은 일사불란하게 은형술을 풀고 뒤로 물러섰다. 만약 자신들을 공격하는 상대가 같은 복장이라면 명령자의 말대로 먼저 공격하는 사람을 공격할 터였고, 은형술을 풀지 않고 공격한다면 그 부근에 암기나 검기

공격을 퍼부을 것이었다.

순식간에 사태를 수습한 도룡각 살수들은 저마다 눈을 부라리며 자신들을 기습한 대상을 찾고 있었다. 하지만 쓰러져 죽은 동료들과 자신들의 숫자의 합이 얼추 비슷하니, 다른 자들의 소행일 가능성이 높았다. 그때였다.

"찾을 것 없다. 아귀궁 녀석들이 배신을 한 것이니!"

어느새 도룡각 살수들 뒤쪽으로 혈의(血衣)를 입은 괴인이 나타나 도룡각 살수들에게 조언을 하고 있었다. 과연 그가 말한 지 얼마 되지 않아 아귀궁 특급 살수들이 백서연과 삼룡이 있는 부근에서 나타났다.

축귀를 선두로 신귀가 그 옆, 나머지는 양옆으로 다섯씩 도열해 있었다.

"이제 천마신교의 아귀궁도 한물간 것인가? 특급 살수란 놈들이 기습을 해서 고작 스물 정도를 해치운 게 끝이라니!"

그의 말에 축귀가 비웃음을 머금고 대꾸했다.

"흥, 혈교의 인물이라 수준 낮은 도룡각 놈들과는 다른 줄 알았더니, 비슷한 수준이로군."

"방금 그 말은 무슨 뜻이지?"

"우린 머릿수로만 채우지 않아. 우리가 죽인 놈들은 모두 조장 이상 급인 놈들이다."

축귀의 대꾸에 혈의인은 복면 사이로 드러난 눈매를 찡그렸다. 분명 축귀의 말대로 조장 급 이상 살수들만 죽었으니 손실은 눈에 보이는 이상이었다. 하지만 곧 별거 아니라는 듯 크게 웃어제꼈다.

"크하하, 한심한 놈. 혈교는 충성만 하면 누구든 실력자가 될 수 있다. 특급이니 일급이니 그런 건 중요하지 않아!"

"그럼 도룡각 살수들의 공력이 갑자기 늘어난 이유 가……."

"역시 살수들이라 눈치는 빠르구나! 여기 있는 도룡각 살수들은 한 달도 채 안 되어 너희들 이상의 내력을 가졌다. 게다가 혈교의 무사들은 은형술을 펼칠 때 시간에 구애받지 않는다."

"거짓말 마라! 내력이 아무리 높아도 천마은형술은 교주님이 아닌 이상 일각 이상 펼칠 수 없다!"

"멍청한 놈들! 그러니 마교가 무너진 것이다. 너희들은 직접 보고도 혈교의 능력을 부정하겠느냐? 이미 혈존께서는 천마은형술의 숨겨진 비밀을 알아내신 지 오래다. 너희 같은 하찮은 것들이나 그것이 위대하고 신비한 것이다."

괴인의 말에 축귀는 달리 반박할 수가 없었다. 실제로 자신들보다 아래인 도룡각 살수들이 은형술을 펼친 시간이 반 시진은 넘어가니까.

"도룡각 살수들은 듣거라. 저기 눈앞에 천마신교의 특급 살수들이 모두 모여 있다. 저들의 목을 따는 자에게는 혈교의 특급 살수 자리와 특전을 주겠다. 쳐라!"

혈의인의 명령이 떨어지자 도룡각 살수들은 저마다 은형술을 펼치며 아귀궁 살수들의 시야에서 사라졌다. 반면 아귀궁 살수들은 더 이상 은형술을 펼치지 못했다. 설사 은형술을 펼칠 시간적 여유가 있더라도 지금은 삼룡과 담초홍, 백서연을 지켜야 했기 때문에 모습을 감출 수가 없었다.

바로 그때 무아지경에 빠졌던 백서연이 눈빛이 정상으로 돌아왔다. 이어 그녀가 축귀에게 외쳤다.

"저들은 내가 처리한다. 비켜!"

백서연이 검을 꼬나 쥐고 몸을 일으켰지만 기력이 쇠한 모습은 변함없었다. 이에 축귀를 비롯한 아귀궁 살수들은 비키지 않았다. 그러자 백서연이 다시 나직이 외쳤다.

"삼룡이처럼 내 눈에도 보인다. 그러니 물러나!"

"정말이십니까, 아가씨?"

"삼룡이 놈이나 지켜. 지금 저놈이 다치면 초홍이도 다친단 말이야!"

"네, 아가씨!"

축귀가 물러서자 신귀와 다른 아귀궁 살수들도 백서연에게 자리를 비켜주며 물러났다. 그러자 백서연이 구름이 산을 비켜가듯 힘들이지 않고 보법을 펼쳤다. 이는 태청비급에 있는 검보(劍步)를 응용한 것이다.

第三章

백발소녀(白髮少女)

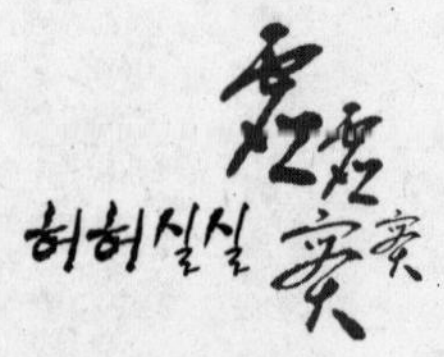

　백서연에게 호법을 맡긴 후 삼룡은 가부좌를 튼 상태로 담초홍과 손바닥을 마주했다. 원래는 격체전공의 자세처럼 등 쪽으로 의경을 시전해야 했으나 혈수장(血手掌)이란 장법에 등을 맞아 부득이하게 마주 보며 치료하는 것이었다.

　삼룡의 내력을 조금씩 손바닥을 통해 흘려보내자 담초홍의 상태가 머릿속에 그려졌다.

　'생각대로 신주, 영대, 궐음유, 고황, 심유 다섯 혈을 다쳤어. 불행 중 다행으로 혈도가 가늘어서 그놈들의 장법에 죽지 않은 거야. 하지만 독맥 전체가 타격을 입었고 심장과 폐가 손상을 입었어. 게다가 궐음유가 까다로워. 거긴 상, 중, 하

삼 초에 다 영향을 주는데. 그 부위로 한기도 많이 침투했어.’

담초홍의 상태를 살핀 삼룡은 주저없이 제일 상처가 심한 다섯 혈에 양(陽)의 기운을 보내 머물게 했다. 그러자 뜸을 뜨는 것처럼 다섯 부위의 혈 부위가 화끈거렸다.

“우윽!”

여린 담초홍의 몸에 갑작스런 화통(火痛)이 전해지자 그녀의 입에서 자연스럽게 신음 소리가 흘러나왔다. 하지만 이는 삼룡이 의도한 것이다.

보통 혈도를 통해 치료하는 의경의 방법에서는 내공을 수련할 때처럼 함부로 말을 하거나 소리를 지르면 오히려 주화입마에 빠진다. 하지만 담초홍의 경우 심장과 폐를 주관하는 혈을 다쳐 음기(陰氣)가 온몸 구석구석 침투한 상태였다.

이를 삼룡이 다섯 군데 혈에 양기로 뜸을 떠 한번에 음기를 몰아낸 것이다. 이 때문에 폐부에 스며들었던 음기가 빠져나가면서 담초홍이 입이 강제로 벌어진 것이다.

아무튼 삼룡의 응급조치가 끝나자 담초홍의 안색에서 대번에 한기(寒氣)가 사라졌다. 하지만 그다음이 문제였다. 음기가 한꺼번에 빠져나가자 천음절맥처럼 가느다란 혈도가 덩달아 뒤엉킨 것이다. 마치 근육에 갑자기 힘을 주면 쥐가 나듯이 말이다.

게다가 신체 각 요혈에서 맥이 끊어지려는 신호를 보내고 있었다. 특히 평소 기의 흐름이 완만한 기경팔맥이 소용돌이처럼 급격하게 뒤틀리고 있었다.

'젠장! 임맥, 독맥, 충맥 할 것 없이 모두 기다렸다는 듯이 내력을 달라고 아우성이군. 알았다, 알았어. 준다, 줘! 하지만 나를 귀찮게 한 만큼 니들도 고생 좀 해야 할 거다.'

담초홍의 몸 상태를 파악해 오래전에 방책을 준비해 뒀던 삼룡은 마치 물이 흐르듯이 막힘없는 의경을 시전하고 있었다.

그는 마치 담초홍의 혈도를 가상의 적으로 삼고 검 초식을 전개하듯이 공격하고 빠지고 다시 유인하는 수 싸움을 하고 있었다. 그 바람에 담초홍은 자신의 각 신체 부위가 무언가와 싸우고 있다는 느낌이 들었다.

독맥의 부위가 공격받으면 음유가 날뛰고, 대맥을 조금 편해진 느낌이 들면 임맥과 충맥의 기운이 압박을 받아 가슴이 두근거렸다. 이는 기경팔맥뿐만이 아니었다. 십이경상맥 모두 무언가에 쫓기는 것처럼 날뛰고 싸우고 풀어지기를 반복했다.

지금 담초홍은 마치 수백 마리의 벌이 각 혈도를 공격하는 것처럼 온몸이 화끈거리고 간지러웠다가 시원해지는 느낌을 받고 있었다. 하지만 말이 쉽지, 온몸이 달아올랐다가 차가워지고 간지러워지는 느낌은 고문과 다를 바 없었다.

특히나 음부와 항문 사이에 있는 회음혈 부위가 가장 많은 영향을 받고 있었다. 왜냐하면 임맥, 독맥, 충맥은 모두 회음혈에서 기시(基時)되기 때문에 이 부위가 가장 수난을 받고 있는 것이다. 게다가 스무 살이나 되었는데도 성장하지 못한 근원 문제가 바로 회음혈에 있었는데, 삼룡이 이를 한꺼번에 뚫어버리니 담초홍으로서는 크게 난감할 수밖에 없었다.

다시 말해 처녀가 처음 사내와 교통하는 것처럼 고통과 함께 환희가 밀려들고 있는 것이다. 하지만 계속 환희를 느끼는 것은 주화입마에 빠지는 길이었으니 어떻게든 정신을 차려야 했다.

반면 삼룡은 담초홍이 그런 상황인 줄도 모르고 혈도를 넓히느라 정신이 없었다. 만약 이 사실을 알았다면 회음혈이 자극받지 않도록 최대한 신경을 썼을 것이었다. 아무리 귀찮은 걸 싫어하는 삼룡이라도 그 정도 예의는 알고 있었다.

어찌 됐든 담초홍의 몸은 서서히 달아오르고 있었다. 아무리 그녀가 냉정한 마음을 가지려고 해도 계속 자극을 받으니 어쩔 수가 없었다.

"흐음, 흠!"

자극을 견디다 못한 담초홍의 입에서 교성이 새어 나왔다. 물론 삼룡을 제외한 다른 사람들은 열심히 싸우느라 이 소리를 듣지 못했다.

'뭐야? 이 꼬맹이가 대체 왜 이래? 설마, 회음혈이 자극받은 거야?'

삼룡이 낌새를 눈치 챘지만 내력의 양을 줄일 수는 없었다. 갑자기 양을 줄였다가는 혈도가 급격히 좁혀들어서 두 번 다시는 혈도를 넓힐 수가 없기 때문이었다.

'이런 젠장, 내가 무슨 짓을!'

서둘러 방법을 찾으려 했지만 마땅한 방법이 없었다. 하지만 담초홍의 몸은 점점 달아올라 또다시 신음 소리가 터지기 일보 직전이었다.

'에이, 나도 몰라. 내가 알았나, 뭐?'

오래 고민할 것도 없이 삼룡이 어떻게 할지 결정지었다. 원래 오래 고민하는 성정이 아니지 않는가.

'고통이 커지면 환희도 없어지는 법! 초홍아, 미안하다. 어쩔 수가 없다.'

삼룡은 의경을 시전하는 내력의 양을 어마어마하게 늘렸다. 평소 내력 한 줌 없는 그였지만 마음만 먹으면 언제든 필요한 만큼 내력을 끌어들일 수 있었다.

이는 그가 단전이 필요없는 독특한 심법, 나룡심법(懶龍心法)을 익혔기 때문이다.

보통 내공 수련은 대기에 있는 기(氣)를 토납법을 통해 단전에 가둬두는 것이다. 물론 그 방법이야 각 문파마다 각양각색에 천차만별이지만 호흡을 통해 내력을 쌓는 것은 모두 마찬가지였다.

하지만 삼룡이 쌓은 나룡심법은 전혀 달랐다. 단전이란 곳에 내력을 쌓아두는 것이 아니라 언제든 필요한 만큼 끌어와서 바로바로 쓰는 것이니 말이다.

즉, 삼룡의 혈도는 대기의 기운을 사용하는 통로 역할을 할 뿐이었다. 그래서 다른 무림인들이 생각하기에는 삼룡에게 단 한 줌의 내력도 느낄 수 없는 것이다. 물론 그렇게 하기 위해서는 모든 혈도가 뚫려 있어야 한다는 전제가 깔려 있어야 하는 것이지만.

"흐흡!"

삼룡이 짧게 숨을 들이마시자 천령과 백회, 견정 등의 모든 혈에서 기운이 물밀듯이 밀려들어 왔다. 마치 소나기가 내려 삽시간에 냇물이 강물처럼 불어나는 것처럼 말이다. 하지만 삼룡은 이 거친 기운을 바로 담초홍에게 건네지 않았다. 그렇게 했다간 아미신녀가 전해준 내력과 충동하기 때문에 더 위험할 수가 있었다.

삼룡은 받아들인 기운 중에 탁한 기운을 밖으로 다시 내보내고 정순한 기운만 전해주었다. 즉, 임맥과 독맥에 기운을 회전시켜 탁기가 있는 기운을 걸러낸 것이다. 하지만 그 과정을 설명하기가 어려울 뿐, 나룡심법에 익숙한 삼룡은 의지를 일으키는 것으로 담초홍에게 필요한 기운을 전해줄 수 있었다.

단, 그 양이 너무 방대해서 고통이 더 심해진다는 것이 문제였지만.

삼룡의 생각대로 효과는 당장 나타났다. 회음혈에서 고통과 환희를 동시에 느끼던 담초홍은 갑자기 밀려드는 내력 때문에 혈도가 찢어지는 극심한 고통에 시달렸다. 하지만 그녀도 삼룡이 왜 이렇게 하는지 대충 알 수 있었다.

회음혈에 막혔던 벽이 무너진 것이 조금 부끄럽기도 했지만, 지금 이 순간이 아미신녀가 말한 정체가 풀리는 때라는 것을 깨닫고 그 고통을 감내했다.

자신이 남들처럼 성장하지 못한 것, 특히 자신과 같은 또래인 백서연을 언니라 부르는 담초홍의 마음엔 조금 그늘이 져 있었다. 가끔 삼룡이 백서연을 멍청하게 쳐다볼 때면 묘한 질투심도 생기기도 했었다.

그런데 지금 그녀의 성장을 가로막고 있는 벽이 무너지고 천음절맥처럼 가늘었던 혈도가 넓어지고 있는 것이다. 꿈에도 그린 순간이 바로 지금 순간이었으니, 그녀로서는 어떤 고통이든 감내할 자신이 있었다.

삼룡이 담초홍의 혈도 대부분을 넓혔을 때는 백서연에게 호법을 부탁한 지 삼 각이 조금 지나서였다. 원래 삼룡은 두 시진 정도를 생각했는데, 담초홍이 회음혈에 자극을 받아 억지로 내력을 쏟아 부어서 이렇듯 시간이 단축된 것이다.

이제 삼룡이 남은 일은 크게 두 가지였다.

하나는 넓어진 혈도가 자리를 잡도록 적당히 내력을 조절

하는 일이었고, 다른 하나는 좁은 혈맥에 갇혀 있던 아미신녀
가 전해준 공력을 타동시켜 그가 새로 심어준 내공과 조화를
이룰 수 있도록 도와주는 일이었다.

삼룡이 단전에 쌓여 있는 공력을 타동하고 적당히 내력 수
위를 조절하면서 눈을 떠 주위를 확인했다. 그러자 아귀궁 살
수들과 도룡각 살수들이 대치하고 있는 것이 눈에 들어왔다.
하지만 삼룡의 눈에 제일 먼저 들어온 사람은 백서연이었다.

백서연은 기력이 쇠한 모습으로 가까운 거리에서 무릎을
꿇고 있었다.

그런 모습을 보고 있자니 삼룡은 그녀가 안쓰러워 견딜 수
가 없었다. 하지만 아직 그가 움직여서는 안 되었다.

'그래도 다치지 않았으니 다행이야.'

삼룡이 잠시 안도한 순간 돌연 백서연이 일어서더니 아귀
궁 살수들 대신 도룡각 살수들에게 덤벼드는 것이다.

'축귀, 저 자식은 아무짝에도 쓸모가 없어. 지가 나서야지,
왜 서연이가 나서게 만들어! 저거 특급 살수가 맞긴 한 거
야?'

삼룡의 걱정에도 불구하고 백서연은 도룡각 살수들을 향
해 과감하게 움직였다. 하지만 그녀는 이전과 달리 은형술을
꿰뚫어 보고 있었다. 게다가 무아지경에서 얻은 깨달음으로
태청검보의 극의에 도달해 있는 상태였다.

사라락!

옷깃 스치는 소리와 함께 백서연의 검이 도룡각 살수들 사이를 막힘없이 돌아다녔다. 이는 태청검보가 강맹한 내력을 바탕으로 하는 검법이라 알려진 것과는 정반대의 이치였다. 하지만 삼룡의 눈에는 그것이 더 태청검보의 극의(極意)에 가깝게 보였다.

'강함 역시 더 강한 것에 비해서는 약한 법. 하지만 강함을 벗어난 검은 가벼울 수밖에 없지. 그것을 알고 있다면 정말 무서운 검술을 깨달은 거야.'

사라락!

도룡각 살수들은 동귀어진 식으로 자신의 몸을 던져 가며 필살의 수법을 펼쳤다. 반면 백서연은 옷깃이 스칠 정도로 가벼운 검술을 펼칠 뿐이었다. 하지만 결과는 정반대로 나타났다.

시간이 가면 갈수록 바닥에 쓰러지는 것은 도룡각 살수들이었고, 백서연의 검술은 점점 힘이 붙어가고 있었다.

이를 멀리서 지켜보던 혈의인이 일부러 들으라는 듯이 크게 말했다.

"이런 한심한 마교 놈들! 그깟 약해빠진 태청검법을 쓰는 년 하나를 왜 처리 못하는 거야!"

혈의인이 노성이 터뜨렸지만 백 명이 넘는 도룡각 살수들은 검무를 추듯 가볍게 움직이는 백서연의 옷깃조차 자르지 못했다.

'제길, 저렇게 형편없는 검 하나를 이기지 못하다니!'

검술을 펼치는 백서연을 쫓아가는 혈의인의 눈빛은 당혹감이 어려 있었다. 하지만 오늘 반드시 여기 있는 자들을 죽여야 한다는 의지에는 변함이 없었다. 마음이 급한 그는 품속에서 작은 청동 방울 한 쌍을 꺼내 들었다.

"이 방법까지 쓰게 될 줄이야. 하지만 임무를 실패하는 것보다는 나으니 할 수 없군."

딸랑!

혈의인이 손을 흔들자 청명하고 은은한 청동 방울 소리가 울렸다. 하지만 이를 신경 쓰는 사람은 아무도 없었다.

하지만 이미 방울로 인한 미묘한 변화는 시작되고 있었다. 바로 도룡각 살수들에게 말이다.

도룡각 살수들은 모두 방울 소리를 듣자마자 갑자기 단전에서 기운이 솟구쳐 오르는 느낌을 받았다. 또한 그와 동시에 무기를 휘두르는 동작이 자연스럽게 빨라지고 힘이 실리고 있었다.

딸랑, 딸랑!

다시 방울 소리가 연이어서 들리자 이젠 그들과 대결하고 있는 백서연이 바로 느낄 수 있을 정도로 살수들의 움직임이 빨라졌다.

'갑자기 힘이 더 강해지고 있어. 이들도 내공을 숨겨뒀던 것인가?'

백서연의 우려대로 살수들의 동작은 점점 빨라지고 휘두르는 무기에서는 세찬 바람이 일어나기 시작했다. 하지만 이같은 상황은 은형술을 꿰뚫어 볼 수 있는 백서연과 삼룡만이 눈치 챌 수 있는 일이었다.

담초홍 때문에 아직 지켜볼 수밖에 없는 삼룡은 애가 타 들어가고 있었다.

'저것들이 갑자기 왜 저러지? 저러다 다치면 안 되는데.'

삼룡의 우려대로 도룡각 살수들의 기세는 점점 매서워져서 백서연은 점점 궁지에 몰리고 있었다.

슉, 슉!

연이어서 요혈을 노리고 앞과 뒤를 공격하는 것을 백서연이 허리를 틀어 가까스로 피해냈다. 하지만 워낙 거세게 공격하는 기세에 백서연의 신법이 조금씩 흔들리고 있었다.

'위험해. 이대로는 안 돼.'

삼룡이 급한 나머지 백서연을 돕기 위해 경공을 전개하려고 마음먹을 때다. 그보다 앞서 축귀가 움직였다. 살기에 민감한 그는 쭉 상황을 지켜보고 있다가 백서연의 신법이 흔들리자 바로 움직였던 것이다.

축귀는 삼 장 정도를 치솟아 품에 있던 암기를 뿌렸다. 그러자 옆에 있던 신귀와 다른 아귀궁 살수들 역시 그 뒤를 받쳐 백서연의 후방에서 검기를 뿌렸다.

그들이 비록 은형술을 꿰뚫어 보지는 못했지만 살수들이

어느 위치를 점해서 공격할 것이라는 것은 그 누구보다 잘 알고 있었다. 그래서 그들이 뿌리는 암기와 검기가 닿는 곳마다 비명이 들리지 않는 곳이 없었다.

하지만 그 순간에도 방울 소리는 계속되고 있었다.

"후후, 그까짓 몇 명 정도는 상관없다. 이제 너희들에게 지옥을 선사하마! 이제 은형술 따윈 필요없다. 힘으로 눌러 버려라!"

"크아아아아!"

혈의인의 외침과 동시에 백여 명의 살수가 동시에 괴성을 지르며 나타났다. 이들은 저마다 힘을 주체하지 못해 안달이 난 상태였다. 실제로 이들이 휘두르는 병기에서는 검기가 쏟아져 나오고 있었다.

이 기세에 눌린 아귀궁의 특급 살수들은 검기를 막기에 급급했고, 백서연은 다시 위기에 몰렸다. 그도 그럴 것이, 도룡각 살수들이 각각 내뿜는 기세가 어느 문파의 장문에 못지않았다.

마치 타고 있는 장작 더미에 기름을 부은 것처럼 활활 타오르는 이들의 기세는 황하물이 범람하는 것처럼 막을 수가 없었다.

벌써 이들을 막던 해귀와 유귀, 술귀, 자귀, 미귀 등의 다섯 살수가 모두 치명상을 입고 피를 쏟아내고 있었다. 하지만 다른 살수들이라고 형편이 나은 것은 아니었다. 대부분의 팔과 다리에 상처 하나씩은 입고 있었으니까.

"크하하하, 좋아, 밀어붙여라! 두고 볼 것 없다. 모두 쓸어버려라!"

혈의인이 소리를 지르는 순간 그는 자신의 뒤로 무엇인가 엄습하는 기운을 느꼈다.

"이 새끼, 비겁하게 여기서 장난질을 쳐!"

혈의인은 뒤를 돌아보지도 못했다. 바로 하복부가 부서지는 느낌과 함께 몸이 허공을 향해 치솟아 올랐으니 말이다.

"크어헉!"

삼 장 정도를 허공에 치솟은 혈의인의 몸 위로 누군가의 신형이 따라붙었다. 방금 그에게 충격을 준 장본인이었다. 누더기 차림을 얼핏 본 혈의인은 속으로 그럴 리 없다고 되뇌고 있었다.

왜냐하면 방금 전까지 자신의 눈앞에 앉아 있던 상대가 순식간에 나타나 자신을 공격하고 있으니 말이다. 하지만 그는 더는 생각하지 못했다. 눈에 제대로 보이지 않는 주먹과 발이 그의 몸 위로 쏟아지기 시작했으니까.

빠바바바박!

번개처럼 빠른 발과 주먹이 혈의인의 전신의 요혈, 그것도 극심한 고통을 주는 곳만 골라서 꽂히고 있었다. 보통 한번 충격을 주면 다음 고통이 느껴지지 않는데, 어떻게 이자가 치는 곳곳마다 아프지 않은 곳이 없었다.

툭!

마침내 혈의인의 몸이 바닥에 떨어졌을 때, 그의 눈빛에는 초점이 없었다.

“이 새끼, 어디서 사술을!”

널브러진 혈의인을 보고 콧김을 씩씩 뿜어내고 있는 것은 다름 아닌 삼룡이었다. 이어 그는 재빨리 혈의인의 손에 들려 있는 청동 방울을 뺏어 들고는 소리쳤다.

“서연아, 뒤로 물러서! 축귀, 너희들도 어서!”

삼룡이 고함치자 백서연이 서둘러 뒤로 물러났다. 또한 그녀가 물러나자 아귀궁 살수들도 따라 물러섰다. 그러자 삼룡이 들고 있던 청동 방울을 요란하게 흔들었다.

따라라라랑, 따라라라랑!

방울 소리가 요란하게 울려 퍼지자 기세 좋게 공격하던 도룡각 살수들이 모두 귀를 부여잡고 고통스럽게 울부짖었다. 하지만 삼룡은 방울을 흔드는 것을 멈추지 않았다.

“젠장, 어서 가라! 이것이 내가 해줄 수 있는 마지막 배려다.”

삼룡이 손에 내력을 끌어올려 방울을 흔들자 방울 소리는 점점 강맹해지더니 이윽고 피부에까지 느껴질 정도로 진동이 울렸다.

다섯 번의 방울 소리를 마지막으로 삼룡이 손을 멈췄다. 어느새 삼룡은 하늘을 쳐다보며 눈물을 흘리고 있었다. 방금 그의 손으로 살수 백여 명을 고이 하늘로 보냈으니, 세상을 방관하며 살던 그의 눈에서도 눈물이 자연스레 흐를 수밖에 없었던 것이다.

백서연과 살아남은 아귀궁 살수들은 눈앞에 펼쳐진 지옥도(地獄圖)에 모두 할 말을 잃었다. 아무리 지독한 독공을 연공하고 살수 임무를 수행했던 이들이었지만 구멍이란 구멍에서 모두 피를 흘리고 온몸의 혈관이 터진 채 고통스럽게 죽어 있는 살수들의 모습에는 기가 질릴 수밖에 없었다.

내력에 진원진기(眞元眞氣)가 있듯 사람은 태어나면서 잠력(潛力)이란 것을 가지고 태어나는데, 이 잠력은 겉으로 드러나지 않지만 일평생 살면서 천천히 소모하며 살게 된다. 그런데 방금 전 혈의인이 혈교의 사술로 도룡각의 살수들의 잠력을 격발시켜 순식간에 내력을 열 배 이상 끌어올린 것이었다.

문제는 그다음이었다. 잠력은 한번 격발시키면 되돌릴 수가 없게 된다.

어떤 약도 처방도 소용없게 되고, 종극에는 이성을 잃고 잠력이 다 소비될 때까지 극심한 고통을 느끼면서 죽어가게 되는 것이다. 바로 잠력이라는 것이 일평생 쓰는 것이기 때문에 단 한순간에 없어지지 않는 것이다.

그냥 그대로 놔두면 짧게는 삼 일에서 길게는 칠 일에 걸쳐 죽는다.

이 때문에 무림강호에서는 이 잠력을 쓰는 것을 금기시했다. 물론 마교에서는 허락된 수법이긴 했지만 자신이 궁지에 몰릴 때 동귀어진의 수법으로 행하는 것이지, 이처럼 누군가가 조종하여 잠력을 격발시키지는 않았다.

어느 순간 백서연이 놀라 소리를 질렀다.

"초홍아! 니 머리가 왜 이래?"

백서연이 달려간 곳에는 머리가 새하얀 낯선 소녀가 우뚝 서 있었다. 분명 그녀는 담초홍이 틀림없었지만 어딘가 낯설게 느껴졌다. 특히 완전히 백발로 변한 머리카락은 차갑게 느껴지기까지 했다.

"난 괜찮아."

백서연을 쳐다보는 담초홍의 눈빛도 이전과는 조금 달라져 있었다. 조금 당당한 모습이 때때로 투정 부리며 고집을 부리던 때와 달라져 있었다. 그리고 그녀의 시선은 삼룡을 조용히 응시하고 있었다.

'나쁜 사람.'

그사이 삼룡과의 사이에서 무슨 일이 있었는지, 담초홍은 삼룡을 원망하는 듯 쳐다보고 있었다.

*　　*　　*

산동 제갈세가로 향하는 삼룡에게 또 일행이 늘었다.

한때 축귀와 동료였던 아귀궁 살수 신귀(申鬼), 묘귀(卯鬼), 진귀(辰鬼), 사귀(巳鬼) 이 넷이 또 가담한 것이다. 물론 삼룡은 귀찮다고 거부하려 했으나 동료 일곱을 한꺼번에 잃고 시무룩하게 있는 그들에게 매정하게 오지 말라고 할 수는 없었다.

대신 삼룡은 배로 돌아오자마자 또 뱃전에 누워 잠만 잤다. 그리고 이번엔 정양(靜養)하는 수도승처럼 물 한 모금 입으로 넘기지 않았다. 평소 게으른 모습에 익숙한 백서연과 축귀는 백발이 된 담초홍을 신경 쓰느라 삼룡을 거들떠보지도 않았다.

아귀궁의 다른 살수들이야 삼룡이 겁이 나 접근하지 않았으니 그에게 말 붙일 사람은 아무도 없었다.

그렇게 하루, 이틀, 사흘, 나흘이 지나자 산동 경내를 지나 제남(齊南)과 지척 거리인 양천(梁泉) 포구에 다다랐다. 제남과 조금 더 가깝고 큰 포구가 있긴 했지만 혹시나 마교의 추적이 다시 있을까 일부러 작은 포구에 정박해 달라고 선장에게 부탁한 것이다.

삼룡은 양천 포구에 강선(江船)이 도착하자마자 짐을 챙겨 내렸다. 그 뒤를 백서연과 담초홍이 따라 내렸는데, 흔하지 않은 머리색 때문이었는지 대번 포구가 시끄러워졌다. 하지만 뒤따라 내린 아귀궁을 출신의 다섯 사람을 보고는 이내 포구가 쥐 죽은 듯 조용해졌다.

아무리 감추려 해도 살수들의 눈빛은 매서웠다. 간이 웬만큼 크지 않은 사람은 감히 쳐다볼 엄두도 내지 못했으니 말이다.

앞장서서 길을 걷던 삼룡이 허름한 주루를 보더니 가던 길을 멈추곤 뒤따라오는 축귀에게 물었다.

"축귀야, 수중에 가진 돈이 얼마나 남았다고 했지?"

"칠십 냥 정도 남았습니다, 사부님. 파손된 배와 상품 값을 물어주느라 얼마 되진 않습니다."

"아니야. 그 정도면 됐어."

이어 삼룡은 냉큼 주루로 들어갔다. 백서연과 담초홍은 술을 좋아하는 삼룡이 오랜만에 회포를 푸는 것이라 생각하고는 가벼운 마음으로 따라 들어갔다.

하지만 주루에 들어서자마자 그런 생각이 싹 바뀌었다. 사람 몸집보다 큰 술항아리, 그것도 주루에서 제일 비싼 술을 통째로 시키더니 주루에 있는 사발을 모조리 가져오게 했다.

아무리 장사가 안 되는 주루라 하더라도 누더기의 차림의 삼룡의 말을 듣고 비싼 술을 가져올 점소이는 없었다. 하지만 바로 뒤따라온 축귀가 바로 은자 이십 냥짜리 전표를 건네주자 군말하지 않고 끙끙 소리를 내가며 술항아리와 사발 백 개를 가져왔다.

삼룡은 자신의 앞에 놓인 술항아리를 지그시 바라보더니 이내 점소이가 가지고 온 사발에다가 일일이 술을 따라서 눈에 보이는 탁자마다 빼곡이 올려놓았다. 축귀가 옆에서 돕자

삼룡은 고개를 살래살래 저으며 백 개의 사발에 일일이 술을
채웠다.

이윽고 모두 탁자에 놓이자 제일 가까이에 있는 사발 하나
를 들고 이렇게 외쳤다.

"이 잔은 내가 죽인 첫 번째 살수를 위한 잔이다!"

이렇게 외친 삼룡은 단숨에 잔에 담긴 술을 비우더니 마신
술잔을 바닥에 던져 깨버렸다.

퍽석!

그런 다음 삼룡은 다른 술잔을 들더니 두 번째 살수를 위한
다고 짧게 말하고는 마찬가지로 잔을 비운 다음 깨버렸다.

아무리 무공을 아는 무인이라고 할지라도 공력으로 술을
배출하지 않는 이상 취할 수밖에 없다. 하지만 삼룡은 공력으
로 술을 배출하지 않고 그대로 마셔 버렸다.

백서연과 담초홍을 비롯한 아귀궁 살수들도 삼룡이 취할
때까지만 마시고 그만둘 것이라 생각하고는 내버려 두었다.
근래 들어 먹은 것이 없었으니 곧 정신을 잃을 것이라 여긴
것이었다. 하지만 삼룡의 손길은 쉽게 멈추지 않았다.

열 잔, 스무 잔, 서른 잔. 연거푸 들이켜는 삼룡의 손은 필
사적이었다. 강호에서 혈겁은 늘 있는 일이었고, 살수를 죽이
는 일은 아무 죄의식을 갖지 않는 일이었다. 한데 삼룡은 마
치 가족이 죽은 것처럼 고통스러워하며 술잔을 들이켜고 있
었다.

그가 마신 술잔의 개수가 칠십 개가 넘어가면서부터 몸이 흔들리는 것이 눈에 보일 정도였다. 하지만 그의 손길은 여전히 멈추지 않았다.

마지막 백 번째 잔을 삼룡이 들고 말했다.

"이 잔은 내가 죽인 백 번째 살수와 그 나머지를 위한 잔이다. 그리고 나의 무지로 죽은 아귀궁 살수 일곱에 대한 죄는 평생 가슴에 묻겠다."

마지막 잔을 비운 삼룡은 그 잔을 깨지 않고 그대로 탁자 위에 올려놨다. 그런 뒤 그는 탁자 위에 올려놓은 깨지지 않은 사발을 보며 허수아비처럼 우뚝 서 있었다. 하지만 몸이 조금씩 흔들리는 건 어쩔 수 없었다.

잠시 아무 말도 없던 삼룡이 불현듯 입을 열었다.

"내 아버지도 살수였어. 그건 정말 피비린내 나는 직업이었지. 어릴 때 기억이 아직도 생생하니까. 어머니가 말씀하시길, 내가 세 살 때부터 피비린내가 풍기는 아버지가 싫다고 도망쳤다고 하더군. 그래도 어머닌 정파를 위한 살수 일을 하는 거라고 아버지를 두둔하셨지."

삼룡이 하늘을 쳐다보며 말을 이었다.

"그런데 아버지가 그렇게 끔찍이 여기는 그 명문정파에서 지시한 살수 임무 하나를 처리하다가 모함에 빠지셨어. 평소에 강호의 대의를 위해 희생한다고 칭찬이 자자했던 그 사람들이 직접 아버지를 고문하더군. 누가 시켰는지 불라고 말이야. 하지만 아버진 얘기하지 않으셨어. 바보같이……."

잠시 머뭇거리던 삼룡은 긴 한숨을 내뱉으며 마저 말했다.

"그때 그들이 그러더군. 이 연놈들이 편히 죽는 꼴은 도저히 못 보겠다고 말이야. 그래서 그들은 며칠 전 도룡각 살수들처럼 약을 먹여서 아버지 잠력을 폭주시켜서 죽였지. 내 어머니와 두 살 터울의 여동생까지. 그들이 보기엔 살수의 처자식은 모두 같다고 생각했나 봐! 그때가 내가 일곱 살 때였어."

축귀가 힘들게 입을 뗐다.

"그럼 사부님은 거기서 도망치신 겁니까?"

"아니, 나도 같은 형벌을 받고 죽어가고 있었어. 어머니와 동생을 죽게 만든 아버지를 욕하면서 말이야. 하지만 깨어나 보니 그게 아니었더라고. 아버지가 나 하나를 살리기 위해 수를 쓴 거야. 내력을 급상승시키는 단약을 먹이고는 귀가 들리지 않도록 혈도를 짚어놓은 거였지. 원래 잠력은 자극을 받아야 폭주되니 그걸 막은 거지. 그리고 내가 깨어났을 때는 어느 산속이었어. 그 사람들은 우리를 묻어줄 가치도 없다고 생각했었나 봐. 그런데, 그거 알아? 내 위에 아버지와 어머니의 시신이 덮어져 있다는걸. 아마 죽으면서 날 앉고 죽으신 거야. 내가 깨어나기 전에 짐승들에게 잡아먹힐까 봐. 그 고통을 당하면서도 말이야."

축귀가 자신이 화난 듯 물었다.

"대체 어느 문파가 그랬습니까?"

"왜? 축귀, 네가 내 대신 복수라도 해주게? 하지만 됐어. 어차피 속은 건 아버지야. 대신 난 아버지와 어머니, 동생 몫까지 오래 살기로 했어. 복수 따윈 안 해. 그 빌어먹을 아버지가 죽기 전에 부탁했거든. 혹시라도 살아남게 되면 그냥 평범하게 살라고, 내가 오래 사는 게 자신의 소원이라고 말이야."

대답하는 삼룡의 눈에는 도룡각 살수들을 죽일 때처럼 눈물이 흘러내리고 있었다. 하지만 그는 눈물을 닦지 않았다.

'젠장, 그냥 취하고 싶었어. 눈물은 그냥 흐르게 놔두고 나만 취하는 거야, 나만……'

우뚝 서 있던 삼룡이 정신을 잃고 쓰러지자 축귀가 재빨리 그를 부축해 안았다.

삼룡이 깨어난 건 하루 뒤, 양천 포구 근처의 객잔에서였다. 삼룡은 일어나자마자 전처럼 게걸스럽게 음식을 먹고 반주 삼아 술잔을 기울였다. 그런 그의 옆에는 백서연과 담초홍이 근심스런 표정으로 그를 쳐다보고 있었다.

먼저 백서연이 술잔을 기울이는 삼룡에게 말했다.

"그렇게 먹고 또 술이냐?"

"술이 무슨 죄냐? 근데, 축귀하고 애들이 안 보인다?"

"마차 구한다면서 나갔어. 싼 걸 알아보느라 조금 늦는다고 하던데?"

"그래? 근데 그 자식 언제까지 쫓아다닐 참이지?"

삼룡의 말에 백서연이 잠시 머뭇거렸다. 분명 할 말이 있는데 바로 말하기가 껄끄러운 모양이었다.

"난 이제 내 길을 갈 거야. 할아버지 수하들을 부탁할게."

순간 삼룡이 멈칫했다. 이는 옆에 가만히 듣고 있던 담초홍도 마찬가지였다. 하지만 삼룡은 금방 체념했다. 마치 오래전부터 이 순간을 고민했던 것처럼.

"잘 가!"

이 짧은 한마디를 한 후 삼룡은 젓가락을 부지런히 놀리며 안주를 집어먹었다. 그러자 백서연이 화난 듯 소리를 질렀다.

"나 간다고, 이 바보야!"

"잘 가라고 했잖아."

"고작 그 말뿐이야? 정말 그것뿐이야?"

"어차피 기억이 돌아왔으니 나랑 정혼한 사이라고 우겨봐야 소용없잖아. 복수를 하든 뭘 하든 네 맘대로 해. 난 원래 소용없는 짓 안 한다. 그러니 잘 가라는 말밖에 더 해줄 말이 있겠냐?"

다소 냉정한 삼룡의 대답에 백서연은 눈을 흘긴 채 아무 말도 하지 않았다. 갑자기 둘 사이에 냉기류가 흐르자 담초홍만 난처하게 됐다. 그런데 그때, 축귀를 따라갔던 묘귀(卯鬼)가 허겁지겁 뛰어들어 왔다.

묘귀라는 살수는 칠 척 장신의 앞니와 광대뼈가 툭 튀어나온 얼굴에 몸에 비해 팔다리가 유난히 길었다. 비록 험상궂고 정감이 가지 않는 얼굴이지만 살아남은 살수 중에서 그나마 가장 붙임성이 있는 성정이었다.

그는 광대뼈가 쑥 들어가 보일 정도로 다급하게 쫓아오더니 숨도 돌리지 않고 말했다.

"아가씨, 큰일 났습니다."

순간 삼룡은 자신의 귀를 의심했다. 당대에 몇 손가락 안에 드는 살수 놈이 다짜고짜 큰일이 났다고 호들갑을 떨고 있으니 말이다. 반면 백서연은 마교 출신인 이들이 자신에게 굽실거리는 게 싫어 빤히 쳐다보고만 있었다.

백서연의 낌새가 이상하자 옆에 있던 담초홍이 대신 물었다.

"묘귀 오라버니, 무슨 일이죠?"

묘귀는 스무 살 담초홍보다 네 살이 많았다. 게다가 축귀와도 친하게 지낸 그녀라서 아귀궁 살수들과도 금세 친해져 오라버니라 불렀다.

"축귀 형님과 신귀 형님이 이곳 황룡방(黃龍幇) 놈들에게 맞고 있습니다, 초홍 아가씨!"

묘귀의 말에 삼룡은 눈을 연신 껌뻑거렸다.

'이 자식들이 장난치나? 지들이 내 앞에서 마교 특급 살수라고 어깨에 힘줄 때는 언제고 이젠 맞고 다닌다고?'

"왜요? 오라버니들이 맞고 다니실 분들은 아니잖아요?"

축귀가 맞았다는 소식에 담초홍이 눈동자가 쟁반만 하게
커졌다.

"그게, 어제 삼룡 형님 애기를 듣고 모두 살수 짓 안 하고
평범하게 살기로 했거든요. 근데 저희가 알고 있는 게 모두
살수 무공이잖아요. 그래서……."

"그래서 살수 무공을 안 써서 오라버니들이 맞고 있다구
요? 지금?"

"네, 아가씨."

묘귀의 말을 옆에서 듣던 삼룡은 이내 별거 아니라는 듯 고
개를 돌려 술잔을 기울였다. 그런데 그 순간 객잔 입구에 험
상궂게 생긴 장성 셋이 나타나 눈을 부라리며 고개를 두리번
거렸다. 이어 묘귀를 발견한 사내들은 콧김을 씩씩 내뿜어가
며 다가오더니 묘귀의 뒤통수를 냅다 후려갈기며 소리쳤다.

"이 새끼, 어딜 도망쳐? 인마, 니가 도망가 봐야 부처님 손
바닥이라고 했어, 안 했어?!"

한 명이 이렇게 소리치더니 누구랄 것도 없이 묘귀에게 손
찌검을 하기 시작했다. 하는 행동거지를 얼핏 짐작해 보니 이
곳 포구(浦口) 지역을 차지하고 있는 황룡방에 속한 사람들로
보였다.

"어이쿠! 제발 이러지 마세요, 형님들."

묘귀는 맞으면서도 반격하지 않았다. 그들보다 더 험상궂
게 생기고 덩치도 큰 그가 그냥 맞고만 있으니 왠지 측은하게

보였다.

이를 두고 보기 싫었는지 백서연이 빽! 소리를 질렀다.

"당신들 그만들 하시지!"

백서연의 외침에도 사내들은 들은 척도 하지 않고 여기까지 도망친 묘귀를 주저앉히고 발길질을 하고 있었다.

순간,

쾅!

탁자에서 요란한 굉음이 들리더니 담초홍이 벌떡 일어섰다. 그동안 아귀궁 살수들과 가장 친했던 사람이 그녀여서 그런지, 주먹을 옴팡지게 쥔 모습이 화가 단단히 난 모양이었다.

이 소리에 묘귀를 두들겨 패던 사내들이 화들짝 놀라 몸을 세웠다. 하지만 탁자를 친 것이 삼룡이라고 생각했는지 잔뜩 인상을 구기며 시비를 걸었다.

"방금 당신 짓이지?"

한 사내의 물음에 삼룡이 고개를 살래살래 젓더니 손가락으로 담초홍을 가리켰다.

"이 자식 봐라? 지가 해놓고 비겁하게 꼬맹이한테 덮어씌우네?"

세 남자 중 팔뚝이 제법 굵어 보이는 한 사내가 이렇게 말하면서 삼룡의 한쪽 어깨에 손을 얹어 짓누르기 시작했다. 그렇지만 어디 삼룡이 힘으로 제압될 상대인가? 아무리 힘을 써도 삼룡의 어깨는 내려가지 않았다.

"얘들아, 이놈이 힘 좀 쓴다. 아무래도 너희들이……."

삼룡을 혼자서 상대하기 버겁다고 생각했는지 어깨를 잡은 사내가 동료에게 도움을 요청하려 했다. 하지만 말이 채 끝나기도 전에 그는 놀라운 광경을 보고 말을 잃었다. 바로 조그만 백발의 소녀의 발밑에서 동료 두 명이 옴짝달싹 못하고 쓰러져 있는 게 아닌가?!

'대체 어떻게 된 거야?'

사내가 의구심에 고개를 갸웃거릴 때였다. 백발(白髮) 말고는 별다를 것 없는 담초홍이 손가락 하나를 세워 그에게 오라고 까딱까딱거리는 것이었다.

"네 요년!"

건방진 행동에 사내는 눈이 뒤집혀 담초홍의 뺨을 후려치려 했다. 하류 잡배 일을 하고 사는 놈이니 손에 인정을 두지 않은 것은 두말할 것도 없었다. 하지만 무공을 적당히 아는 자와 희대의 고수인 아미신녀에게 배운 자는 확연히 차이가 났다.

담초홍이 조금 신형을 흔들자 사내의 손은 맥없이 허공을 스치고 말았다.

이어 담초홍은 무릎을 살짝 구부리더니 그 상태로 솟구쳐 올랐다. 바로 사내의 낭심 부분을 향해서 말이다.

만만하게 봤던 담초홍에게 일격을 허용한 사내는 쓰러져서 다시는 일어나지 못했다. 아미산 대호(大虎)도 놀라게 만

드는 담초홍의 박치기에 당했으니 분명 죽음보다 더한 고통
을 느끼고 있을 터였다.

단박에 사내 셋을 쓰러뜨린 담초홍이 삼룡에게 말했다.

"방금 묘귀 오라버니가 맞고 있는 거 보셨죠? 지금 축귀 오
라버니하고 신귀 오라버니들은 이것보다 더 심하게 맞고 있
을 거란 말이에요. 모두 삼룡 오라버니 얘기를 듣고 평범하게
살겠다고 이러는 거잖아요. 그런데도 안 도와주실 거예요?"

담초홍의 말에 삼룡이 기울이던 술잔을 멈췄다.

"평범하게 사는 게 바로 그런 거야. 때리면 맞고 때릴 힘이
있으면 때리고, 별다를 거 없어. 힘이 있는데도 안 쓰는 거야
자기 소관이지."

그의 말에 묘귀가 바로 반박했다.

"그게 아닙니다, 삼룡 형님."

이에 삼룡이 대번 인상을 찌푸렸다.

"어째서 내가 니들 형님이야?"

삼룡이 인상을 쓰자 묘귀는 바로 고개를 숙였다. 기실 삼룡
이 나이가 제일 많기는 하지만 형님이라고 부르라고 허락할
만큼 친근한 상대는 아니었으니까.

묘귀가 조금 난처한 상황에 어쩔 줄을 몰라 하자 조력자가
끼어들었다. 바로 진드기 담초홍 말이다.

"묘귀 오라버니, 그게 아니라니 무슨 말이에요?"

담초홍이 때마침 끼어들자 묘귀가 머리를 긁적이며 대답

했다.

"사실은 우리가 살수 무공만 익혔잖아. 막상 공격하려고 하면 바로 숨통을 끊는 곳만 보이니 어쩌겠어. 때린다고 사람을 죽일 수는 없잖아?"

"그럼 은형술은요. 그걸 쓰면 쉽게 도망칠 수 있잖아요?"

"도망칠 수야 있지만 우리 출신이 탄로나잖아. 일부러 혈교의 눈을 피해 작은 포구에 하선한 것도 소용없게 되고……. 아무튼 마교에서 배운 건 되도록 안 쓰려고 그래."

이쯤 되자 삼룡도 더 이상 뭐라 할 수 없었다. 어떻게 보면 이렇게 된 것이 모두 자신과 연관이 있으니 말이다. 순간, 마음의 결정을 내렸는지 삼룡이 일어섰다.

"알았다. 가자, 가!"

삼룡이 앞장서 나가자 묘귀와 담초홍이 재빨리 뒤따랐다. 하지만 백서연은 그 자리에 그대로 있었다. 다만 삼룡이 작별 인사도 안 하고 가는 것이 조금 서운한지 새침한 모습이었다.

그러자 담초홍이 가던 길을 되돌아와서 부탁하듯 말했다.

"서연 언니, 내가 올 때까지 여기 있어요."

"뭐?"

"내가 언니한테 해줄 말이 있으니 돌아올 때까지 자리 지키고 있으라구요. 만일 자리에 없으면 앞으로 언니라고 부르지 않을 거예요. 태어난 날짜가 두 달 빠른 걸로 언니 대접해주는 사람은 아마 저뿐일 테니까!"

백서연이 삼룡의 얼굴을 보며 잠시 머뭇거리자 담초홍이 다시 첨언하며 삼룡을 부리나케 쫓아갔다.

"아미신녀님이 예전에 해주신 말이 있어요. 언니한테 꼭 도움이 되는 말이니 가지 말고 기다려요. 알았죠?"

홀로 객잔에 남은 백서연은 담초홍의 신신당부에 긴 한숨을 내뱉었다. 막상 떠나려니 마음이 쉽게 정리되지가 않은 탓이었다. 물론 그녀도 방금 말한 아미신녀 얘기가 꾸며낸 것이라는 걸 얼핏 짐작하고 있었다. 하지만 그녀의 마음 한구석이 무겁게 느껴져 일어서지 못하고 있는 것이었다.

'왜 나 같은 걸. 왜 나처럼 못된 여자를……'

고민하는 백서연의 눈에 바닥에서 뒹구는 세 명의 인물이 눈에 들어왔다.

"이 새끼들, 눈 깔아. 안 깔아?"

묘귀를 따라나선 삼룡은 심드렁한 표정으로 양천 포구를 걸었다. 원래 이번 일에 끼어들 생각은 전혀 없었지만 그대로 있으면 백서연의 발걸음을 잡아두는 것 같아 내키지 않은 발걸음을 한 것이다.

사실 묘귀나 아귀궁 살수들이 처맞든 맞아서 죽든 그와는 상관없는 일이었다. 무공에 살수 무공이 따로 있고, 살수 무공이 아닌 것이 따로 있겠는가? 어떻게 무공을 설명하든 모두 입에 발린 말이요, 변명일 따름이었다.

"허참, 날씨 한번 기막히게 좋네. 무슨 좋은 일이 있다고!"

묘귀의 빠른 걸음을 뒤따라서 걷던 삼룡이 눈이 부시도록 화창한 날씨를 타박하며 애써 아쉬운 마음을 돌려 말했다.

날씨가 좋은 탓인지 황하의 작은 포구도 번잡하게 움직이고 있었다. 장터 입구부터 생선이 가득 담긴 바구니를 머리에 인 풍채 좋은 아낙들이 시끄럽게 떠들고 있었고, 피가 뚝뚝 흐르는 돼지고기를 큼지막한 도마에 올려놓은 채 백정의 절도(切刀)가 딱딱! 소리를 내며 활기를 더하고 있었다.

게다가 방금 상선에서 물건을 부린 듯한 소금, 무명천, 쌀과 보리 따위를 실은 수레가 연신 바퀴 소리를 울리며 삼룡을 지나쳤다.

"그놈들 있는 곳에 가려면 아직 멀었냐?"

삼룡이 조금 지겨웠는지 한참 앞서가는 묘귀를 불러 세웠다.

"이제 조금만 더 가면 청룡방(靑龍幇) 놈들이 있는 곳이 나옵니다, 삼룡 대협."

"대협은 무슨, 그렇게 부르지 마. 난 삼류가 좋아. 아무도 거들떠보지 않는 삼류 말이야."

"알겠습니다."

묘귀가 삼룡을 어려워하자 곁에 있던 담초홍이 끼어들었다.

"오라버니, 묘귀 오라버니한테도 그렇고, 다른 오라버니들에게도 좀 심하신 거 알아요? 모두 불쌍한 사람들이잖아요."

담초홍의 참견에 삼룡이 귀를 막으며 고개를 잘래잘래 저었다.

'얘는 벙어리일 때가 좋았어. 갈수록 잔소리가 심해진단……. 잠깐? 묘귀 자식이 방금 뭐라고 했지? 청룡방이라구?!'

순간 삼룡이 내색하지 않고 묘귀를 불러 세웠다.

"아, 진짜 힘드네. 묘귀야, 청룡방 놈들 있는 곳이 대체 어디냐? 도대체 왜 아직까지 보이지 않은 거야?"

"거의 다 왔다니까요. 저기 앞에 보이는 건물 뒤에 가면 공터가 하나 나옵니다. 청룡방 놈들은 저기에 있습니다."

"그래? 그런데 왠지 가도 소용없을 것 같은데?"

삼룡이 완전히 걸음을 멈추자 앞서 가던 묘귀는 난처한 듯 담초홍을 쳐다봤다. 도와달라는 눈빛이 간절했지만 이번엔 담초홍도 도와주지 않았다. 오히려 그녀의 시선도 삼룡처럼 싸늘해져 있었다.

"객잔에서는 황룡방이라고 했다가, 왜 갑자기 청룡방으로 바뀐 거지?"

삼룡의 말에 화들짝 놀란 묘귀는 고개를 가로저으며 부정했다.

"아닙니다. 전 아까도 청룡방이라 했습니다."

뭔가 궁색한 묘귀의 답변에 담초홍이 끼어들었다.

"오라버니가 특급 살수들은 웬만해선 실수를 하지 않는다
고 말하지 않았나요?"

"아, 내가 그랬었나? 아깐 내가 급해서 실수했나 봐. 살수
짓 때려치웠다고 생각하니까 긴장이 풀려서 그런가 보지
뭐!"

잠자코 묘귀를 지켜보던 삼룡의 눈매가 가늘어지며 이렇
게 말했다.

"묘귀는 지금 어디 있지?"

"제가 묘귀인데, 묘귀가 어디 있다고 그러세요?"

삼룡의 질문에 식은땀을 흘리는 묘귀는 인파에 쏠리는 척
하며 몰래 뒷걸음질치고 있었다. 하지만 삼룡은 그를 쫓아가
지 않았다. 대신 그에게 똑똑히 들리도록 목소리에 내력을 실
어 경고했다.

"날 무서워한다는 건 날 아는 놈이로군. 그러면 이 정도 거
리로는 도망치지 못할 것이라는 것도 알 텐데?"

삼룡의 말에 묘귀의 눈빛이 대번에 싹 바뀌었다. 마치 그물
에 잡힌 물고기라는 것을 아는 것처럼 조금도 움직이지 못했
다. 이때 삼룡의 머릿속에 퍼뜩 떠오르는 것이 있었다.

'날 유인한 이유가 혹… 서연이?!'

불안한 삼룡의 기색에 담초홍도 왠지 모르게 걱정이 되기
시작했다. 순간 삼룡이 담초홍의 허리를 잡아채며 말했다.

"꼬맹아, 잠시 실례한다!"

짧게 말한 삼룡이 담초홍을 어깨에 걸치는가 싶더니 이내 잔상(殘像)을 남기며 사라졌다. 이를 직접 눈으로 본 묘귀는 눈을 비비면서 눈을 껌벅였다.

"이, 이형환위(以形換位)의 수법을 이 인파 속에서?!"

초홍이를 데리고 객잔으로 돌아온 삼룡은 크게 당황했다. 방금 전까지 멀쩡했던 객잔이 멀쩡한 것이 남아 있지 않을 정도로 곳곳이 부서져 있었다. 게다가 객잔 주인과 점소이까지 정신을 잃고 쓰러져 있어 어떻게 된 상황인지 물어볼 사람도 없었다.

"젠장, 누구 짓이지?"

삼룡이 낙담하고 있을 때였다. 돌연 누군가 접근하는 것이 느껴져 고개를 돌리니 축귀가 은형술을 펼친 채 경공술로 쫓아오고 있었다.

"서연이는?"

"지금 뇌음사 대뢰승들에게 쫓기고 있습니다. 지금 신귀와 동생들이 그 뒤를 쫓아가고 있는데, 신법이 워낙 빨라서 어디까지 쫓아갔는지는 모르겠습니다. 마차를 싸게 판다는 상인의 말만 듣지 않았어도……."

"그건 됐고, 대체 어느 쪽이야?"

축귀가 방향을 가리키자 삼룡이 바로 경공을 전개하려 했다. 하지만 축귀가 다급하게 그의 뒤에서 소리쳤다.

"혈교 놈들이 쫙 깔렸습니다. 조심하세요, 사부님!"

축귀의 외침을 뒤로하고 삼룡이 경공을 전개했다. 단박에 지붕 위로 올라선 그는 굳은 표정으로 바람을 가르며 지붕 위를 달렸는데, 그가 지나갈 때마다 지붕을 덮고 있던 기와며 지푸라기가 태풍을 겪는 듯 심하게 요동쳤다.

축귀와 헤어진 후 중간에 아귀궁 살수들이 알려준 방향으로 한참을 내달리던 삼룡의 눈에 붉은 가사(袈裟)를 입은 승려 다섯과 수십 명의 무사가 싸우고 있는 것이 보였다. 혹시나 싶어 가까이 가서 보니 백서연은 보이지 않고, 온통 검은 무복을 입은 사람들이었다.

붉은 가사를 입은 승려들은 일전에 삼룡과 몇 번 부딪친 적이 있는 뇌음사의 대뢰승들이었고, 검은 무복을 입은 사람들은 보나마나 혈교의 무사들일 터였다. 한데 혈교 무사들은 거의가 태양혈이 불쑥 솟아오른 반백의 고수들이 대부분이었다.

누구 하나 절정을 넘기지 않은 자가 없어 보였는데, 이 때문인지 양측 모두 한 치의 양보도 없이 격전을 치르고 있었다. 하지만 이들이 싸우는 것이 어디 삼룡과 상관이 있던가? 삼룡은 백서연이 이 장소에 없다는 것을 파악하자마자 경공의 속도를 높였다.

그것도 멀리 돌아가는 것이 아니라 한참 격전 중인 대뢰승들과 혈교 무사들 사이를 향해서 말이다.

"나룡신법(懶龍身法) 오의(奧義) 비연초상(飛燕草上)!"

풀 위를 스치듯 달리던 삼룡의 신형이 외침과 동시에 제비가 바람을 타고 날아오르듯 솟구쳐 올랐다. 그러자 그에게 막히는 건 아무것도 없었다. 그의 발밑에서 검기가 날아다니고 장풍이 터져도 상관없었으니 말이다.

한참을 싸우던 대뢰승 서열 오위 소유(蘇由)가 바로 눈앞에 있는 혈교 무사 하나를 밀종대수인(密宗大手印)으로 처리하며 근처에 있는 사제에게 말했다.

"소천(蘇泉) 사제, 방금 머리 위로 뭐가 지나간 거 같지 않아?"

"글쎄? 새가 한 마리 날아간 거 같았긴 했는데, 정확히 보지는 못했어."

평소 대화를 하는 것처럼 여유롭게 말하는 대뢰승들은 실제 여유가 있는 것은 아니었다. 몸은 부지런히 움직이되 입만 여유를 부리고 있는 것이다.

"알았어. 옆에 사제들이나 도와줘! 벌써 지친 기색이야. 그나저나 칠제(七弟)는 왜 이렇게 늦는 거야? 그놈만 있었으면 벌써 이놈들을 다 처리했을 텐데?"

"그 삼룡인가 뭔가 하는 놈이 보통이 아니라며? 그놈 따돌리고 여기까지 오려면 시간 좀 걸릴 거야. 어라? 저기 오는 것이 칠제 소지(蘇池) 아니야?"

소천이 싸우다 말고 가리킨 곳에는 묘귀가 달려오고 있었다. 한데 아까와는 달리 붉은 가사를 입고 목에 염주를 두른 모습이었다.

이를 보고 소유가 크게 소리쳤다.

"소지냐?"

"네, 사형!"

이렇게 말하며 달려오는 묘귀는 달려오면서 모습이 점차 변하고 있었다. 칠 척이었던 몸집도 팔 척으로 커지고, 얼굴을 제외한 모든 것이 바뀌고 있었다. 하지만 그것도 잠시, 손으로 얼굴을 스윽 문지르자 인피면구(人皮面具)가 종이처럼 뜯겨져 나가더니 원래의 모습으로 되돌아와 있었다.

"사매는 어떻게 됐어요?"

소지의 물음에 소유가 고개를 가로저으며 대답했다

"소탁 대사형하고 사형들이 쫓아가긴 했는데, 잘 모르겠어. 여기 불나방 같은 마교 놈들이 좀 많아야지. 너야말로 왜 이렇게 일찍 오는 거냐?"

"중간에 그놈한테 들켰어요. 눈치가 여간 빠른 놈이라야죠. 아까도 식겁했습니다."

"그래도 이번엔 똥칠 안 당해서 다행이네."

"에휴, 말도 마세요. 또 당할까 봐 얼마나 조마조마했는데요. 그리고 이제 그만 좀 놀리세요. 사형들도 그 자리에 있었으면 똑같이 당했을 겁니다. 그 자식이 소탁 대사형보다 세다는데 왜들 믿지 않는 겁니까?"

"아무리 그래도 그렇지, 가만있는 소탁 대사형까지 깎아내리면 되겠어? 대사형보다 무공이 센 놈은 중원에 얼마 되지 않는다구."

"사형들은 믿기 싫으면 믿지 마세요. 그때 사형들이 도망치지 말고 함께 있었어야 했어요. 그래야 똥보다 무서운 게 뭔지 알죠."

소지가 투덜거리며 혈교 무사들 사이를 기어들자 순식간에 전세가 기울었다. 원래 대뢰승들이 유리했으니, 시간을 끌고 자시고 할 것도 없을 정도였다.

삼룡이 경공을 전개한 지 일다경이 지나자 이번엔 갈대밭 옆에서 격전을 치르는 대뢰승 셋과 혈교 무사 열 명가량이 보였다.

모두 적수공권으로 싸우고 있었는데, 이전과 달리 이번엔 대뢰승들이 수세에 몰리고 있었다. 숫자에서도 차이가 났지만, 일대일의 격전에서 혈교 무사들이 결코 밀리지 않는 것처럼 보였다. 이를 보고 삼룡이 미간을 찌푸렸다.

'젠장, 또 잠력을 터뜨린 놈들이야. 어떤 새끼들인지 진저리가 쳐지는군.'

삼룡은 이들도 상관하지 않고 경공을 펼쳤다. 그러자 이백 장 앞에 경공을 전개하는 적발의 소녀와 붉은 가사를 입은 한 승려가 눈에 들어왔다.

'저기다!'

붉은머리소녀가 백서연임을 확신한 삼룡은 다리에 있는 혈도를 모두 개방하고 한층 더 빠른 경공을 전개했다. 삼룡의 신형은 백서연을 보자마자 두 배 이상 빨라졌다. 이는 그의 독특한 내공심법에 의해서가 아니었다. 어디선가 모르게 솟아오른 기운 때문이었다.

백서연을 쫓는 소탁은 자신과 대등한 경공을 구사하는 백서연을 보고 충격을 받았다. 총명한 것을 빼면 다른 무공에서 그렇게 두각을 나타내지 않았던 사매가 불과 몇 달 만에 자신을 앞서 달리고도 전혀 힘든 기색이 없었으니 어찌 놀라지 않겠는가!

한참 고개를 갸웃거리던 그가 소리쳤다.

"사매, 경공이 많이 늘었어!"

소탁의 외침에 백서연의 뒤를 힐끔 돌아보며 말했다.

"대사형, 그만 쫓아와. 태청검보를 돌려줬으니 이제 됐잖아."

"그건 안 돼. 돌아가신 사숙님은 어쩌고? 살계를 저질렀으니 마땅히 벌은 받아야 해."

"살계? 웃기지 마. 대사형이 뭘 안다고 그래?"

소탁의 말을 무시하고 내달리던 백서연의 눈동자가 흔들

렸다. 그녀가 사부를 죽였다는 누명을 썼더라면 차라리 편했을 것이다. 설혹 그런 누명을 뒤집어쓰고 죽는다 해도 그렇게 억울하지는 않을 것이다.

자신의 손으로 사부를, 그것도 무공을 아낌없이 전수해 주고 아버지처럼 자상하게 대해준 사부를 죽여야 했던 사정을 누가 이해할 수 있겠는가? 이런 생각에 백서연의 눈동자는 회오리바람처럼 소용돌이치고 있었다. 하지만 지금은 감정 따위에 빠져 있을 상황이 아니었다.

과거 마교의 장로도 쩔쩔맸던 대뢰승들의 수좌가 자신의 뒤를 바짝 쫓고 있으니 말이다. 하지만 그녀는 방금 큰 실수를 하고 말았다. 잠시 감정에 빠져서 전방 갈대 언덕 뒤에서 들리는 물소리를 듣지 못한 것이다.

콰르르, 콰르르, 콰르르.

백서연의 눈앞을 거대한 황하 강줄기가 가로막고 있었다. 둥글게 꺾여 있어 마치 섬에 온 듯 착각이 일 정도였다.

'젠장, 길이 막혔어. 수면이 요동쳐서 이대로는 수상보(水上步)를 펼칠 수가 없어. 억지로 해봐야 몇 걸음뿐이야.'

막다른 곳으로 몰린 백서연은 방향을 바꾸기 위해 주위를 살폈다. 하지만 그녀가 도망칠 수 있는 방위를 소탁이 미리 견제하고 있어서 달리 도망칠 곳도 없었다.

턱!

거친 황하 강줄기를 마주하고 백서연의 발길이 멈췄다. 아무리 그녀의 경공이 뛰어나다고 해도 이백 장 너비의 강줄기, 그것도 아랫물과 윗물의 위치가 뒤바뀌고 있는 황하를 두 다리로 건널 수는 없었다.

"사매, 돌아가자! 설마 불법을 닦는 승려들이 널 죽이기야 하겠어? 진심으로 참회하면 큰스님들도 용서해 주실 거야."

어느새 삼 장 거리 뒤에 소탁이 도착해 있었다. 그는 백서연이 더 이상 도망칠 곳이 없다고 생각했는지 느긋한 표정이었다.

"아니, 난 돌아가지 않아. 차라리 여기에 빠져 죽으면 죽었지, 뇌음사로 돌아가진 않겠어."

"정녕 내가 힘을 써야겠니?"

차분하게 말하는 소탁은 시간을 오래 끌지 않으려는 듯 백서연에게 다가서려 했다. 그 순간, 작은 미풍(微風)이 불어오는 듯싶더니 이내 삼룡의 목소리가 들렸다.

"그냥 놔둬!"

갑작스런 삼룡의 경고에 소탁의 걸음이 멈춰졌다. 그리고 그는 목소리의 주인이 누구인지 대충 짐작하고 있었다.

'뇌섬보를 능가하는 경공을 쓴다는 그놈이로군!'

삼룡의 목소리가 들리자 백서연이 화들짝 놀라 어깨를 들썩였다. 하지만 뒤돌아보지는 않았다. 상황이 어떻게 됐든 자신이 객잔을 떠났으니 돌아볼 용기가 나지 않아서였다.

그사이 삼룡은 어깨에 걸쳤던 담초홍을 내려놓고 비로소

한숨을 돌리고 있었다. 담초홍은 삼룡이 자신을 내려놓자 방해되지 않게 옆으로 빠졌다.

"네가 소지가 말한 그 개방 고수냐?"

"개방 고수? 뭐, 그건 좋을 대로 생각해. 근데 소지가 내 말을 전하지 않았어? 내가 분명히 전하라고 한 말이 있었을 텐데?"

삼룡의 말에 소탁이 씁쓸한 표정으로 대답했다. 아무래도 예전에 소지라는 대뢰승과 삼룡 간에 무슨 사정이 있는 듯싶었다.

"소지의 입에 말똥을 처넣으면서 협박한 것을 말하는 것이라면 나도 알고 있다. 그리고 우리가 중원에 출두한 일에 이유에 대해서 꼬치꼬치 캐물었다는 것도 다 알고 있지."

"그런데도 쫓아온 이유는 뭐지? 분명 내가 그냥 놔두라고 경고했을 텐데."

삼룡의 엄포에 소탁은 가소롭다는 듯이 대답했다.

"중원에서 나를 협박하는 놈도 다 있군. 용기는 가상하다만 이쯤에서 돌아가라! 이건 뇌음사 내부의 일이야. 살계를 어긴 죄인, 그것도 사부를 죽인 패악을 저지른 제자를 잡아가는데, 네가 자꾸 방해한다면 아무리 내가 불법을 수호한다고 해도 살계를 어길 수밖에 없다."

살계란 말에 놀란 것은 삼룡이 아니라 백서연과 담초홍이었다. 특히 소탁의 무공 실력을 잘 아는 백서연의 눈빛은 조

금 전처럼 소용돌이치고 있었다. 반면 삼룡은 물러날 기색이
조금도 없었다.

"글쎄, 난 물러날 생각이 없는데, 어쩌지?"

삼룡의 말에 소탁은 바로 뒤돌아서 그를 노려봤다. 구 척이
넘는 키에 잘 다듬어진 눈빛이 육중한 바위산을 보는 듯 위압
감이 흐르고 있었다. 반면 삼룡은 개방의 초라한 상거지 이상
으로는 보이지 않았다.

삼룡의 몸집이 작진 않았지만 소탁의 앞에 서니 왜소함을
넘어 태풍 앞의 촛불처럼 위태롭게 보였다. 하지만 삼룡의 표
정만큼은 언제나처럼 여유가 있었다.

소탁과 삼룡 간의 격전의 분위기가 무르익자 재빨리 백서
연이 끼어들었다.

"대사형, 내가 책임지면 되잖아!"

갑작스런 백서연의 선언에 소탁이 반색하며 뒤돌아섰다.
반면 삼룡의 얼굴빛은 어두워졌다.

"사매, 잘 생각했어."

"대신, 그전에 대사형이 알아야 할 일이 있어."

"뭐든 말해. 들어줄 테니."

소탁의 허락에 백서연은 삼룡을 힐끗 쳐다보더니 결심을
한 듯 힘겹게 입을 열었다.

"내가 사부를 죽인 건 사부님이 원했기 때문이야."

"지금 와서 무슨 소리야? 네가 독공을 몰래 익히다 들켜

서 사숙을 죽였다는 걸 모를 줄 알아? 그런데 또 거짓말이라니, 그분은 네 어머니가 돌아가신 다음 널 키워주신 분이라구!"

소탁의 고성에도 백서연은 전혀 위축되지 않고 당당하게 대답했다.

"나도 알아. 하지만 대사형이 모르는 사실이 있어. 사부는 천마신교의 사람이야. 내가 독공을 연공할 장소를 알아봐 준 것도 사부님이었어."

"거짓말!"

"거짓말이라고 해도 좋아. 하지만 끝까지 듣고 말해. 사부는 천리마군이란 마교 장로가 심어둔 첩자였어. 사부의 임무는 극양뇌음단의 제조 비밀과 비급을 빼내는 거였는데 나와 어머니가 뇌음사로 오자 감시하는 임무까지 같이 맡았어."

백서연의 애기가 계속될수록 소탁의 눈동자는 촛불처럼 흔들렸다.

"아까, 사형들에게 건네준 태청검보 합도 사부님이 빼낸 거야. 합 아래를 열어보면 사부님 필체로 쓰여진 극양뇌음단 제조 방법이 적힌 종이가 있을 거야."

"그래서 그걸 알고 죽인 거야? 그냥 나한테 말했으면 좋았잖아."

"아니, 그날 사부는 천리마군으로부터 다른 임무를 받았어. 바로 나를 죽이고 마교로 돌아오라는……."

여기까지 말한 백서연은 정말 힘든 얘기를 꺼내는 것처럼 눈을 꼭 감고 말했다.

"내가 사부님 방에 갔을 때, 사부님은 천리마군이 나를 독살하는 데 쓰라고 준 독을 먹고 죽어가고 있었어. 그런데 너무 고통스럽게 죽어가고 있었어. 너무나 고통스럽게⋯⋯. 난 사부를 어떻게든 살리려 했지만 사부는 방법이 없다고 거부했어. 그리고 태청검보를 건네주면서 도망치라고 했어. 뇌음사도 안전하지 않다고 말이야. 그러면서 마지막으로 부탁하셨어. 자신을 죽여 달라고 말이야. 너무 고통스러워서 못 참겠다고, 천리마군이 널 이렇게 고통을 주면서 죽일 줄은 정말 몰랐다면서 부탁하셨다구!"

울부짖으며 말하는 백서연의 얼굴은 어느새 눈물로 범벅이 되어 있었다. 소탁 또한 눈을 감은 채 뜨지 못했다.

"그래서 사부가 첩자였다는 걸 밝혀질까 봐 지금까지 그 비밀을 지킨 거였니?"

소탁의 물음에 백서연은 천천히 고개를 끄덕였다.

"돌아가자. 돌아가서 상의해 보자. 이제부터 내가 마교로부터 널 지켜주면 되잖아."

"아니, 마교가 위험한 게 아니야. 벌써 마교는 사라지고 없으니까. 천리마군이 혈교를 이용해서 할아버지를 죽이고 그 자리를 차지했거든."

"그렇다고 이대로 계속 도망만 다닐 수는 없잖아. 그러지

말고 돌아가자. 가서 지금 이 사실을 말하면 큰스님들도 용서
해 주실 거야."

"안 돼. 그러면 사부의 명예가 더럽혀져."

"이미 내가 알고 있잖아. 그러니 쓸데없는 고집 피우지 말
고 가자!"

"싫어. 사부님도 없는 뇌음사에 있고 싶지 않아!"

이렇게 말한 백서연은 품에서 조그만 합 두 개를 꺼내더니
삼룡에게 물었다.

"삼룡 오라버니가 내게 줬으니 이것들은 이제 내 마음대로
처리해도 되죠?"

삼룡이 허락의 의미로 고개를 끄덕이자 백서연은 꺼낸 합
두 개를 모두 소탁에게 건네주며 말했다.

"대사형, 이게 뇌음사에서 실전된 소청비급과 극양장법이
적힌 합이에요. 소청비급 합은 태청검보가 적힌 합처럼 비밀
기관이 없어요. 대신 아무것도 적혀 있지 않은 합에 비밀이
있어요. 하지만 그것도 알고 보면 간단해요. 소청비급에 새겨
진 글자를 탁본으로 뜬 다음 아무것도 없는 뚜껑으로 다시 탁
본을 뜨면 되니까요. 그리고 지워진 글자만 보면 극양장법을
익힐 수 있어요."

"사매, 왜 지금 그걸 말해주는 거지?"

"대신 방금 사부님 얘기를 비밀로 해달라는 뜻이에요."

백서연의 애원하는 눈빛에도 소탁은 고개를 가로저었다.

"안 돼. 내가 입을 닫으면 네가 다치게 돼. 최소한 이십 년은 뇌옥에 갇혀 지내야 한단 말이야. 도망칠 생각이라면 포기해. 더 이상 도망칠 곳도 없잖아."

"아니, 내가 책임지면 해결되요."

순간 백서연은 모진 결심을 하고는 어기충소(御氣衝宵) 수법으로 몸을 뒤로 날렸다. 거칠게 휘몰아치는 황하 강물 위로 말이다. 게다가 암암리에 끌어올린 공력으로 장풍을 날려 삼룡과 소탁이 쫓아오지 못하도록 했다.

쿠아앙!

굉음과 함께 장풍의 힘으로 뒤집혀진 강가의 모래가 소탁과 삼룡을 뒤덮었다. 백서연이 극양장법을 구사했기 때문에 모래 기둥이 삼 장 넘게 치솟아올랐다.

워낙 순식간에 벌어진 일이라 백서연의 앞에 있던 소탁은 물론 귀신 같은 신법을 구사하는 삼룡도 이 같은 사태를 보고만 있었다. 반면 백서연은 끈 떨어진 연처럼 황하 강물 위로 추락하고 있었다.

"안 돼에에에!"

크게 놀란 삼룡은 백서연이 날린 장풍에 흩날린 모래를 뒤집어쓰며 달려들었다. 하지만 모래를 뚫고 지나도 백서연의 모습은 보이지 않았다. 거친 황하의 강물만이 삼룡의 속과 눈, 귀를 어지럽히며 도도하게 흐르고 있었다.

                    *   *   *

뇌음사 대뢰승 열 명과 백발의 담초홍이 거친 황하를 옆에 두고 마주하고 있었다. 담초홍은 연신 굵은 눈물을 뚝뚝 흘리면서 대뢰승들을 무섭게 노려보고 있었고, 대뢰승들은 모두 난처한 듯 그녀의 시선을 회피하고 있었다.

담초홍의 뒤에 호위무사처럼 서 있는 아귀궁 출신 살수 다섯도 모두 싸울 것처럼 그들을 노려봤지만 대뢰승들은 눈을 마주치지 않기 위해 필사적으로 피했다. 물론 그들의 무공 수준이 더 높았으니 이들이 무서워서 회피하는 것은 아니었다.

이들이 신경 쓰는 곳은 따로 있었다.

"서연아아아, 서연아아아!"

애타게 백서연을 찾는 삼룡의 목소리와 함께 백 장 정도 떨어진 황하 한쪽에서 물보라가 솟구쳐 오르며 굉음이 터져 나왔다. 그곳에는 눈물범벅이 된 삼룡이 황하강 위를 미친 듯이 달리고 있었다.

허공을 밟을 수 있는 삼룡은 산을 뒤집어엎을 힘을 가졌다는 황하의 물살도 감히 집어삼키지 못했다.

"서연아, 어디 있는 거야? 대체 어디 있어?"

삼룡이 균검을 들고 황하 수면을 때리자 물기둥이 수십 장을 솟구쳐 오르며 또다시 굉음을 울렸다. 이를 보고 대뢰승들은 모두 질렸다는 표정을 지었다. 벌써 한 시진 넘도록 저러고 있으니 그들이 보기엔 괴물이 따로 없었다.

대뢰승들의 대사형 소탁도 폭발한 삼룡의 신위를 보고 놀라기는 마찬가지였다. 하지만 그는 놀란 마음보다는 미안함이 더 컸다. 상황이 어찌 됐든 사매가 자신을 피해 황하에 뛰어들었으니 말이다.

사실 백서연을 찾게 된 건 거의 팔 할 이상이 우연이었다. 이들은 얼마 전까지 환영비마대(幻影秘魔隊)라는 적마의 수하들 때문에 계속 허탕을 쳤었다.

그런데 하남의 야산에서 우연히 삼룡이란 놈이 제남으로 향했다는 소식을 듣게 된 것이다. 물론 이것도 운이 좋아서 듣게 된 것이다. 얼마 전까지 흑왕채 출신이었다는 산적들이 위세를 떨며 먼저 시비를 걸었으니 말이다.

물론 그 산적들은 평생 맞아본 것 중 가장 아픈 밀종대수인이라는 싸대기를 맞고 기절한 놈들이 대다수였다. 그때 우연히 한 산적 놈이 얼마 전에 삼룡이란 놈한테 걸려서 재수가 옴 붙었다 한탄하는 말을 듣고 이곳까지 물어물어 쫓아온 것이다.

그리고 이곳 양천 포구에 하선한 것도 우연이었다. 왜냐하면 원래는 제남과 더 가까운 포구에 내리려 했는데, 하필이면 배의 돛이 찢어지는 바람에 이곳에 온 것이었으니까. 하지만 이것도 알고 보면 다른 내막이 있었다.

그들이 탄 배의 사공은 겉으로 보기엔 대뢰승들이 돈이 많아 보여서 나중에 뱃삯을 줄 것으로 믿고 배를 태워줬었다. 이후 제남에 거의 다 와서 미리 뱃삯을 요구했더니, 아, 글쎄, 이 대뢰승들이 시주한 것이 아니었냐고 오히려 반문하는 것이다.

그래서 다시 배를 돌리기는 그렇고, 그렇다고 그냥 제남까지 태워주기 싫었던 사공들이 일부러 돛을 찢어 양천 포구에 내려준 것이었다.

이들이 양천 포구에 도착했을 때는 해가 뉘엿뉘엿 지고 있었다. 하지만 대뢰승들은 수중에 가진 돈도 별로 없어 객잔에 바로 들어갈 수가 없었다. 원래 객잔이라는 곳이 선불로 운영이 되니 말이다.

할 수 없이 대뢰승 몇이 탁발을 돌고 올 때까지 남은 대뢰승들이 허름한 주루에 들어가서 기다리기로 했다. 한데, 또 이런 우연이 있는가. 주루에서 기다리다 보니 아귀궁 살수 놈들이 술에 취해서 신세한탄하는 얘기를 바로 옆에서 듣게 된 것이다.

또 듣다 보니 그들과 동행하고 있는 사람들이 삼룡과 백서연임을 알게 됐고, 그 길로 사람을 보내 확인해 보니 정말 그 객잔에 적발로 변한 백서연이 있는 것이 아닌가? 게다가 아귀궁 살수들이 술에 취해 이것저것 얘기하는 바람에 삼룡을 따돌릴 계획을 세우는 것도 쉬웠다. 하지만 결과가 이리 될 줄은 정말 몰랐다.

"서연아아아, 어디 있는 거야아아?!"

쿠우우우웅, 콰아아아아!

바다를 태풍이 휘감는 것처럼 황하 강물이 뒤집히며 사방으로 물줄기가 비산했다. 처음 대뢰승들은 삼룡이 강하다는 것을 믿지 못했으나, 잠시 옆에서 지켜보니 괴물도 이런 괴물이 없었다. 벌써 두 시진 가까이 저러고 있으니 말이다.

그야말로 천지요동(天地搖動)의 힘을 가지고 있는 이가 삼룡이었던 것이다.

대뢰승 서열 삼위 소해는 그를 이렇게 생각했다.

'저런 실력을 가지고 있으면서 사제 입에 똥을 처넣은 놈이야. 젠장, 난 얼마나 먹어야 하는 거야?'

바로 밑 서열 사위 소황은 또 이렇게 생각했다.

'어제 꿈자리가 뒤숭숭하더니, 아까 마교 놈들은 준비 운동이었어. 젠장!'

삼룡과 한 번 부딪친 적이 있던 대뢰승 서열 오위 소유는 이렇게 생각했다.

'지난번에는 용케 부처님이 구해주셨는데 이번에는 안 구해주시려나? 저 자식, 저러고 있으니 불안해서 못 견디겠어. 먼저 맞겠다고 하면 몇 대 봐줄라나?'

반면 삼룡에게 지옥을 경험했던 소지란 대뢰승은 이런 눈빛으로 사형들에게 쳐다보고 있었다.

'거봐, 내가 대사형보다 강하다고 했잖아?'

강호를 출두한 이후로 겁을 모르던 대뢰승들은 저마다 화난 삼룡의 눈치를 보느라 식은땀을 흘리고 있었다. 원래 겁을 모르는 이들이었지만 삼룡에게는 예외였다. 순간! 삼룡의 눈길이 대뢰승들에게 향했다.

"이 새끼들, 찾아내! 어서 서연이 찾아내란 말이야!"

광포한 광룡처럼 삼룡이 소리를 지르자 대뢰승들은 속으로 뜨끔하며 눈만 꿈뻑였다.

'아이고, 부처님, 저놈이 드디어 우릴 강물에 빠뜨려 죽이려고 합니다!'

대뢰승들이 옴짝달싹 못하는 사이 삼룡이 성큼성큼 쫓아왔다. 이때만큼은 불법을 수호하는 승려들도 죽음의 공포가 두렵다는 생각이 들었다. 그 순간 하늘이 도왔는지, 부처가 도왔는지 삼룡의 앞으로 희뿌연 옷 같은 것이 하류로 떠내려가는 것이었다.

"서연아아아아!"

또다시 울부짖으며 삼룡이 희뿌연 물체를 찾아 경공을 전개하자 대뢰승들은 저마다 안도의 숨을 내쉬었다.

순간,

"그만 가세요. 여기 있으면 오라버니에게 고초를 당할 겁니다."

이렇게 말한 사람은 담초홍이었다. 하지만 대뢰승들을 이끌고 있는 소탁은 고개를 가로저었다.

“사과는 해야지.”

“아니요. 지금은 가세요. 오라버니의 지금 상태는 살계를 마다할 분이 아닙니다.”

“죽는 건 두렵지 않다.”

소탁의 말에 담초홍이 냉랭하게 말했다.

“이분들의 대사형이라고 하더니, 하나만 알고 둘은 모르시는 분이군요?”

“무슨 뜻이지?”

“여러분이 삼룡 오라버니 손에 다치기라도 한다면, 아니, 어느 누구 하나 죽기라도 한다면 서연 언니는 어떻게 되죠?”

담초홍의 지적에 자리를 지키려던 소탁의 마음이 흔들렸다. 백서연이 모진 결정을 한 것도 다 사부의 명예를 지키기 위함이 아니던가! 그런데 자신은 스스로의 책임감 때문에 사매의 입장을 고려하지 않은 것이다.

“어서 가세요. 그것이 진정 도와주는 겁니다.”

담초홍의 진심이 담긴 말에 소탁은 고개를 끄덕이더니 사제들을 이끌고 발길을 돌렸다.

第四章

비련(悲戀)

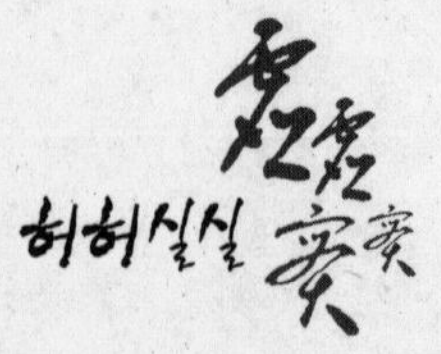
虛虛實實
허허실실

명경호수 붉은 연꽃은 누굴 위해 피었나.
새침한 저 미소 날 보고 웃는 것도 같은데
이 내 마음은 황하 수면을 떠나지 않으니
그 웃음, 새털처럼 부질없겠구나.

치렁치렁 수양버들 귀신 머리는
어이해, 내 마음을 어지럽히는가.
너마저 적발(赤髮)로 변한다면
나는 어이할꼬 슬퍼서 어이할꼬.

끝이 잘 보이지 않는 너른 호수, 제남의 명승지인 대명호(大
明湖) 한구석에서 구슬픈 남정네의 목소리가 처량하게 울려
퍼졌다.

목소리의 주인은 봉두난발의 행색에 누더기 차림의 사내
였다. 그는 수양버들처럼 머리카락을 앞으로 길게 드리워 얼
굴 윤곽조차 제대로 구분하기 힘든 몰골로 이끼가 잔뜩 낀 통
나무 위에 길게 누워 있었다. 하지만 그는 혼자가 아니었다.

그 바로 옆에는 백발(白髮)의 소녀가 다소곳이 앉아 있었
고, 또 그 주위를 칼을 찬 사내 넷이 병풍처럼 서 있었다.

모두 봉두난발의 사내를 걱정하는 듯 자리를 지키고 있는
데, 정작 봉두난발의 사내는 이들이 있으나 없으나 크게 신경
쓰지 않았다.

어느 순간 어깨까지 내려오는 둥근 초립을 쓴 팔 척 장신의
사내가 등에 환두도를 걸어 메고 질풍처럼 달려왔다. 품 안에
보자기 하나를 신주단지 모시듯 꼭 끌어안은 모습이 봉두난
발의 사내나 칼을 찬 사내들에게 적의를 품은 것 같지는 않았
다.

초립의 사내가 십여 장 정도 가까이 오자 호위를 서던 한 사
내가 재빨리 쫓아가 들릴 듯 말 듯하게 작은 소리로 말했다.

"축귀 형님, 술은 구했습니까?"

"그래, 일단 이것부터 받아라."

사내가 술병이 든 것으로 보이는 보자기를 건네며 쓰고 있

던 초립을 벗었다. 그러자 큼지막한 칼자국이 아로새겨진 아귀궁 출신 축귀의 얼굴이 드러났다.

"사귀(巳鬼)야, 그사이 또 혈교 놈들이 덤비지는 않았느냐?"

"네, 벌써 사흘째 보이지 않습니다. 천리마군도 이제 포기한 듯싶습니다. 한데 삼룡 형님께서 밥은 고사하고 안주도 안 드시니, 저는 그것이 더 걱정입니다."

"벌써 한 달째 곡기를 끊으셨는데, 저러다 몸이라도 상할까 걱정이로구나."

"아무것도 안 드셨던 때도 있는데, 그래도 술이라도 드시는 게 어딥니까. 그런데 형님, 대체 돈은 어디서 나셨습니까? 서연 아가씨 장사 지내느라 수중에 가진 것이 다 떨어졌을 텐데?"

"쉿! 사부님 들으신다. 객잔에서 장작 좀 패주고 얻어오는 길이다. 거기에 구운 오리 반 마리와 백주는 사부님께 올리고, 나머지 반 마리하고 주먹밥은 초홍이하고 너희들 먹어라. 그리고 난 볼일이 있어서 다시 가봐야 한다."

"네, 형님. 다녀오세요."

축귀가 초립을 쓰고 왔던 길을 되돌아가자 사귀는 보자기에서 오리 반 마리를 뜯어 술병과 함께 봉두난발의 사내 옆으로 공손히 가져다 놨다. 그리고 나머지 반 마리와 주먹밥은 자신들이 먹지 않고 통째로 백발의 소녀에게로 가져갔다.

"초홍아, 배고팠지? 이걸로 요기라도 하렴. 우리 먹을 고기는 따로 있으니 혼자 먹어. 남는 건 배고플 때 먹고!"

그의 말에 백발의 소녀, 아니, 담초홍은 고개를 가로저으며 제일 작아 보이는 주먹밥 하나만을 집어 들었다.

"저는 이거 하나면 되요. 오라버니들께서는 제대로 주무시지도 못하셨으니 이걸로 원기 보충이나 하세요."

한결 수척해진 모습의 담초홍은 입술을 야무지게 다물고는 미소를 짓고 있었다. 그러자 사귀가 강권하듯이 보자기를 앞으로 내밀었다.

"아니야, 축귀 형님이 우리 몫으로 가져온 고기도 있어. 그러니 우리 생각 말고 어서 먹어라. 이러다 너까지 쓰러지면 어떡하니?"

"아니에요. 전 내공심법을 연공하고 있으니 오히려 적게 먹는 게 좋아요. 이것도 조금 뒤에 먹을 거예요."

사귀가 이후에도 한 번 더 권했지만 담초홍이 끝까지 사양하자 결국 뒤돌아설 수밖에 없었다. 사실 그도 담초홍의 억센 고집을 알고 있었다. 광분한 삼룡이 뇌음사 대뢰승을 뒤쫓으려는 것도 그녀가 몸을 던지다시피 해서 막은 것이다.

한평생 살수로 살아온 자신도 그 당시 삼룡의 기에 눌려서 접근할 엄두도 못 냈는데, 담초홍은 그 모든 걸 견뎌내며 막아낸 것이다. 어금니를 꽉 깨문, 그때의 표정은 한번 결정하면 절대 포기하지 않는 집념 이상을 느낄 수 있었다.

반면 한 달 전 삼룡은 한 마리 광룡(狂龍)이었다. 황하를 끊어서라도 백서연을 찾으려 했으니 말이다. 오죽하면 천리마군이 보낸 살수들이 겁을 먹고 사방으로 도망쳤겠는가!

삼룡이 백서연을 찾는 걸 포기한 것도 그녀가 황하에 몸을 던진 후 무려 칠 일이 지나서였다. 만약 그때 담초홍이 나서지 않았다면 아직까지 백서연을 찾아 헤매고 있을 것이었다.

"자꾸 이러시면 서연 언니는 시체가 되어서라도 나타나지 않을 거예요."

바로 이 말에 삼룡이 멈췄다. 물론 화난 표정으로 담초홍을 노려봤지만, 그녀는 눈썹 하나 까딱하지 않았다.

"사부가 마교의 첩자였다는 사실을 감출 수만 있다면, 제가 언니였더라도 뛰어들었을 거예요. 그리고 오라버니가 취해 잠들었을 때 언니가 저에게 한 말이 있어요. 오라버니가 자신의 과거를 누군가에게 듣고 자신을 버릴까 봐 걱정된다고, 언니 아버지가 어머니에게 그랬던 것처럼 자신을 버릴 것 같아서 두렵다고 했단 말이에요."

이 말을 듣고 삼룡이 그 자리에서 주저앉았다.

담초홍의 말에 의하면 서연이 소탁에게 비밀을 털어놓은 이유가 바로 자신 때문이라는 소리가 아닌가? 실제로 그녀가 과거를 털어놨을 때 삼룡을 꽤나 의식했었다. 즉, 백서연이 황하에 몸을 던진 중요한 원인 제공을 한 사람이 바로 삼룡이라는 얘기였다.

　삼룡은 백서연의 마음을 확인한 것이 한편으로 기뻤고, 또 한편으로는 원망스러웠다. 그래서 실성한 사람처럼 웃다가 울기를 반복했다. 하지만 담초홍이 옆에서 조근조근 얘기를 하자 그의 고집을 버리고 이곳까지 온 것이다.

　그사이 사귀는 다른 아귀궁 살수들에게 보자기를 건넸지만 그들 역시 담초홍처럼 주먹밥 하나씩만 집어 들었다. 아직 보자기에 오리 반 마리와 주먹 밥 다섯 개 남짓 남아 있었지만 그 누구도 더 먹고자 하는 사람이 없었다. 오히려 그들은 주먹밥 한 개에 만족한 듯 미소를 짓고 있었다.

　이것이 삼 일 만에 처음 보는 음식이었음에도 말이다.

　아무리 극한의 상황에서 임무를 수행할 능력이 있는 특급 살수들이었지만 주먹밥 하나로 이렇듯 만족한 표정을 짓는 건 언뜻 납득하기 힘들었다. 하지만 이들이 눈빛, 특히 삼룡을 쳐다보는 눈빛을 보면 어느 정도 이해할 수 있었다. 이들은 경외와 동경심이 가득한 눈빛으로 그를 쳐다보고 있었다.

　얼마 전 그가 보여준 무위(武威), 그것만 생각하면 그들의 가슴은 아직도 두방망이질쳤다. 이는 살수의 아들이라는 연민의 정과 동질감에서 비롯된 것이기도 했다.

　어찌 됐든 이들은 마음 깊은 곳으로부터 삼룡에게 감복하고 또 복종하고 있었다. 설사 그의 옆에서 굶어 죽는다 해도 떠날 생각이 없었다.

　저녁 해를 따라 대명호 전체가 붉게 물들기 시작하자 아귀궁 살수들은 때 아닌 한숨을 내쉬었다. 왜냐하면 노을이 질 때면 삼룡이 시 대신 그의 마음을 담은 휘파람을 불기 때문이었다.

문뜩 그의 휘파람을 듣고 있노라면, 감정이 메마른 살수들조차도 눈가가 촉촉해졌다. 하지만 이런 감정은 특급 살수들인 그들에게는 아주 낯선 경험이었다.

차라리 삼룡이 더 애잔한 시를 지어 읊는다면 고개만 주억거리면 그뿐이었다. 하지만 그의 마음이 고스란히 담긴 휘파람은 무방비 상태로 공격받는 것과 마찬가지였다. 특히 노을이 최고조에 이를 때는 세상이 무너진 것 같은 슬픔이 느껴져 견딜 수가 없을 정도였다.

이 때문에 아귀궁 살수들이 한숨을 짓게 된 것이다. 그런데 저녁노을이 다 타도록 삼룡의 입에서 휘파람 소리가 흘러나오지 않는 것이다. 사람이 갑자기 변하면 더 무서운 법, 아귀궁 살수들은 서로 눈치를 보며 삼룡이 또 광포하게 변하지 않을까 걱정했다. 반면 담초홍은 별다르게 생각하지 않는 듯 표정 변화가 없었다.

그런데 그 순간, 평소 낙조가 있는 한 절대 시선을 떼지 않던 삼룡이 사귀가 가져다 놓은 오리 구이를 뚫어지게 쳐다보고 있는 것이었다. 그뿐만이 아니었다. 고개를 갸웃거리더니 이내 손까지 뻗는 것이다.

"무슨 오리 고기 냄새가 이렇게 특이하지? 이것 봐라? 고기에서 고량주 맛이 나는 게 감칠맛이 끝내주네.”

삼룡이 다시 음식에 손을 대는 것을 보자 호위를 서고 있던 아귀궁 살수들은 너나 할 것 없이 기뻐하는 표정이었다. 하지만 삼룡이 별다를 것 없는 오리 구이 가지고 과도하게 칭찬하자 이상한 생각이 들었다. 혹시나 정신적인 충격을 못 이기고 실성이라도 했을까 봐 걱정이 된 것이다.

또한 그런 생각으로 보니 삼룡의 먹는 모습도 이상하게 보였다. 입 주위에 오리 기름이 번질거리는 것도 아랑곳하지 않고 게걸스럽게 음식을 먹으니, 흡사 광인이 오랜만에 고기 맛을 보는 것과 다르지 않았다.

어느새 오리 반 마리를 뚝딱 해치운 삼룡이 코를 킁킁거리면서 사귀 쪽을 보고 말했다.

“니들, 그거 안 먹을 거냐?”

사귀는 초홍이 아까 남은 음식이 상할까 봐 보자기에 싸서 직접 들고 있었다. 그런데 그걸 삼룡이 용케 냄새를 맡고 위치를 알아낸 것이다. 하지만 이 역시 정상으로 보이지는 않았다.

‘쯧쯧, 저 거슴츠레한 표정 봐! 하긴, 그렇게 못 잊어서 애타게 찾았는데 정신적인 충격이 왜 없겠어? 그래도 다행이야, 크게 실성한 것처럼 보이지는 않으니까.’

사귀가 다른 아귀궁 살수들을 쳐다보자 모두들 남은 음식을 주라는 듯 고개를 끄덕였다. 그러자 사귀는 들고 있던 보자기를 삼룡에게 통째로 건네줬다. 물론 보자기가 하나이니 주먹밥도 같이 딸려가는 건 말할 것도 없었다.

"이야, 이 오리 진짜 맛있네. 아깐 고량주 맛이 강해서 몰랐는데, 지금은 차 맛이 느껴지네. 분명 매일 고량주와 차를 먹인 오리를 잡은 게 틀림없어. 그러니 비린 맛이 전혀 나지 않고, 입 안에서 사르르 녹는 것이 마치 눈[雪]을 먹는 것 같지."

이번엔 삼룡이 이전처럼 마구잡이로 먹어치우는 게 아니라 조금씩 음미해 가며 자세하게 설명까지 하는 것이었다. 그런데 그 설명이 기가 막히지 않는가? 비린 맛이 전혀 나지 않고 입에서 사르르 녹는 눈 맛이라니!

아귀궁 살수들은 자신들도 모르게 입에 침이 고이며 삼룡의 입속에서 놀고 있는 오리 뼈다귀를 상상했다.

'아깝다. 맛이라도 한번 봐둘 걸 그랬어. 괜히 아낀다고, 쩝!'

'우린 주먹밥 한 개로 배를 채웠는데, 설마 혼자 다 먹는 건 아니겠지?'

아귀궁 살수들이 뒤늦게 후회했지만 삼룡의 손길은 뼈다귀가 다 발라질 때까지 멈추지 않았다. 이어 손가락을 빨며 삼룡이 하는 말이 아귀궁 살수들의 귓전을 후벼팠다.

"쩝, 이렇게 맛있는 오리를 왜 안 먹고 있었던 거야? 다들 배가 불렀군, 불렀어!"

뭐, 이때까지만 해도 아귀궁 살수들은 그렇게 억울하지 않았다. 맛있는 오리 한 마리를 자신들이 존경해 마지않는 형님에게 바쳤다고 스스로 위안했으니 말이다. 하지만,

"뭐야, 이 주먹밥 보통이 아니잖아!"

순간 신귀, 묘귀, 진귀가 막내 사귀를 노려보기 시작했다. 그러거나 말거나 삼룡은 또 주먹밥 품평에 들어갔다.

"밥 안에 들어 있는 이건… 말로만 듣던 상어 지느러미! 입 안에서 돌돌 감기는 것이 씹을 것도 없잖아."

사귀는 삼룡의 말에 오히려 당당하게 형들을 쳐다봤다. 분명 자신들도 같은 주먹밥을 먹었지만, 그들이 먹은 건 소금이 조금 뿌려진 것 외에는 아무것도 들어 있지 않았다. 그러니 삼룡이 거짓말을 하고 있다고 생각한 것이다.

'거봐, 삼룡 형님이 실성한 거라니까. 그냥 보통 주먹밥이 었어!'

이런 사귀의 생각을 읽었는지 바로 삼룡이 주먹밥에 대해서 언급했다.

"누가 주먹밥에다 장난을 쳐놨지? 작은 것에만 요리를 넣어놨네. 이번엔 간장에 절인 전복이 통째로 들어가 있네. 어이쿠, 녹는다, 녹아!"

공교롭게도 아귀궁 살수들이 먹은 것은 크기가 큰 주먹밥이었다. 즉, 삼룡이 먹고 있는 것이 진짜 전복이 들어가 있을 가능성이 높은 것이다. 삼룡의 먹는 모습을 얼핏 봐도 그냥

주먹밥을 먹는 것 같지 않았다.

삼룡의 말에 점점 무게가 실리는 반면 사귀의 입장은 점점 난처해졌다. 게다가 그가 이 음식을 가져온 축귀와 은밀히 대화를 나누었으니 어쩌면 무슨 음식이 들어 있다는 것을 먼저 알고 있을 수도 있다는 의심이 드는 상황이었다.

'자식, 나중에 혼자 먹으려고 속인 거 아니야?'

그래도 삼룡이 이쯤에서 남은 주먹밥을 돌려준다면 이 모든 문제가 해결되고도 남았다. 하지만 어디 삼룡이 그럴 놈이던가? 소금만 쳐진 주먹밥까지 싹싹 먹는 삼룡이었다.

"배가 고프니, 맨밥도 맛있네. 밥풀도 녹는다, 녹아!"

삼룡은 보자기에 붙은 밥풀 하나까지 뜯어먹고 나서야 일어섰다. 게다가,

"초홍아, 그거 안 먹을 거냐?"

아직 초홍의 손에 주먹밥이 남아 있었다. 아까 그녀 말대로 내공심법을 수련하느라 먹지 않고 손에 쥐고만 있었던 것이다. 하지만 담초홍이 귀까지 닫고 수련한 것은 아니었다.

"아껴 먹는 거거든요. 눈독 들이지 마세요."

냉정한 말과 함께 담초홍의 작은 입술이 주먹밥으로 향했다. 순간 아귀궁 살수들의 시선이 모두 그녀에게 향했다. 혹시 그녀라면 한입씩이라도 나눠 먹자고 할지도 모르니 말이다. 하지만,

"어라, 뭐가 이렇게 맛있지? 죽순을 다져 넣은 새우 완자가

들어가 있네? 고소한 게 너무 맛있네.”

이렇게 말한 담초홍은 아귀궁 살수들이 딴생각을 할 새도 없이 모조리 입에 구겨 넣었다.

순간 사귀를 향해 일제히 시선이 모아졌다.

‘이 새끼, 저거 초홍이에게만 맛있는 주먹밥을 주고, 우리한테는 소금만 쳐진 주먹밥만 주다니! 분명 고의야, 고의!’

사귀가 하늘을 쳐다보는 사이 삼룡이 드디어 자리를 털고 일어섰다.

“초홍아, 오래 기다리게 해서 미안하다. 가자! 배고프니 뭣 좀 먹어야지?”

그러자 담초홍이 다소곳이 대답했다.

“네, 오라버니! 근데 아직 축귀 오라버니가 오시지 않아서……”

“내버려 둬. 알아서 쫓아올 거야. 명색이 특급 살수잖아. 그런데 너희들은 안 가냐?”

삼룡의 말에 신귀가 대표로 대답했다.

“저희도 곧 쫓아가겠습니다. 사귀 동생이랑 할 말이 있어서요.”

“그래, 알아서 쫓아와!”

눈치 빠른 삼룡이 사귀를 향해 씩 웃어주며 휘적휘적 걸어가자 담초홍이 그의 옆으로 재빨리 따라붙었다.

　　　　＊　　　　＊　　　　＊

　대명호의 서쪽에 위치한 이층 규모의 역하정(歷下亭), 이 정자는 대명호에서도 경관이 유난히 좋아 고관대작이나 강호 대상인들이 주로 연회를 여는 장소였다. 때문에 이를 빌리는 데만 은자 백 냥이라는 거금이 들었다.

　그런데 며칠 전부터 정체를 알 수 없는 여인들이 하루에 은자 오십 냥을 더 얹어가며 역하정 전체를 쓰고 있었다.

　이들은 모두 홍의(紅衣) 차림을 하고 있었는데, 중년 여인 일고여덟을 제외하고는 모두 스물을 갓 넘긴 젊은 처자들이었고, 강호 무인들처럼 무기를 휴대하고 있었다.

　강호에 아미파나 검각같이 여인들로만 이루어진 문파가 여럿 있었지만, 이렇듯 비싼 정자를 웃돈까지 줘가며 빌려 쓰는 문파는 별로 없었다. 모두 무공과 함께 검소한 생활을 중요한 덕목으로 삼는데다가 남정네들처럼 여인을 끼고 연회를 여는 것을 좋아할 리가 없었다.

　이는 오직 재력이 풍부하고 기이한 행실을 하는 사파에서나 가능한 일이었다. 이를테면 도화궁(桃花宮)이나 홍예회(紅藝會) 같은 기녀 단체 말이다.

　도화궁과 홍예회가 사파로 불리는 것은 이들이 바로 체음보양(體陰補陽)의 반대인 체양보음(體陽補陰)의 수법을 써서 자신의 내력을 증진시키는 것으로 알려져 있었기 때문이다.

어쨌든 이들 문파가 아니라면 이 역하정 전체를 세내어 연회를 열 문파가 없다는 것이다. 특히 홍예회 기녀들은 강호에 출두할 때 지금 역하정을 차지한 여인들처럼 홍의를 입는 것으로 알려져 있었다.

다만 화북 제남(齊南)이란 곳에 강남 지방에서 주로 활동하는 홍예회 사람들이 올 이유가 없다는 것이 이 여인들의 정체를 추측하기 어렵게 만드는 이유였다.

홍의여인 모두가 하녀들의 시중을 받아가며 연회를 즐기는 것과는 달리, 유독 술을 마시지 않고 창문가에 서서 대명호 한쪽을 쳐다보는 여인이 있었다.

이 여인은 얼굴을 전체를 뒤덮는 삿갓을 쓰고 있었는데, 옷을 입은 자태를 보면 나이가 꽤나 젊어 보였다. 하지만 홍의를 입은 중년 여인들은 감히 이 여인에게 말조차 함부로 붙이지 못할 정도로 어려워했다. 하지만 한 젊은 여인만은 유독 그녀를 어려워하지 않았다.

동그란 눈망울에 청초하게 생긴 한 여인이 손에 샛노란 찻잔을 들고 삿갓을 쓴 여인에게 다가왔다. 이어 조심스럽게 어깨를 두드리더니 찻잔을 공손하게 내밀었다. 그러자 삿갓을 쓴 여인이 천천히 고개를 가로저었다.

그럼에도 찻잔을 든 여인은 다시 손을 내밀었다.

"으, 으!"

원래 말을 못하는지, 그녀의 입에서는 거친 음이 새어 나왔다. 그러자 삿갓을 쓴 여인이 할 수 없다는 듯 찻잔을 받아 들었다.

“홍연(紅蓮) 언니도 참, 이거 마시면 되죠?”

“으으!”

벙어리여인, 홍연이 얼른 고개를 주억거리자 삿갓을 쓴 여인은 삿갓 안으로 찻잔을 가져갔다.

“용포차(龍袍茶)네요. 꽃 향이 은은한 게 꼭 언니를 닮은 차 맛이에요. 맛있어요.”

삿갓을 쓴 여인이 차 맛을 벙어리 여인의 미모에 빗대어 칭찬하자 벙어리여인의 얼굴은 새색시처럼 붉게 물들었다. 하지만 삿갓여인의 말처럼 벙어리여인, 홍연은 진정 아름다웠다. 마치 붉은 연꽃처럼 화사하고 은은한 아름다움을 동시에 갖춘 미인이었다.

“으, 으으!”

홍연이 대명호를 가리키며 고개를 갸웃거리자 삿갓여인이 무슨 말인지 어림짐작하며 말했다.

“누굴 생각하냐고 물으신 거죠?”

홍연이 고개를 끄덕이자 삿갓여인이 짧은 한숨을 내쉬며 대답했다.

“휴, 세상에서 제일 답답한 사람요. 근데, 그 사람은 아버지처럼 사람들 말을 듣고 나를 외면하지 않았어요. 오히려 저 대신 싸우려고 해서 눈짓으로 간신히 말렸어요. 만약 그때 말리지 않았다면 아마 그 사람은 세상 모두를 적으로 뒀을 거예요. 언니도 알다시피 저는 복수를 해야 해요."

삿갓여인의 말에 벙어리 홍연은 조심스럽게 그녀의 어깨를 토닥였다.

"전 괜찮아요, 언니. 그 사람도 이제 저를 잊을 거예요. 그럼 그다음에 제가 잊으면 되요. 먼저 잊기엔 너무 받은 것이 많아서 어쩔 수 없어요. 그런데 그거 아세요? 그 사람이 절 좋아한 이유요?"

홍연이 모르겠다는 듯이 고개를 살짝 흔들자 삿갓여인이 다시 말했다.

"제가 처음 그 사람에게 오라버니라 불렀을 때 동생 생각이 났대요. 그 사람이 일곱 살 때 다섯 살 여동생이 억울하게 죽었대요. 그런데 죽기 전에 눈물이 그렁그렁한 눈빛으로 오라버니라 부르고 죽었다는 거예요. 그래서 제가 위기에 처했을 때 외면할 수가 없었다고 해요. 사실 그 사람은 누가 죽든 말든 전혀 신경 쓰지 않는 사람이거든요. 근데 저만은 예외래요. 설사 세상 전체와 맞서 싸우더라도 저는 예외라고 했어요."

어느새 삿갓을 쓴 여인의 발아래가 비가 온 것처럼 축축하게 젖어 있었다.

"저 못됐죠, 홍연 언니? 그런 사람을 버렸어요. 나를 버릴 때까지 기다렸는데, 저를 버리지 않아서 제가 버렸어요,

제가!"

　홍연이 조용히 그녀를 안아주자 삿갓여인은 홍연의 품 안에서 조용히 울음을 터뜨렸다.

＊　　　＊　　　＊

　귀주의 혈교 총단은 과거 천마신교의 총단이 있을 때보다 더 바쁘게 움직였다. 아직 천마전을 대신할 혈마궁이 건축 중이었지만 다른 곳은 모두 본래의 제 기능을 되찾고 있었다. 이는 마영대의 수장이자 부교주 직을 맡고 있는 천리마군 독고천의 장악력 덕분이었다.

　그의 탁월한 장악력은 그의 경쟁자이자 외총관 직을 겸하고 있는 마불(魔佛) 황일비 수석 장로조차 칭찬할 정도였다. 하지만 누가 뭐라고 해도 수석 장로는 부교주보다 직급이 낮았다.

　게다가 혈교의 교주이자 존주(尊主)인 능운비가 자주 자리를 비우니 부교주인 그의 권력은 과히 무소불위(無所不爲)라 할 만했다. 하지만 막강한 권력을 손에 쥔 천리마군에게도 고민이 하나 있었다.

　이 고민은 얼마 전 눈엣가시 같은 아귀궁을 완전히 없애 버린 데서 출발한다. 천리마군은 총단을 장악하면서 충성을 맹세한 마교인들에게 혈향뇌신단이라는 것을 먹였는데, 그것을 먹으면 혈교에 감히 반기를 들 수 없는 작용을 한다.

한데 이 혈향뇌신단을 먹은 아귀궁 특급 살수들에게는 그 효력이 전혀 생기지 않은 것이다.

장로 급 마공 고수도 아닌 이들이 혈향뇌신단에 저항한다는 것은 천리마군에게 대단히 큰 골칫거리였다. 만일 이 사실이 혈교에 반감을 가지고 있는 원로나 장로의 귀에 들어가게 되면 자신이 그랬던 것처럼 하루아침에 총단이 뒤집어질 수 있는 상황이었다.

그래서 천리마군은 이들을 삼룡을 죽이는 데 미끼로 쓰는 한편 아귀궁이라는 살수 단체를 완전히 없애 버릴 계획을 세운 것이다.

물론 천리마군이 충성을 맹세한 아귀궁을 망설임없이 없앨 수 있는 그 이면에는 단기간 내에 살수들의 내외공을 급상승시키는 혈교의 내단이 있었기 때문에 가능했다. 하지만 막상 아귀궁을 없애 버리자 이런저런 문제가 발생되기 시작했다.

우선 흑살각과 참봉각 살수들의 목표 의식이 없어졌다. 노력을 하지 않아도 혈교의 내단을 먹어서 단시일 내에 은형술과 최상승 살수 무공을 쓸 수 있으니 누가 뼈와 살을 깎는 살수 교육에 집중하겠는가?

게다가 살수들의 내외공을 증강시키는 내단 문제도 있었다. 이것은 단시일에 내력을 상승시키는 효과는 최고였지만, 계속 섭취하는 내단의 양을 늘리지 않으면 급격하게 내력 수준이 떨어져서 원래 가지고 있는 내력보다 약해진다는 것이다.

이는 혈교의 내단이 소림사의 대환단처럼 영구적으로 내력을 상승시키는 것이 아니라 사람이 가지고 있는 잠력을 끌어 쓰기 때문이었다.

이 문제를 모르고 천리마군은 삼룡을 처치하는 데 모두 동원했다가 그 많은 살수들을 한꺼번에 잃게 된 것이다. 물론 이 문제는 능운비가 그 사실을 얘기하지 않았기 때문이기도 해서 그의 신임에 문제 삼지는 않았다.

하지만 과거 천마신교의 세력을 모두 흡수한 혈교라는 조직을 운영하는 데 있어서 살수의 숫자가 적다는 것은 앞으로의 총단 장악력에 치명적일 수밖에 없었다. 이 때문에 최근에는 능운비가 삼룡을 제거하라고 직접 지시한 일도 뒤로 미뤄두고 있는 실정이었다.

그래서 천리마군은 마영각(魔影閣) 집무실에 앉아 머리를 싸매고 있었다. 총단의 다른 상황은 비교적 잘 돌아가고 있지만 이놈의 살수 재건 계획은 그의 능력으로는 회복이 불가능했다.

"부교주님! 황 수석 장로께서 뵙고자 합니다."

마불 황일비가 왔다는 소리가 들리자 독고천은 미간을 잔뜩 찌푸렸다. 하지만 곧 마불이 집무실로 들어서자 아무 일도 없었던 것처럼 활짝 웃으며 반겨주었다.

"하하, 어서 오시게, 황 장로!"

천리마군은 자연스럽게 하대를 하느라 '수석'을 따로 붙이지 않았다. 물론 마불 입장에서는 고깝게 들리기는 했지만 그보다 아래 직급이라 내색할 수는 없었다.

"오랜만에 문안 인사드립니다, 부교주님!"

"그래, 요즘 화북 지역 분타를 접수하고 있다고 했는가?"

천리마군은 마불 황일비가 아직 강남 분타들조차 흡수하지 못한 것을 이미 알고 있었다. 그럼에도 이를 거론하는 것은 마불의 기를 완전히 꺾어놓기 위함이었다.

아니나 다를까, 마불의 안색이 파리하게 변했다. 상명하복의 위계질서는 천마신교 때나 지금이나 별 다를 바가 없었다. 즉, 이 자리에서 천리마군이 분타 복속 문제로 그를 죽일 수도 있는 일이었다.

쿵!

파릇하니 깎은 머리와 함께 마불 황일비의 신형이 바닥에 쓰러지듯 엎어졌다. 이는 절대복종의 뜻으로, 마불이 천리마군에게 오체투지를 한 것이다. 이에 당황한 것은 천리마군이었다. 자신은 단순히 기만 죽이려고 했을 뿐인데, 상대는 이렇듯 오체투지하며 잘못을 빌고 있으니 말이다.

"하하. 황 장로, 농담이야, 농담. 농으로 한 말로 오체투지를 하면 날더러 어쩌란 말인가? 어서 일어나시게!"

짐짓 부드럽게 일어서라 권하자 마불이 못 이기는 척 일어섰다.

"제가 무능해서 아직 강남 분타조차 복속시키지 못했습니다, 부교주님! 저를 벌하신다면 언제든 달게 받겠습니다."

"아닐세, 황 장로. 강남 지방에 태풍이 불어 상황이 혼란스럽다는 것을 내 익히 알고 있다네. 게다가 강남 분타가 다들 인마대제에게 극도로 충성하는 자들이 아닌가? 내 분타 문제만큼은 마불 자네를 믿고 있으니 염려 말게. 그리고 언제든 총단의 지원이 필요하거들랑 말씀하시게. 내 책임지고 먼저 지원해 주겠네."

"감사합니다, 부교주님! 안 그래도 그 때문에 찾아뵌 것입니다."

"그래, 무슨 지원이 필요하신가?"

"이제 총단이 안정됐으니 구음마군 백 장로의 천마대(天魔隊)와 금강마인(金剛魔人) 왕 장로의 음마대(陰魔隊)를 저에게 빌려주십시오."

순간 천리마군의 눈동자가 등잔만큼 커졌다.

방금 마불이 말한 천마대와 음마대는 각각 총단 전체에 삼할을 차지한다고 말할 수 있을 만큼 정예 중의 정예라 불릴 수 있는 세력이었다. 천리마군이 총단을 장악한 뒤 가장 먼저 장로의 목을 친 것도 바로 이 두 세력을 담당하고 있는 장로

들이었다.

한데 그 두 세력을 한꺼번에 빌려달라니, 이는 미치지 않고서야 입에 올릴 수도 없는 말이었다.

"그건 안 되네."

천리마군은 생각할 것도 없다는 듯 선을 그었다. 냉랭한 그의 표정은 여차하면 그를 뇌옥에 가두라고 명할 만큼 냉기가 풀풀 날렸다.

"그 두 세력만 있으면 세 달 안에 화북 지역 분타까지 복속시킬 수 있습니다. 제가 관할인 삼마대로는 올해 안에 화중 지역도 버겁습니다. 그러니 허락해 주십시오."

"안 된다고 하지 않았는가!"

천리마군은 더 듣지 않겠다는 뜻으로 몸을 휙 돌렸다. 하지만 마불에게는 준비된 것이 있었다.

"대신 저의 삼마대(三魔隊)를 부교주님께 맡기겠습니다."

마지막 마불의 제안에 천리마군은 크게 놀랐다. 삼마대라 하면, 마불 직속의 혼마, 빙마, 검마대를 지칭하는 말이었다. 또한 자신의 세력을 맡긴다는 것은 마교 내의 자신의 영향력을 축소시키는 것과 다름없었다.

마교의 장로 직은 그가 가지고 있는 세력을 의미했다. 즉, 천마신군의 입장에서는 자신의 세력이 아닌 천마대와 음마대 세력을 내어주고 당분간 삼마대의 세력을 자신의 것처럼 부릴 수 있는 것이다.

또 마영대 수하들을 시켜 삼마대의 중요 인물들을 섭혼술로 세뇌시켜 놓는다면 향후에 무슨 일이 발생할 경우 삼마대는 바로 그의 직속 단체가 될 것이다. 또한 이들이 총단에 머물 동안 내단에 찌들지 않은 살수 양성을 담당시킬 수도 있었다.

즉, 천마신군의 입장에서는 손을 안 대고 코 푸는 격이요, 가만있어도 잘 익은 감이 입 안으로 떨어지는 셈이었다.

잠시 생각을 하던 천리마군 독고천은 마불 황일비를 똑바로 응시하며 말했다.

"그렇게 하지. 대신, 백 장로와 왕 장로가 자네를 항상 감시할 것이네."

"허락해 주셔서 고맙습니다, 부교주님. 그리고 그 정도는 이미 각오하고 있습니다. 올해 안에 기필코 분타 복속 문제를 매듭짓고, 혈교가 천하일통의 대업을 이루는 데 일조하고 싶은 마음뿐입니다."

"하하하, 내 자네의 충정을 존주님께 직접 보고를 해야겠구먼!"

"아직 강남 지역도 복속시키지 못한 죄인입니다. 너무 뭐라 하지 마십시오."

"아닐세, 아니야! 내가 자네를 뭐라 하다니? 난 천마전이 소실됐을 당시 자네가 나에게 했던 말에도 조금도 섭섭하게 생각하지 않았다네. 그리고 이 일은 존주님께 큰 상을 받아

마땅하니 당연히 보고를 올려야 하네. 그러니 걱정하지 마시게.”

마불이 감사의 뜻으로 포권을 하자 천리마군이 고개를 주억거리며 다시 칭찬했다.

“이제야 총단이 자리가 잡히겠구먼. 이게 다 수석 장로 자네 덕분일세!”

第五章

세가 문지가

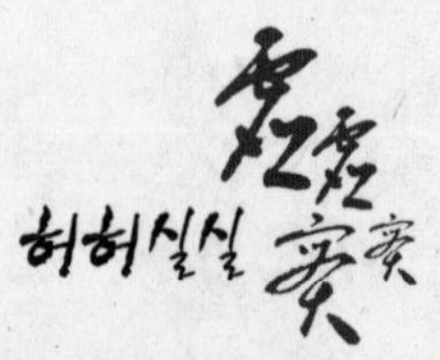
허허실실

쾅, 쾅, 쾅!

늦은 밤, 제갈세가의 정문에서는 쇠 문고리 두드리는 소리가 요란하게 울렸다. 뒤이어 나무 뒤틀리는 소리까지 요란하게 들리자 문지기 무사 일고여덟이 횃불을 들고 나왔다.

문밖에는 등에 칼을 차고 말을 탄 기마 무사들이 있었는데, 모두 얼굴이 보이지 않게끔 흰 천으로 가리고 있었다. 한데 문지기를 보고도 말에서 내리지도 않고 얼굴을 드러내지 않았다는 것은 이들이 호의로 찾아온 것이 아니라는 것을 의미했다.

이에 문지기 무사 하나가 소리쳤다.

"감히 이곳이 어디라고 무례를 범하는 것이오! 이곳이 무림맹 부맹주께서 기거하는 곳인 줄 모른단 말이오!"

문지기 무사의 호통에 말을 탄 무사들은 재미있다는 듯 서로를 보며 웃음꽃을 피웠다. 그러자 자신들이 무시당했다고 생각한 문지기 무사들은 모두 칼을 뽑아 들고 공격 자세를 취했다.

"잠깐 기다리거라!"

제일 선두에 서 있던 무사 하나가 손바닥만 한 영패를 꺼내 보이더니 문지기 무사들 앞으로 툭 던지는 것이었다.

"가주님께 전해라."

그러자 연배가 높아 보이는 무사가 제일 어려 보이는 무사를 시켜 바닥에 떨어진 영패를 주워오게 했다. 청동으로 만든 영패에는 신기제갈(神機諸葛)이라 쓰여 있었다.

"이것은!"

영패를 알아본 문지기가 고개를 쳐들자, 말을 타고 있던 사내들이 일제히 흰 복면을 벗어 던지며 크게 웃었다.

"크하하하하, 하하하!"

다른 문지기 무사들은 영문을 몰라 어리둥절했지만 횃불에 비친 이들의 얼굴을 보고 그제야 안심을 한 듯 숨을 내쉬었다.

"아휴, 도련님들도 참. 하마터면 공격할 뻔했잖아요."

이에 말을 탄 사내들 중 제일 어려 보이는 무사가 호통쳤다.

"네 녀석들이 공격해 봤자지! 건, 충, 국 형님께서는 소림사 나한신승 일추 대사께 직접 권법을 사사하고, 무, 백, 손 형님들께서는 화산파 매화신검께 검법을, 서 형님과 나는 청성파 무상 진인께 도법을 전수받고 오는 길이다. 그런데 너희들이 어찌 형님들과 내게 위협이 된다는 말이더냐?"

"아이쿠, 제갈륜 도련님께는 감히 말도 못 붙이겠습니다요. 저희는 십 년 전에도 도련님들 상대가 안 됐는데, 지금은 가당키나 하겠습니까? 자, 그러지 마시고들 어서 들어오십시오. 가주님께서 아주 기뻐하실 겁니다."

이때 선두에 있는 기마 무사가 슬쩍 나섰다. 그의 이름은 제갈건이며 가주의 큰아들로 제갈충, 제갈국과는 친형제 사이였다.

"아버님은 평안하시냐?"

"에휴, 말도 마세요. 큰 도련님!"

문지기 무사의 답변에 제갈건은 말에서 재빨리 뛰어내려 그에게 다가갔다. 워낙 쾌속한 신법이라 문지기가 눈 깜빡할 사이에 제갈건이 눈앞에 당도해 있었다.

"그게 무슨 말이더냐? 어서 말해보거라!"

"무림에 큰 사단이 일어났습니다. 마교가 무너지고 혈교가 그 세력을 장악하려고 해서 지역 곳곳에서 혈투가 벌어지고 있다 합니다."

"그것은 나도 알고 오는 길이다. 혹 그것 때문에 아버님이 무리하셔서 쓰러지신 것이냐?"

"아닙니다. 그 일 때문에 다른 문파 사람들이 자주 드나드는 바람에 가주님 얼굴이 반쪽이 되셨습니다. 그러니 평안하시다고 말씀드릴 수가 없었습죠."

문지기의 무사의 말에 제갈건이 안도의 숨을 내쉬며 고개를 내저었다.

"인석아, 놀라서 간 떨어질 뻔했느니라!"

자신보다 나이가 족히 열댓 살은 더 많아 보이는 문지기 무사에게 제갈건이라는 세가의 자제는 반말을 쓰는 것이 꽤나 자연스러워 보였다. 이 점은 다른 형제들도 마찬가지였다. 모두 스물 후반으로 보이는 제갈건과는 한두 살에서 많게는 대여섯 정도 어려 보였음에도 반말하는 것이 아주 당연하다는 표정들이었으니 말이다.

"그나저나 도련님들 이번 무림대회 준비는 잘되셨습니까? 이번엔 누가 되든지 꼭 십룡(十龍)에 드셔야 한다고 가주 어르신의 걱정이 대단하셨습니다."

문지기 무사의 걱정에 제일 어린 제갈손이 다시 나섰다.

"걱정 말거라. 건 형님께서는 십룡뿐만 아니라 등수에도 드실 것이다. 일추 대사께서 제갈세가에 대단한 기재(奇才)가 나왔다고 입에 침이 마르도록 칭찬하셨으니까!"

"무극권법으로 유명하신 일추 대사께서 직접 말입니까?"

"그렇대두! 게다가 소림사에 가셨던 큰형님 세 분은 대환단을 복용하셔서 내공이 크게 증진하셨다. 어디 그뿐인 줄 아느냐? 화산파에 가신 형님들은 육합단(六合丹), 서 형님과 나는 청성파의 태청단을 먹어 내공이 크게 증진되었다."

제갈손의 얘기를 들은 무사들은 너나 할 것 없이 눈동자가 접시만 하게 커졌다.

보통 무인은 구경하기조차 영약을 죄다 복용하고 왔다니 어찌 놀랍지 않겠는가? 게다가 소림사의 대환단이라면 이번 무림대회에 최종 우승자에게 주는 귀한 부상품과 동일한 것이다.

이를 다른 문파 사람들이 알게 된다면 분명 공정성 시비가 일어날 것이다. 하지만 무림맹에 막대한 재정을 지원하고 총명한 두뇌들이 많은 제갈세가를 봐주지 않고서는 무림맹이 유지가 되지 않았다. 그러니 구파일방이 쉬쉬해 가며 무학에 대한 자질이 떨어지는 제갈세가 자제들에게 물밑에서 지원해 주고 있는 것이다.

부러움이 가득한 눈망울로 문지기 무사들이 바라보자 제갈세가의 자제들은 어깨에 힘을 잔뜩 주며 말에서 내렸다.

"도련님들께서는 말고삐는 저희에게 맡기시고, 어서 가주 어르신께 문안 인사드리십시오."

문지기 무사들의 자발적 권유에 제갈세가의 자제들은 기분이 좋아졌는지 큰 웃음소리를 내며 안쪽으로 들어섰다.

제갈건이 정문을 지날 때였다. 문 뒤에 누군가 반쯤 숨어서 몸을 돌리고 있는 것이 눈에 들어왔다. 머리가 희끗한 문지기였는데, 웬지 유약해 보이는 중년 사내였다.

"숙부님?"

제갈건의 입에서 나온 말은 뜻밖이었다. 얼핏 봐도 하찮은 문지기 일을 하는 사람으로밖에 보이지 않는데 숙부라 호칭을 하니 말이다. 이 때문에 다른 형제들은 모두 뜨악한 표정으로 그를 쳐다보고 있었다.

"그, 그래. 건아, 오랜만에 보는구나."

사내가 어색하게 인사를 건네자 제갈건은 경멸하는 듯한 눈빛으로 그를 노려봤다.

"서융 숙부께서 여긴 어쩐 일입니까? 작은할아버지와 숙부께서는 할아버지께 반기를 들고 새로이 일가를 세우신다며 가문의 재산 절반을 가지고 강소 방면으로 분가를 하셨다 들었습니다. 그런데 어찌 여기에 이런 몰골로 계시는 겁니까?"

조카로부터 호된 질책을 당하는 제갈서융이라는 사내는 궁색한 변명조차도 못하고 땅이 꺼져라 고개를 숙이고 있었다. 그 많은 재산과 노비를 모두 날려 버리고 일가 전체가 몰락했으니 입이 있어도 할 말이 없는 처지였다.

이때 한 문지기 무사가 보다 못해 나섰다.

"도련님, 가주 어르신께서 굶겨 죽일 수는 없다고 결정하신 일입니다. 그냥 못 본 척하시고 들어가세요. 그리고 이 일은 저희들만 알고 다른 사람들은 절대 모르게 하라는 분부가 있었습니다. 여기서 이렇듯 크게 뭐라 하시니 다른 일꾼들이 혹시나 듣게 될까 두렵습니다."

문지기 무사가 가주 어른을 들먹이자 제갈건도 더는 몰아붙이지 못하고 냉랭한 눈길을 거두었다. 하지만 그가 못마땅한 것은 변함없는 듯 인사도 하지 않고 냉정히 발길을 돌렸다.

"가자, 얘들아!"

조카들이 모두 내당 쪽으로 사라지고서야 제갈서융은 고개를 들 수 있었다. 그런데 그의 표정이 뜻밖이었다. 나이 어린 조카들에게 당한 설움에 화를 내도 시원찮을 판에 어차피 겪어야할 고비를 넘겼다는 듯 담담한 표정이었다.

하지만 다른 문지기 무사들이 조카들이 타고 온 말을 처리하느라 마구간에 간 터라 그 혼자 정문을 닫아야 했다.

"할 수 없군. 한번 해보는 수밖에."

제갈세가의 정문은 최소 두 사람이 힘을 써야만 문을 열고 닫을 수 있는 정도로 컸다. 때문에 유약해 보이는 그가 홀로 닫기에는 힘들어 보였다. 하지만 사람이 의지만 있다면 불가능한 일도 가능한 법.

소매를 걷어올린 제갈서융은 몸의 중심을 최대한 이용해서 조금씩, 조금씩 문을 움직여 양쪽 문 모두를 닫는 데 성공했다.

"이야, 나 혼자도 해냈어. 이 얘기를 집사람한테 해주면 정말 기뻐할 거야. 아무것도 할 줄 몰랐던 내가 이 큰 문을 혼자 닫았다니 정말 믿겨지지 않아!"

제갈서융은 힘이 있으면 누구나 할 수 있는 손쉬운 문지기 일 하나를 해내고는 마치 세상을 다 얻은 것처럼 기뻐했다. 불과 오륙 년 전까지만 해도 강소성 일대의 상권을 주름잡았던 그가 말이다.

과거가 어찌 됐든 그는 지금의 문지기 일에 만족했다. 한 가족을 꾸려야 하는 가장으로서 자식 입에 하루 한 끼는 먹여야겠기에 시작한 일이니 자존심이고 뭐고 없었다. 순간 제갈서융 등 뒤로 사내 목소리가 들렸다.

"거기, 문 좀 열어주세요."

어떻게 알았는지 사내는 쇠 문고리조차 두드리지 않았다. 하지만 제갈세가를 찾아온 것만은 확실했다.

"잠시만요."

다시 힘든 일을 해야 했지만 제갈서융은 결코 싫은 기색이 아니었다. 오히려 일하는 것이 기쁜 듯 환한 표정이었다. 하지만 생각대로 몸이 따라주진 않았다. 문을 반밖에 열지 못했는데도 제갈서융의 이마에서는 굵은 땀방울이 연신 뚝뚝 떨어지고 있었다.

"거의 다 됐습니다. 잠시만 기다려 주세요."

끼이이이익!

겨우 문을 열고 제갈서융은 서둘러 소매로 이마를 닦으며 제갈세가를 찾아온 자들에게 허리를 굽혔다.

"어디서 찾아오신 분들이신지요? 성함과 소속 문파를 말씀해 주시면 내당에 기별을 넣도록 하겠습니다."

한 치의 어긋남이 없는 정중한 문지기의 어투였다. 한데 상대가 조금 황당했다.

"에이, 내당에 기별까지 할 게 뭐 있어요. 이곳이 무림대회가 열리는 산동 제갈세가 맞지요?"

이렇게 능글능글하게 말을 붙이는 이는 다름 아닌 삼룡이었다. 그의 옆에는 백발의 담초홍이 삼룡을 따라 어색하게 웃고 있었다. 그녀가 동냥질하는 것처럼 웃고 있는 것은 삼룡이 억지로 시켰을 가능성이 십 할 중 구 할 이상이었다.

"그렇긴 하지만 무림대회는 아직 두 달 넘게 남았습니다."

"에휴, 저도 알아요. 누가 이렇게 빨리 올 줄 알았나요. 저는 쉬엄쉬엄 오려고 했거든요. 아, 근데 험상궂게 생긴 어떤 자식이 빨리 안 가면 큰일 난다고 해서 사천에서 여기까지 발바닥이 아프도록 뛰어왔다니까요."

삼룡은 미리 준비한 듯 제갈서융이 한마디 하면 두세 마디를 연거푸 말했다. 하지만 상대는 유약해 보이기는 해도 사리 판단이 빠른 제갈서융이었다.

"저희가 개방 방도를 받아들였다는 소문이 돌면 산동뿐만 아니라 하북과 하남에서 개방 문도들이 구름같이 몰려들 것입니다. 그러니 죄송하지만 구월 초순에 다시 오시기 바랍니다."

"허참, 되게 빡빡하게 나오시네."

삼룡이 삐딱하게 인상을 썼지만 매사에 정확한 제갈서융은 목에 칼이 들어와도 물러서지 않을 기세였다. 때마침 마구간에 갔던 문지기 무사들이 일제히 몰려나왔다.

"이보게, 서융. 거기 무슨 일 있는가?"

뜻밖에 문지기 무사들은 제갈서융에게 하대를 했다. 그보다 한참 어린 조카들에게는 깍듯이 존대를 했음에도 말이다. 아마도 칼을 찬 무사가 문지기를 높이 대하게 되면 사람들이 이상하게 볼 것이니, 누군가 그리하라 시킨 모양이었다.

"아, 아닙니다, 무사님! 가을에 열리는 무림대회에 대해 알아볼 게 있다고 찾아오신 분들인데, 제가 이를 잘 안내해 드리고 있었습니다."

이전까지 고지식하게 삼룡을 대했던 제갈서융은 문지기 무사들이 나타나자 오히려 융통성을 발휘했다. 그리고 그는 무사들이 듣지 못하게 작게 속삭였다.

"오늘도 저 무사들에게 두들겨 맞고 쫓겨난 거지들이 많습니다. 제가 잘 둘러댈 테니 어서 돌아가세요."

그러자 삼룡도 작게 말했다.

"저, 거지 아닌데요."

봉두난발에 심하게 기워 입은 누더기, 게다가 땟국이 줄줄 흐르는 얼굴. 이게 거지가 아니면 누가 거지란 말인가? 아무리 거지가 아니라고 해도 삼룡의 몰골은 좀 심했다. 하지만 제갈서융은 끝까지 친절하게 대했다.

"저도 얼마 전까지 거지였습니다. 그러니 그렇게 말하는 심정을 이해는 해요. 하지만 때를 잘못 맞추셨어요. 두 달 뒤에 무림대회가 시작하면 거지도 받아주니까 그때 오세요."

제갈서융 딴에는 최대한 친절하게 대했지만 삼룡으로서는 자신이 진짜 거지가 아니니 물러설 리가 없었다.

"여기 이 무림첩을 보시구 말씀하세요. 이게 바로 무림대회에 초청한다고 방팔이란 소림승이 직접 가져온 겁니다."

삼룡이 비장의 무기로 방팔이 가져온 첩지를 꺼내 들었다. 하지만 그걸 보는 제갈서융의 눈빛이 시원치 않았다. 하지만 삼룡이 보기에 딱했던지 제갈서융이 하나하나 설명하려 했다. 하지만 문지기 무사 하나가 이를 방해했다.

"자네, 지금 그 거지들을 쫓아내지 않고 뭣 하는 겐가? 허리에 매듭이 없는 걸 보니 개방 방도도 아닌 놈들인데. 그러니 자네가 물러 터졌다고 하는 게야!"

한참 어려 보이는 문지기 무사가 제갈서융을 나무랐지만, 오히려 그는 머리를 조아릴 뿐이었다.

"쯧쯧, 이런 한심한 사람. 벌써 그 거지 연놈들 갔네. 어디 그렇게 해서 문지기 짓이나 해먹겠나? 대충 소리 몇 번 지르면 끝날 일을!"

서둘러 제갈서융이 고개를 들고 보니 정말 삼룡과 담초홍이 보이지 않았다. 하지만 그의 처지가 편하게 주위를 살필 여유가 없었다.

"자네, 뭐 하나? 어서 문을 닫지 않고!"

또다시 들리는 호통에 제갈서융은 냉큼 몸을 움직여야 했다.

날이 밝기 전에 제갈서융은 문지기 일을 마치고 서둘러 제갈세가를 나섰다. 아직 날이 밝지 않아 어두웠지만 누가 볼세라 걸음을 재촉하는 그였다. 이는 그가 문지기 일을 하는 것이 창피해서 그런 것이 아니었다.

그가 발걸음을 재촉하는 것은 그의 사촌 형이자 가주인 제갈서천의 체면 때문이었다.

아무래도 제갈서융이 제갈가의 후손이다 보니 낮에 일하게 되면 누군가가 자신을 알아볼 것이고, 또 그렇게 되면 사람들 입에 오르고, 결국 제갈서천을 욕할 것이다. 그래서 그는 해가 떨어진 저녁부터 다음날 날이 밝기 전까지만 문지기 일을 했다.

물론 그렇게 일을 하라 지시한 사람은 제갈서천이었다. 그는 사촌 동생이 그렇게 무시를 당하면 스스로 관둘 것이란 생각에서 말이다. 하지만 제갈서융은 벌써 여섯 달째 문지기 일을 계속하고 있었다. 하지만 다른 사람들은 그가 제갈가의 혈육인지도 몰랐다.

이는 제갈서융이 워낙 조용히 행동하고 알아서 자세를 낮췄기 때문이다. 이쯤 되자 제갈서천도 사촌 동생이 문지기 일을 하게 내버려 두었다.

가만히 둬도 알아서 처신까지 하는데, 구태여 문지기 일을 관두게 할 필요성이 있겠는가?

일을 마친 제갈서융의 발걸음은 가벼웠다. 밤새 일하느라 눈이 침침하고 어깨는 무거웠지만 마음만큼은 가벼웠다.

그가 사는 곳은 제갈세가에서 십오 리 정도 떨어진 빈민촌이었다.

원래는 오 리 정도 떨어진 다리 밑에서 천막을 치고 살았으나 그의 사촌 형 제갈서천이 다섯 달 전에 쌀 반 가마를 주고 마련해 준 것이다. 물론 그 이유야 뻔했다. 조금이라도 사람들 눈에 띄지 않게 하려는 것이었으니까.

그래도 그는 행복했다. 지금의 생활이 정처없이 떠돌아다니는 떠돌이 생활보다는 나았으니까. 게다가 빈민촌이라고 해도 마당과 텃밭이 있고, 세 칸이나 되는 초옥이 자신의 집이었다. 하지만 쌀 반 가마를 주고 산 그의 집이 처음부터 마당과 텃밭이 있었던 것은 아니었다.

처음 그의 집은 바람이 불면 금방 쓰러질 것 같은 나뭇조각을 얼기설기 엮은 것이 전부였었다. 그것도 앞뒤로 흙무더기와 돌무더기가 쌓여서 고립되어 있는 집이었다.

즉, 쌀 반 가마가 아니라, 한 말을 줘도 산다는 사람이 없었던 집이었다. 하지만 그의 아내 진소란은 사람 좋고 성실했다. 게다가 유약한 제갈서융과는 달리 덩치도 있고 힘도 좋았다.

우선 그녀는 이사를 오자마자 방치된 집터 주변을 치웠다. 워낙 오랫동안 방치된 집터여서 치우는 데만 꼬박 열흘이 걸렸지만 그녀는 힘든 내색 한 번 않고 그 모든 걸 혼자서 해결했다.

빈민촌 사람들은 그녀가 제갈서융과 같이 일하지 않는 것을 이상하게 여겼지만, 그녀는 제갈서융에게 문지기 일을 나가게 하는 것만도 미안하게 생각했다.

오히려 일을 마치고 온 제갈서융이 돕겠다고 하면 그 자리에 주저앉아 서글프게 울었다. 그 때문에 제갈서융은 집에 돌아오면 조용히 서책을 보는 것으로 소일했다.

주변 정리가 얼추 끝나자 제갈서융의 아내는 이번엔 집 앞뒤로 흉물스럽게 쌓여 있는 돌무더기와 흙을 치우기 시작했다. 그것도 그냥 치운 것이 아니라 거기서 나온 흙과 돌로 집을 짓기 시작한 것이다.

빈민촌 사람들은 억척스러운 그의 아내가 곧 관둘 것이라 여겼다. 힘센 장정들도 돌 하나 빼내기 어려워 방치한 돌무더기였으니 아무리 힘센 여자라고 해도 불가능하다 여긴 것이다. 하지만 그녀는 포기하지 않았다.

그렇게 세 달이 지나자 집 주변에 쌓였던 돌무더기와 흙이 세 칸짜리 아담한 초옥과 야트막한 담장으로 완전히 탈바꿈해 있었다. 비록 엉성한 곳이 한두 군데가 아니었지만 예전 거처보다는 백배 이상 좋아진 것이다.

아내가 손수 만든 집, 그 집으로 가는 제갈서융은 행복했다. 그리고 그의 손에는 자그마한 보자기가 있어서 더 행복했다. 어제 조카들이 돌아와 조촐하게 잔치가 열렸는데, 문지기 무사들에게도 술과 고기가 나온 것이다.

해서 제갈서융은 자기 몫으로 나온 고기와 술을 싸 들고 집으로 향한 것이다. 또 그의 사정을 아는 문지기 무사들이 자신이 먹다 남은 고기를 죄다 싸줘서 보자기가 꽤 묵직했다.

제갈서융에게는 올해 열다섯이 되는 명이라는 이름의 외아들이 있었는데, 요즘 들어 부쩍 자라는 통에 고기 타령을 해댔다. 하지만 문지기 일을 하는 그의 형편으로는 고기를 사 먹일 형편이 되지 않았다. 그래서 그는 아들이 고기 타령을 할 때면 차일피일 미루기만 했다. 하지만 오늘은 그 아들이 배불리 먹을 수 있을 정도의 고기를 가지고 가는 길이다.

"휘이이이, 휘이이!"

누가 시키지도 않은 휘파람이 제갈서융의 입에서 흘러나왔다. 비록 자주 끊기는 엉성한 휘파람 소리였지만 그에게는 어떤 악기 소리보다도 아름답게 들렸다.

한데 빈민촌에 거의 다 와서 보니 새벽부터 실랑이가 벌어지고 있는 것이 아닌가? 몽둥이와 허술한 농기구를 든 장정들과 등에 무기를 걸어 멘 무사들이 서로 옥신각신하고 있었다.

"아, 글쎄. 우리는 아이들을 훔치러 온 사람들이 아닙니다. 이곳에 돈을 주지 않아도 쓸 수 있는 집이 있다고 해서 어렵게 찾아온 거라니까요?"

"그걸 어떻게 믿으라는 것이오? 지난달에도 정체 모를 무림인들을 마을에 들였다가 어린아이 다섯을 잃어버렸는데. 설사 당신들이 차고 있는 그 칼로 우리 모두를 죽인다고 해도 우린 비켜줄 마음이 없소."

나이가 제법 지긋한 노인이 마을 청년들 앞에서 무림인들에게 돌아가기를 종용하고 있었다.

"저희는 인신매매를 작당하러 온 것이 아닙니다. 그냥 무림대회가 열릴 때까지 이곳에서 머무르고 싶은 겁니다, 어르신!"

"안 되오. 당신들 사정을 봐줄 만큼 우리는 여유가 없소. 차라리 다른 마을을 알아보도록 하시오."

노인은 단호했다. 그의 앞에 있는 무림인들이 연신 허리를 굽혀도 절대 들여보내지 않을 작정인지 몸을 반쯤 돌리고 쳐다보지도 않았다. 그런데 그때,

"이보게, 서융이 이제 오는가?"

평소 제갈서융을 탐탁지 않게 생각했던 반씨 노인이었다. 그런 그가 웬일인지 손까지 들어 보이며 아는 체를 한 것이

다. 그 때문에 마을 앞길을 돌아 멀리 돌아가려던 제갈서융의
시도는 실패하고 말았다.

"제갈세가에서 지금 오는 길인가?"

"네, 어르신."

"정말 수고가 많네. 우린 자네가 제갈세가의 문지기 일을
가는 것을 정말 자랑스럽게 생각하고 있다네. 만약 누가 우리
마을을 건드리면 제갈세가를 드나드는 무사님들께서 두고만
보고 있으시지 않을 것이 아닌가?"

이렇게 말한 반씨 노인의 수작은 뻔했다. 오대세가의 하나
인 제갈세가의 이름을 팔아 눈앞에 있는 무림인들이 허튼수
작을 못하게 하려는 것이었다.

그나마 다행인 건, 제갈서융이 제갈가의 후손이라는 사실
을 모른다는 것이다. 만약 알았다면 제갈세가의 가주의 이름
까지 팔 것이 불 보듯 뻔한 일이었다. 이는 제갈서융이 선견
지명으로 성(姓)을 밝히지 않은 덕분이었다.

"별말씀을 다 하십니다, 어르신! 목구멍에 풀칠이나 하려
고 하는 일인데요."

"아니, 이 사람아. 그 무슨 해괴한 소리란 말인가? 다른 세
가도 아니고 강호에서 명성이 자자한 오대세가 중 으뜸인 제
갈세가의 문지기 일이야. 너무 자신을 낮추는 것도 좋은 것은
아닐세."

반씨 노인은 평소에 자신이 유약한 제갈서융보다 문지기

일을 더 잘할 수 있다고 떠벌리던 자였다. 그런 그가 이렇듯 갑자기 변하니 제갈서융은 씁쓸하기만 했다. 하지만 총명한 제갈가의 후손인 그가 어수룩한 반씨 노인의 수작을 눈치 채지 못할 리가 없었다.

"그렇게 생각해 주시니 감사드립니다. 어르신! 그렇지 않아도 어제 가주 어르신을 찾아온 화산파 제자들과 소림사 승려들이 많아서 잠 한숨 못 자고 오는 길입니다."

"아, 그런가? 어서 가서 쉬시게. 큰일을 하는 사람을 내가 이렇듯 붙잡아두어선 안 되지."

제갈서융의 생각대로 반씨 노인은 그가 뱉은 말을 위해서라도 그를 그만 보내주어야 했다. 그렇지 않았다가는 대번에 실랑이를 벌이고 있는 무림인들이 눈치 챌 테니 말이다. 그런데 그때,

"어, 아저씨, 여기 사세요?"

무심코 지나치려던 제갈서융은 속으로 화들짝 놀랐다. 혹 말을 건 사람이 자신을 아는 사람이라면, 이 사람으로 인해 자신의 정체가 떠벌려진다면 간신히 정착한 이곳의 생활도 끝이 날 터였다. 떨리는 마음을 간신히 진정시키며 제갈서융이 고개를 돌렸다.

"자, 자네는!"

제갈서융을 부른 이는 바로 삼룡이었다. 봉두난발에 꼬질꼬질한 차림 그대로 백발의 소녀가 그의 바짓가랑이를 잡고

있는 뭔가 해괴한 놈 말이다. 한데 아까와는 달리 험상궂게 생긴 사내 다섯을 대동하고 있었다.

"하하, 여기서 또 보네요. 안 그래도 고맙다는 말을 하고 싶었었는데."

괜히 친절하게 구는 삼룡을 보고 제갈서융은 그가 반씨 노인과 같은 품성의 사람이라고 생각했다. 자신이 어제 친절히 대해준 것은 맞지만, 고맙다는 인사를 하려면 어제 했어야 하는 것이 아닌가?

"여기서 들었으면 됐네. 그럼……."

제갈서융이 냉정히 발을 돌리려 했다. 하지만 삼룡은 변죽 좋게 그에게 달라붙었다.

"저, 아무개 형님, 이 아우를 좀 도와주세요."

삼룡이 그의 팔을 잡고 놓아주지 않았다. 원래 유약한 그가 삼룡에게 잡혔으니 빠져나갈 방법이 없었다. 하지만 그에게 는 선비의 외골수적인 기질이 있었다.

"이거 놓으시게. 힘으로 해결될 일이면 자네가 하면 될 것이 아닌가!"

냉기가 풀풀 풍기는 제갈서융이었지만 삼룡은 아랑곳하지 않았다. 오히려 그는 담초홍에게 신호를 보냈다. 그러자 담초홍이 짧은 한숨을 쉬며 삼룡처럼 그에게 매달렸다.

"아저씨, 좀 도와주세요. 네에에~?"

누가 들어도 어색한 호칭과 말투. 게다가 할머니처럼 흰 백발에서는 심한 악취가 풍겼다. 그런데 그것이 제갈서융에게 통했다.

'이 불쌍한 것 좀 봐. 어린것이 얼마나 고생을 했으면 머리가 백발로 변했어. 부모를 잘못 만난 탓이니, 어찌 너를 나무랄 수 있겠느냐?'

담초홍을 쳐다보는 제갈서융은 측은지심이 일어 어느새 눈가가 촉촉해져 있었다.

"그래, 내가 무엇을 도와줄까?"

"저희가 당분간 살 곳이 없거든요. 그러니 여기에 머물게 도와주세요."

"얘야, 그건 내가 결정할 수 없는 일이란다."

"아저씨가 부탁하면 저 할아버지도 허락해 주실 거예요. 그러니 제가 이렇게 부탁드리겠습니다."

담초홍이 천진난만한 표정으로 부탁하자 제갈서융은 뭐라 대답하기가 어려웠다. 사실 그도 마을에 정착한 지 얼마 되지 않으니, 마을 사람들보고 이래라저래라 할 입장이 아니었다.

이때 그를 쳐다보는 담초홍의 눈망울이 밤하늘 은하수처럼 빛났다. 비록 초홍이 삼룡의 영향으로 거지 몰골을 하고 있어도 원래 못난 얼굴이 아니었다. 특히 어린아이처럼 초롱초롱하게 빛나는 눈빛을 제갈서융은 외면할 수가 없었다.

'반씨 노인이 쉽게 허락하지 않을 텐데.'

제갈서융은 스스로도 안 될 것이라 생각하면서도 담초홍

을 위해 말을 꺼내기로 마음먹었다.

"저기 어르신. 이분들을 세가 앞에서 본 적이 있습니다. 어르신도 아시겠지만 인신매매를 하는 사람들이라면 제가 일하는 제갈세가 앞에는 얼씬도 못합니다. 그러니 이분들을 마을에 들여보내 주는 게 어떻겠습니까?"

그러자 반씨 노인이 대번에 인상을 구겼다.

"절대 안 되네. 저 사람 얼굴에 난 상처를 보게. 저 험악한 인상을 보고도 자넨 마을에 들이라 할 수 있는가? 아무리 자네라고 해도 안 되네."

반씨 노인이 지목한 사람은 축귀였다. 문제는 축귀가 노인네에게 그런 대접을 받고 가만있을 사람이 아니라는 것이다.

"아니, 이 노인네가? 내 얼굴이 뭐 어떻다고!"

반씨 노인은 축귀가 지른 노성에 하마터면 심장이 덜컥 멈춰 버릴 것만 같았다. 지금까지는 삼룡을 상대하는 바람에 잘 몰랐는데, 그가 소리를 지르니 눈앞에서 저승사자가 화를 내는 것만 같았다.

"아니, 난 자네를 보고 그런 것이 아니네. 난 저기 키 작은……."

이번에 반씨 노인이 지적한 사람은 신귀였다. 키가 작아 제일 만만했던 것이다. 하지만 신귀는 과거 축귀의 서열을 위협했던 특급 살수로, 어쩌면 실력이 축귀 이상일 수도 있었다. 그런 그가 반씨 노인을 노려봤다. 눈에 살짝 미소를 띤 채 말이다.

'에구머니나!'

반씨 노인은 육십을 넘게 살아오면서 눈웃음이 이렇게 무서운지 처음 알았다. 보자마자 가슴이 덜컥 내려앉는 것이, 뭔가 건드려도 단단히 잘못 건드린 느낌이었다. 반씨 노인은 겉으로 보이지 않아서 그렇지 사실은 바지저고리에 살짝 실수까지 한 상태였다.

"어르신, 험한 인상이 꼭 나쁜 것은 아니라고 말씀하시려던 참이죠?"

반씨 노인이 불쌍해서 제갈서융이 끼어든 것이다. 그러자 반씨 노인이 재빨리 고개를 끄덕였다.

"그렇지. 내가 방금 그 말을 하려던 참이었네."

"그럼, 우리가 이 마을에 기거해도 된다는 말씀이시네요?"

결정적인 순간에 나선 건 눈치 빠른 삼룡이었다. 담초홍이 밥 짓고, 축귀가 반찬을 만들고 신귀가 밥상을 차려놓으니, 제일 먼저 수저를 든 것이다.

삼룡에게 재촉을 받은 반씨 노인은 슬쩍 마을 청년들을 쳐다봤다. 하지만 그들 역시 험상궂게 생긴 이들이 무섭기는 매한가지였다. 기세가 꺾인 반씨 노인은 허락할 수밖에 도리가 없었다. 하지만 역시 늙은 생강을 만만하게 생각해서는 안 되었다.

"대신, 저 친구를 따라가게. 서융이 저 친구 근처에 빈집이

가장 많으니까! 만약 저 친구가 허락하지 않으면 더 이상 나도 어쩔 수 없네."

졸지에 거지 둘에 백정처럼 생긴 무인 다섯을 떠맡게 된 제갈서융의 눈이 접시만큼 커졌다. 갑자기 이 무슨 날벼락이란 말인가?

"아니, 어르신!"

"방금 자네가 받아들여도 된다고 하지 않았나?"

반씨 노인은 당황하는 제갈서융의 얼굴을 보며 내심 통쾌한 생각이 들었다. 사실 그의 집이라면 빈민촌 중에서도 제일 후진 곳이라 마을 밖으로 내쫓은 것이나 다름없었다. 그러니 그에게는 일거양득인데다 처치 곤란인 이들을 손쉽게 떠넘기게 되는 셈이었다.

물론 나중에는 굴러온 복덩이를 차버린 지금의 선택을 땅을 치고 후회했지만.

"아, 알겠습니다."

이렇게 해서 제갈서융은 삼룡과 그 일행을 데리고 자신의 집으로 갈 수밖에 없었다.

제갈서융이 앞장서서 길을 가자 삼룡은 어기적거리며 쫓아왔다. 하지만 삼룡은 쫓아가는 걸음조차 느려 터졌다. 물론 그를 잘 아는 담초홍과 아귀궁 살수들은 그러려니 하는 표정으로 동행하고 있었다.

이에 속이 터져 나가는 것은 제갈서융이었다. 자신의 손에 들고 있는 고기가 혹시라도 더운 날씨에 쉴까 봐 걱정이었던 것이다.

"자네, 걸음이 느리다고 생각하지 않나?"

마음이 급해진 제갈서융이 빨리 가기를 재촉했다. 하지만 천하태평 삼룡의 성정이 하루아침에 변하겠는가?

"너무 신경 쓰지 마세요, 형님. 먼저 가시면 제 동생들이 알아서 찾아갈 겁니다."

"그러지 말고 빨리 가세나. 자네들 거처 삼을 곳을 알려줘야 내 마음이 편하지 않겠나?"

"아휴, 신경 안 써도 되는데… 알겠습니다."

이렇게 대답한 삼룡의 걸음이 이전보다 딱 반 걸음 빨라졌다. 그러니 제갈서융은 속은 어떻겠는가? 하지만 조금 빨라지긴 했으니 딱히 뭐라 할 수는 없었다.

"으흠!"

차마 내색은 못하고 제갈서융이 삼룡을 힐끗 보며 헛기침을 했다. 하지만 그는 다음 순간 크게 당황했다. 삼룡이 그의 약점을 잡았으니 말이다.

"보자기에 삶은 돼지고기 냄새가 끝내주네요."

순간 흔들림없던 제갈서융이 크게 당황했다. 빈민촌 아이들이 냄새를 맡고 혹시라도 따라 붙을까 봐, 없는 보자기를 구해서 일부러 두세 겹을 묶어 싸 가지고 오는 길이다. 그런데 그 냄새를 어떻게 맡았단 말인가?

"아, 이건 내 아들놈 주려고 가져온 것일세."

누가 달라고 한 것도 아닌데 제갈서융은 꿈도 꾸지 말라는 듯 선을 그으며 걸음을 재촉했다. 하지만,

"오라버니, 돼지고기가 뭐예요?"

천진난만한 듯 말하는 사람은 다름 아닌 담초홍이었다. 그러나 그녀가 정말 돼지고기를 몰라서 물었겠는가? 이게 다 삼룡이 그녀의 옆구리를 꼬집었기 때문이다. 게다가 어제 주먹밥 한 개로 버텼으니 그녀도 배가 고플 터였다.

"음, 부자들이 명절에 먹는 음식이 있단다."

'부자들이 명절에 먹는 음식?'

앞서 가던 제갈서융은 삼룡의 대답을 듣고 가슴이 미어졌다. 삼룡과 담초홍이 거지 몰골을 하고 있어서 대략 마음의 준비는 하고 있었지만, 세상에 어떤 부자가 돼지고기를 명절에 먹겠는가? 이는 완전히 거지들의 기준이었다.

'저 나이 먹도록 아직까지 돼지고기 맛도 모르고 살다니. 괜히 백발이 된 게 아니었어.'

제갈서융은 뒤따라오는 담초홍의 백발에서 눈을 떼지 못했다.

'그래, 돼지고기가 무슨 맛인지 맛만 보여주자. 많이 싸 가지고 왔으니, 조금 손댄다고 해서 얼마나 축 나겠어?'

이런 생각으로 제갈서융은 길을 멈추고 담초홍에게 손짓

을 했다.

"얘야, 이리 오렴!"

그러자 삼룡이 담초홍의 어깨를 툭 미는 것이었다.

"저, 저요?"

아무것도 모르는 표정으로 담초홍이 달려가자 제갈서융이 보자기를 풀어 헤치며 내밀었다.

"이게 바로 돼지고기란다. 한 주먹만 쥐어보거라!"

"정말요? 이거 먹을 수 있는 거예요?"

"그럼, 먹을 수 있지. 어서 먹어보렴."

"감사합니다. 아저씨!"

고개를 숙인 담초홍은 자신의 손으로 돼지고기를 집어 들고 입으로 대뜸 돼지고기를 가져가려 했다. 순간,

"아, 배야!"

삼룡이었다. 그가 갑자기 배를 움켜쥐며 복통을 호소하자 담초홍이 어쩔 수 없이 달려가야 했다.

"갑자기 왜 이래요?"

속삭이는 담초홍의 말에 삼룡이 눈을 깜빡이며 입을 벌렸다.

"내가 가져온 거잖아요?"

"너, 치사하게 나올래?"

삼룡의 말에 담초홍은 할 수 없이 자신이 들고 있던 돼지고기의 반을 입에 넣어주었다. 그리곤 재빨리 자신의 입에도 남

은 고기를 털어 넣었다. 하지만 그들 동행이 그 둘뿐이겠는가?

"꿀꺽!"

험상궂게 생긴 다섯 사내가 의리없는 두 남녀를 보고 침을 삼켰다. 그 소리가 어찌나 컸던지 제갈서융의 귀에는 종소리처럼 크게 들렸다.

'안 돼. 저치들에게 고기 한 줌씩을 주면 아내와 아들이 먹을 게 없어. 약해지지 말자!'

제갈서융은 혹시라도 이들이 달려들어 고기를 뺏을까 봐 얼른 보자기를 동여맸다.

"자, 어서 가시게."

다행히 험상궂게 생긴 사내들은 제갈서융에게 고기를 달라고 하지 않았다. 물론 고기를 달라고 해도 제갈서융은 완곡히 거부할 터였다. 그 자신이야말로 명절이 되어서야 간신히 고기 맛을 보지 않았던가? 하지만,

"오라버니, 고기가 입 안에서 없어졌어요. 흑흑!"

담초홍이었다. 아까부터 삼룡의 눈치를 받던 그녀가 다시 꾀를 낸 것이다. 게다가 사내가 가장 약한 것이 바로 여자의 눈물 아니던가?

'안 돼. 이제 거의 다 왔어. 조금만 참으면 아내와 아들에게 오랜만에 고기를 먹을 수 있다구.'

"이 녀석! 남의 것에 욕심내면 안 된다고 했지? 아까 먹어

놓고 없어졌다니, 그게 무슨 말이야?"

삼룡은 한발 더 나아가 담초홍을 세워놓고 혼을 내는 것이 아닌가? 당연히 이를 보는 제갈서융의 눈매가 고울 리가 없었다.

'자기가 반은 뺏어 먹어놓고 아이한테만 나무라다니!'

"너, 내가 거짓말 하면 혼낸다고 했지? 어서 종아리 걷어."

삼룡이 정말 종아리를 때릴 것처럼 담초홍을 옆으로 세우더니 회초리를 찾기 시작했다. 그 뒤를 따라오는 아귀궁 살수들 대부분은 삼룡의 수작질을 처음 보는 것이라 황당하게 쳐다볼 뿐이었다.

"어서 종아리 걷으래두!"

"잘못했어요, 오라버니! 다시는 안 그럴게요."

담초홍의 연기가 절정을 이뤄가자 마음 약한 제갈서융은 더 참지 못했다.

"이보게, 내가 고기를 조금 나눠 줄 테니, 저 아이에게 먹이도록 하시게."

제갈서융의 마음은 담초홍에게만 고기를 먹이고 싶었지만 삼룡이 심하게 혼내는 통에 좀 더 인심을 쓴 것이다.

"안 그러셔도 되는데."

삼룡은 대뜸 담초홍의 등을 떠밀었다. 담초홍이 쭈뼛쭈뼛 다가오자 이번엔 제법 많은 고기를 담초홍의 양손에 얹어주었다.

"자, 가서 오라버니와 나눠 먹으렴."

"감사합니다, 아저씨!"

이렇게 말한 담초홍은 고기를 쥔 손으로 재빨리 삼룡에게 쫓아왔다. 하지만,

콰당!

우연인지 일부러 그런 것인지. 담초홍은 삼룡의 앞을 몇 발짝 남겨놓고 넘어져 버렸다.

"저, 저런. 다치지 않았느냐?"

제갈서융이 화들짝 놀라 쫓아가 봤지만 담초홍은 바닥에 엎어진 채 일어날 생각을 하지 않았다. 이어 훌쩍거리는 담초홍의 울음소리가 들렸다.

'어린것이, 고기가 아까워서… 쯧쯧!'

"뭐 잘했다고 우는 거야? 어서 일어나지 못해?"

삼룡의 호통이 이어지자 제갈서융은 괘씸한 생각이 들었다. 이게 다, 지놈이 무능해서 발생한 일인데, 어찌 어린아이에게만 호통을 칠 수 있느냐라는 것이 그의 생각이었다.

"자네, 너무 심하지 않나?"

제갈서융이 삼룡을 노려보며 꾸짖었다. 하지만 애당초 삼룡은 그가 가지고 있는 고기를 노리고 벌린 일이다.

"형님은 상관하지 마세요. 귀한 고기를 못 먹게 만들어놨으니 혼 좀 나야 합니다."

"그깟 고기가 뭐라고 불쌍한 애를 혼낸단 말인가? 고기가

먼저인가, 사람이 먼저인가?"

"당연히 고기가 먼저입니다. 동생은 혼낼 수 있지만 한번 버려진 고기는 다시는 먹을 수 없잖아요?"

삼룡의 궤변에 제갈서융은 머리가 지끈거렸다. 얘기를 들어보면 도대체가 사는 기준이 다른 사람이 아닌가? 그렇게 보니 두 달 후에 열릴 무림대회에 참석하겠다고 제갈세가를 찾아온 것부터가 남다르게 생각되었다.

'나보다 불쌍한 사람이 많은 줄은 알았지만 이렇게 찢어지게 가난한 사람들이 있을 줄이야!'

"여기 이것을 먹고 저 아이는 혼내지 마시게. 안에 술도 있으니 그것도 마저 마시게. 그리고 나는 멀리 가지 않을 것이니, 체하지 않게 천천히 먹게."

제갈서융은 보물처럼 꼭 쥐고 있는 고기 보따리를 통째로 넘겨주고는 터벅터벅 걸어가서는 길 한쪽에 주저앉았다.

"그깟 사는 게 뭐라고! 그래, 까짓 서로 위해주고 살면 되는 거지. 고기를 먹겠다고 아등바등 살 필요가 없는 거야. 재산을 원없이 가져본 내가 아직도 무슨 욕심이 남아서 욕심을 부렸단 말인가? 옛날이나 지금이나 결국 내 손에 남아 있는 건 아무것도 없는 것을."

삼룡에게 모든 것을 건네준 제갈서융은 오히려 자신이 욕심을 부린 탓으로 돌리며 고개를 내젓고 있었다.

물론 삼룡과 아귀궁 살수, 그리고 담초홍은 정신없이 고기를 입에 넣고 있었다.

사실 담초홍이 고기를 가져오다가 넘어진 것도 실수가 아니었다. 삼룡이 일부러 넘어지라고 신호를 보냈으니까. 게다가 넘어질 때 미리 방비를 해서 고기가 흙에 묻지도 않았다. 설사 흙이 묻었다고 해서 삼룡이 못 먹을 위인도 아니고 말이다.

어쨌든 삼룡과 담초홍, 아귀궁 살수들은 그들이 작심한 대로 제갈서융의 고기를 몽땅 입에 털어 넣고 있었다. 특히 삼룡은 술병까지 비우고 있었다.

"이 술 맛있네."

"그 술은 제갈세가에서 대대로 내려오는 비전으로 빚은 술이라네. 아마 술맛에서 소나무 향이 은은하게 풍길 걸세."

"정말 그렇군요."

"그렇지. 근데 그것은 소나무 향이 아니라 송이라는 버섯 향일세."

"정말 독특하고 맛있는 술입니다. 그런데 형님은 어찌 제갈세가의 비전이라는 술을 그리 잘 아시는 겁니까?"

"음, 그건 말해줄 수 없네. 그런데 자네 말이야. 속이는 수법이 유치했네."

조금 뜸들인 제갈서융의 말에 삼룡이 머쓱해졌다. 그의 말로는 지금까지 삼룡의 수작을 모두 눈치 채고 있었다는 말이 아닌가?

"아시고 계셨습니까?"

"다른 사람은 속여도 나는 속이지 못한다네. 그러니 어디 가서 그런 수법은 두 번 다시 쓰지 말게나."

점잖게 꾸짖는 제갈서융의 말에 삼룡은 머리를 긁적이며 대답했다.

"하하, 죄송합니다. 술 냄새가 하도 독특해서 잔머리를 굴려봤습니다."

"그럼, 자네는 처음부터 술을 먹고자 한 겐가?"

"제가 원체 술을 좋아해서."

"진작 말하지 그랬나? 난 별로 술을 좋아하지 않는다네. 예전엔 좋아했지만."

"아무튼 후배가 실례를 범했습니다."

삼룡이 정중하게 고개를 숙이자 제갈서융은 고개를 끄덕이며 사과를 받아주었다.

"자, 가세. 이제 조금만 더 가면 자네들이 기거할 곳이 나올 것이네."

第六章

장작귀신(長斫鬼神)

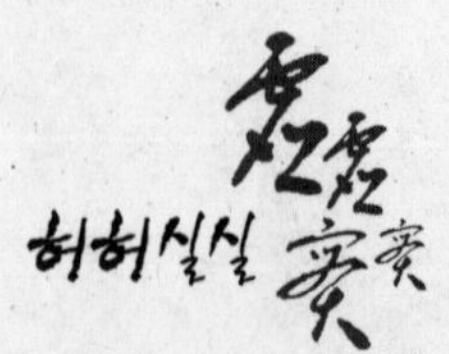

　제갈서융의 친절한 안내를 받은 삼룡은 그의 집과 멀지 않은 곳에 자리를 잡았다. 하지만 나무판자로 대충 엮어진 집이라 손을 보지 않으면 곤란한 집이었다. 집터도 그렇고, 주변 환경이 너무나 열악해서 장정 여섯과 담초홍이 기거할 만한 곳이 못 되었다.

　물론 삼룡은 전혀 상관하지 않고 하루를 누워 지냈다. 하지만 그의 게으름에 아귀궁 살수들이 더는 견디지 못했다.

　삼룡을 따로 두고 아귀궁 살수들이 빈집에 따로 모였다. 모두 불만인 가운데 삼룡 대신 축귀에게로 화살이 모아지고 있었다.

"축귀 형님, 삼룡 형님께서 이제 정신적인 충격에서 벗어
나실 때가 되지 않았습니까?"

제일 어린 사귀의 말에 축귀가 머리를 긁적였다.

"글쎄다. 내가 보기엔 벌써 충격에서 벗어나신 것 같아."

"그럼 무공을 가르쳐 주든지 돈을 벌든지 해야 하는 거 아
닙니까? 우리가 도 닦는 도사들도 아니고, 만날 풀뿌리만 먹
고 어떻게 살란 말입니까?"

두 번째로 어린 진귀의 말에 축귀가 또 머리를 긁적였다.

"글쎄다. 지난번에 나한테 도법 하나 가르쳐 준다고 하신
지가 꽤 되었는데 도통 가르쳐 주시질 않으시네. 그러니 너희
들도 무공을 가르쳐 달라는 건 포기해라. 근데 사부님이 돈을
벌려고 하실지 모르겠구나."

축귀의 의욕없는 대답에 묘귀가 나섰다.

"축귀 형님, 그럼 혈교에서도 우리를 포기했으니 저희라도
나서서 돈을 벌어보는 건 어떨까요?"

그의 말에 신귀가 고개를 끄덕였다.

"그래, 이거 어디 배고파서 살겠냐? 무공이고 뭐고 일단 돈
부터 벌자."

곰곰이 듣던 축귀가 동생들에게 간단하게 물었다.

"뭐 해서?"

현실적인 축귀의 질문에 자신있게 대답할 수 있는 아귀궁
살수들은 아무도 없었다. 그동안 마교에서 살수 짓만 하고 살

았으니, 자신들이 무슨 일을 할 수 있는지조차 몰랐다. 그저 막막하고 답답하기만 할 뿐이었다. 그래도 여럿이 모여 궁리하다 보면 그중에 하나는 괜찮은 생각을 하기도 한다. 바로 지금의 묘귀처럼.

"지난번에 축귀 형님께서 장작을 패서 술과 고기를 얻어오셨으니 이번엔 산에서 나무를 베어 와서 팔면 어떨까요?"

묘귀의 제안에 모두가 환호했다. 땔감은 산에 가면 얼마든지 구할 수 있으니 밑천이 들지 않을 것이 아닌가? 아귀궁 살수들은 그 길로 산으로 달려갔다. 마침 근처의 산에는 나무가 지천으로 자라 있어 손쉽게 나무를 구해올 수 있었다.

그런데 문제는 이들이 장작을 팔러 나갔더니 아무도 사지 않는 것이다. 사실 누가 장작 하나 사겠다고 강호에서 가장 살벌한 군상들 앞에 나서겠는가? 묘귀가 장난삼아 공짜로 준다고 해도 사람들은 얼씬도 하지 않았다. 오히려 이들이 나타나면 장터에 썰물처럼 사람들이 빠져나갔다.

이에 아귀궁 살수들이 또 빈집에 모여 상의를 했다.

"축귀 형님, 살수 짓이 가장 편한 일인 거 같습니다. 도대체 보통 사람들은 어떻게들 먹고사는 겁니까?"

사귀의 말에 축귀가 머리를 긁적이며 대답했다.

"글쎄다. 삼룡 사부님은 참 편하게 사시는 거 같은데."

그러자 진귀가 축귀의 말에 토를 달았다.

"대체 형님은 왜 자꾸 삼룡 형님을 사부님이라 부르시는 겁니까? 무공도 가르쳐 주시지도 안잖아요?"

"인마, 입에 붙어서 그래. 그리고 나한테는 도법(刀法) 하나 가르쳐 주신다고 했어."

그러자 다른 아귀궁 살수들은 그가 부러운 듯 물끄러미 쳐다봤다. 혈교도 건드리다 포기한 인물, 삼룡에게 따라붙는 그 수식어가 그들은 부럽기만 했다. 그러니 풀뿌리를 먹어도 그의 곁에 머무르는 것이 아니겠는가?

"자자, 오늘도 잘못하면 풀죽이나 쒀 먹어야 한다. 누구든 장작 좀 팔 생각을 해봐! 지금도 해온 나무가 너무 많아서 처지 곤란이란 말이야."

축귀의 말에 또 묘귀가 기특한 생각을 해냈다.

"서융 형님 댁 마당이 꽤 넓습니다."

"근데 우리가 쓴다고 하면 허락하실까? 삼룡 형님께서 그 쪽에는 절대 민폐 끼치지 말라고 했는데. 잘못하면 우리 모두 돼지게 맞는다. 니들 전에 내가 흑왕채 산적에 대해 얘기해 줬지?"

축귀의 얘기에 겁이 나는지 아귀궁 살수들은 모두 안 된다고 고개를 부르르 떨었다. 하지만 묘귀의 생각은 조금 달랐다.

"마당을 빌리는 대신 서융 형님 댁에서 필요한 장작을 그냥 쓰라고 하면 어떨까요?"

축귀는 이렇듯 무언가 막힐 때마다 해결 방안을 내놓는 묘귀가 새롭게 보였다.

"이 자식, 묘귀야! 너 정말 똑똑하구나. 어서 가서 말씀드려봐라!"

묘귀는 그 길로 가서 제갈서융의 아내 진소란에게 허리를 굽실거리며 부탁을 했다. 마음 좋은 진소란은 장작이 얼마나 되겠나 싶어 대뜸 허락을 했다.

*   *   *

제갈서융이 문지기 일을 하고 되돌아왔을 때다. 그는 바로 자신의 집 근처에 다 와서 길을 잃어버린 느낌이 들었다. 분명 세 칸짜리 초옥이 있고, 마당과 텃밭이 있는 자신의 집이 하룻밤 새 사라져 버린 것이다.

그렇다고 자신의 집이 연기가 되어 하늘로 사라지거나 땅으로 꺼진 것은 아니었다. 단지 자신의 집 높이보다 족히 두서너 배는 높아 보이는 거대한 장작더미가 그의 집 앞에 떡하니 막고 있었을 뿐이다.

"여보, 이게 무슨 일이오?"

제갈서융이 자는 아내를 깨워 물으니 기가 차서 말이 나오지 않았다. 글쎄, 삼룡의 동생이란 놈들이 마당을 잠시 빌리겠다고 해서 허락했더니, 끊임없이 장작을 지고 날라서 이 모양 이 꼴을 만들었다는 게 아닌가?

게다가 아내가 하는 말이 더 가관이었다. 장작을 어찌나 잘 쪼개놨는지, 아궁이에 장작을 집어넣고 불을 붙일 때 지푸라기가 없어도 불이 붙는다는 것이다. 이 얘기를 들은 제갈서융은 큰일이다 싶었다.

장작에 불이 잘 붙는다면 굴뚝에서 나온 불티로도 불이 붙을 수가 있는 것이다. 그렇게 되면 자신의 집이 삽시간에 불 탈 것이 아닌가? 그래서 그는 아내에게 당분간 아궁이를 쓰지 말라고 신신당부를 하고는 바로 삼룡을 찾았다.

"이보시게, 삼룡이 있는가?"

제갈서융의 목소리가 들리자 게으른 삼룡도 벌떡 일어서서 마중을 나왔다.

"여긴 어쩐 일이십니까, 서융 형님?"

"다른 게 아니고… 자네, 내 집에 쌓아놓은 장작은 어쩔 셈인가?"

"장작이라뇨, 형님?"

장작에 관해서는 전혀 모르는 일이라 삼룡은 머리를 긁적일 뿐이었다. 하지만 제갈서융이 침착하게 하나하나 설명을 하자 곧 무슨 일인지 깨달았다.

"그럼 형님이 대신 처분해 주세요. 어차피 그 녀석들은 인상이 험악해서 장작 살 사람이 없을 겁니다."

"이 사람아, 나는 문지기 일을 해야 하지 않나?"

"에휴, 형님도 참! 전 형님께서 머리가 명석하신 줄 알았는데 지금 보니 말짱 소용없네요.”

“그게 무슨 말인가?”

“짐꾼이고, 장사꾼이고 여기 마을 사람들 널리고 널렸잖아요. 그 사람들한테 그냥 넘기세요. 물건 팔고 나면 그때 돈을 받으시면 되잖아요?”

삼룡의 말에 제갈서융은 난감했다. 삼룡이 지금 땅 짚고 헤엄치기보다 쉬운 장사를 자신보고 하라는 게 아닌가? 장작이야 값이 얼마 되지 않는 물건이었다. 설사 그것을 가져간 사람이 물건값을 떼먹어도 크게 손해가 아니었다. 다음에 물건을 주지 않으면 그뿐이니까.

“내가 말인가?”

“지난번 신세진 것도 있으니 한번 해보세요. 대신 크게 남기시려고 하면 안 됩니다. 형님이 욕심을 부리시면 마을 사람들은 더 욕심을 부릴 것이고, 그러다 보면 못 팔고 오는 사람이 꽤 많을 겁니다. 그러면 돈 없는 사람들이 차일피일 장작값을 미룰 것이고, 결국 자신들 집에 그 장작을 쓸 테니 형님만 손해가 됩니다.”

삼룡의 말에 제갈서융은 크게 놀랐다. 아무리 자신이 강소 지역에서 큰 상권을 쥐락펴락해 봤다지만 이렇듯 장사꾼의 마음을 잘 아는 사람은 처음이었다.

“자네, 사천에서 장사를 하지 않았나?”

“장사는요, 무슨. 저는 그런 거 안 해도 사부님이 먹여 살

리니까 걱정없어요. 이번 무림대회에 삼위만 하면 끝이에
요."

이렇게 말한 삼룡은 인사를 꾸벅 하더니 다시 들어가 자는
것이었다.

"허참, 저 사람 게으른 줄은 알았지만… 놀랍군, 놀라워!"

제갈서융은 삼룡의 말대로 빈민촌에서 빈둥빈둥 놀고 있
는 사람들을 불러모아 장작을 팔아보라고 권했다. 하지만 장
작 값을 후에 받겠다고 해도 나서는 사람이 고작 스무 명 남
짓이었다. 그래서 서융은 그들에게 장작 한 짐당 이 문만 받
기로 하고 넘겼다.

보통 장작 한 짐당 칠 문은 받으니, 싼값으로 팔면 오 문 정
도에 팔아도 금세 팔릴 것이라는 계산으로 말이다. 그랬더니
그 다음날 스무 명 중에 열 명 정도가 장작을 모두 팔고 와서
장작을 또 사 가겠다고 하는 것이었다.

또 사람들 얘기가 한번 장사를 해보니 조금만 열심히 하면
금세 팔린다는 것이다. 게다가 하루에 한 번뿐만 아니라 두
번, 세 번이라도 장작을 팔겠다고 부탁하는 것이다. 어차피
장작이야 처치 곤란일 정도로 많으니 서융은 그러라고 했다.

대신 누가 장작을 져 나르는지 숫자를 헤아릴 사람이 필요
하게 됐다. 하지만 이는 문제도 아니었다. 자신의 아들 제갈
명을 시키면 될 일이니 말이다. 그렇게 며칠은 문제가 되지
않았다.

*   *   *

　제갈서융이 집으로 돌아와 보니 이번엔 장작더미 말고도 마을 사람들 수십 명이 집 앞에서 그를 기다리고 있는 것이다. 그리고 그를 보자마자 같은 마을 사람끼리 이럴 수 있느냐며 신세한탄을 하는 것이다.

　제갈서융이 무슨 일인지 자초지종을 물어보니, 요즘 그의 장작이 장터에 내놓기가 무섭게 팔려 나간다는 것이다. 그래서 자신들도 장작을 팔려고 하는데, 아, 글쎄, 삼룡 동생이란 놈들이 처음 거래를 튼 사람 말고는 다른 사람에게 절대 장작을 넘기지 말라고 했다는 것이다.

　문제는 동생들이 좀 험상궂게 생겼어야 말이라도 한번 붙여볼 것이 아닌가? 그래서 마을 사람들은 제갈서융이 일을 마치고 올 때까지 기다리고 있었던 것이다.

　제갈서융은 마을 사람들의 간곡한 부탁을 저버리지 못하고 삼룡의 집을 찾았다.

　"이보게, 동생. 아직 자는가?"

　삼룡의 집은 변함이 없었다. 그 많은 나무로 당장 집부터 수리해도 되겠건만 도대체가 변하는 것이 없었다. 오직 그의 집 앞에 있는 잡초만 무성하게 자랄 뿐이었다.

　"형님, 오셨습니까?"

언제나처럼 삼룡이 자다 말고 나왔다. 그런데 지난번처럼 담초홍이 또 보이지 않는 것이다.

"초홍이가 요즘 보이질 않네. 무슨 일 있는가?"

"아뇨. 요즘 수련한다고 바빠서 저도 얼굴 보기가 힘들어요. 제 목검을 들고 어딜 그렇게 싸돌아다니는지. 축귀 보면 한 번 물어보세요. 그 녀석은 알고 있을 겁니다."

"알겠네. 그건 그렇고, 자네에게 부탁이 있어서 왔네."

"말씀하세요, 형님!"

"음, 다름이 아니고 마을 사람들이 자네 장작을 팔고 싶어한다네. 그런데 자네가 절대 다른 사람들에게는 장작을 넘기지 말라고 해서 마을에 큰 분란이 일고 있다네."

"아, 그거요. 사람들이 팔 의지가 없으니 당분간 막아놓은 거예요. 그래야 팔고 싶어서 안달 나는 사람들이 늘어나죠. 여기 사람들이 원체 게으르니 일부러 그러라 시켰습니다."

조금은 뻔뻔한 삼룡의 말에 제갈서융은 시선을 어디에 둬야 할지 몰랐다. 세상에 자기보다 게으른 놈이 어디 있다고 누굴 흉을 본단 말인가?

"그럼 이제는 풀어줘도 된다는 말인가?"

"아뇨. 막 풀어주면 사람들이 고마운 줄을 몰라요. 사람 마음이 간사한 것 형님도 잘 아시잖아요?"

"그건 그렇지만……."

"이번엔 한 스무 명만 뽑으세요. 뽑는 기준은 무조건 신용

입니다. 지난번에 장작 값 안 가지고 온 사람이 열 명이라면
서요?"

"동생, 그건 그렇지 않으이! 여긴 빈민촌이네. 달리 말하면
어떻게 하든 손해 볼 것이 없는 사람들이지. 그런데 순위를
매겨 탈락시키면 억하심정을 가지고 쌓여 있는 장작에 불을
놓을 것이네."

제갈서융의 걱정에 삼룡이 피식 웃으며 대답했다.

"참, 형님도. 누가 먼저 간추리라고 했나요? 모두에게 기회
를 주세요. 대신 제일 먼저 장작 값을 가져온 스무 명한테 내
일도 장작을 팔 권리를 준다고 하세요."

"그래도 탈락한 사람들의 반발이 심할 텐데?"

"형님, 참 순진하시기도 합니다. 누가 자르라고 했나요? 약
속을 지키나 못 지키나 보라는 것이죠. 그때 형님께서 못 이
기는 척, 저한테 한번 말해보겠다고 하세요. 그 후에 형님의
수완으로 허락했다고 하면 모두 형님을 믿고 따를 것이 아닙
니까?"

삼룡의 답변을 들은 제갈서융은 뒤통수를 한 대 맞은 듯 큰
충격을 받았다.

'이 사람, 상재가 보통이 아니야!'

제갈서융이 놀라는 모습이든 아니든 삼룡은 꾸벅 인사를
하더니 다시 허름한 판잣집으로 들어갔다.

그날 제갈서융은 삼룡이 시킨 대로 장작을 팔려는 사람 모두에게 기회를 줌과 동시에 조건을 내걸었다.

"장작 값은 이 문만 받겠습니다. 단 빨리 팔고 오신 스무 분께 내일 팔 기회를 드리겠습니다. 물론 장작 값을 떼먹으신 분은 두 번 다시 기회가 없으니 그리 아세요."

그러자 반나절도 안 되어 장작을 팔고 온 사람이 스무 명이 넘었다. 그러나 돈맛을 본 사람들이 그냥 물러날 리 없었다. 뒤늦게 온 사람 모두 제갈서융을 붙잡고 사정을 하는 것이다.

"장터에 우리 마을 장작을 더 비싼 값을 주고 사겠다는 사람도 있습니다. 그래서 좋은 값을 받으려다가 그랬으니 한 번만 봐주십시오."

"미리 약속한 사람에게 장작을 팔려다가 늦었습니다. 장작을 사겠다는 다른 사람도 있었지만 먼저 한 약속이 중요해서 이를 지키려다가 늦은 것입니다."

"저는 사기를 당했습니다. 하지만 장작 값을 마련했으니 제발 팔 기회를 주십시오."

사연은 가지각색에 천차만별이었지만 모두 그럴만한 사정이 있고 이유가 있었다. 하지만 그중에는 뻔히 보이는 거짓말을 하는 사람도 있었다. 그러나 제갈서융은 이를 나누지 않고 모두에게 다시 기회를 주었다.

물론 그를 속인 사람들에게는 다시 속인다면 다음 거래는 없다고 경고를 한 후에 기회를 주었다.

그러자 산처럼 쌓여 있던 장작이 조금씩 줄어들기 시작했다. 부지런한 사람은 새벽부터 장작을 지고 날라서 하루에 열 번도 넘게 장작을 날랐고, 또 어떤 사람은 지금까지 번 돈으로 헌 수레를 장만해서 자신이 옮길 수 있는 장작의 양을 늘리기까지 했다.

그러다 보니 이번엔 아귀궁 살수들이 신이 났다. 이들은 제갈서융 덕분에 장작을 팔긴 했어도 그동안 좀체 장작이 줄어들지가 않아서 일할 의욕이 나지 않았었다.

하지만 하루하루 눈에 보일 정도로 장작이 줄어들자 일하고픈 의욕이 다시 샘솟게 된 것이다. 마침내 자신들도 보통 사람들처럼 먹고살 자신이 생기니 기쁘게 나무를 베어왔다. 게다가 장작을 패는 것도 정성을 다해서 팼다.

이런 연유로 제갈서융의 장작의 규모는 줄지 않았다. 오히려 점점 높아지기만 했다. 장작을 파는 사람들의 숫자는 늘어났지만, 검기로 장작을 패는 아귀궁 다섯 살수들의 속도는 쫓아오지 못했으니까.

제갈서융은 요즘 들어 굴러 들어온 돈 때문에 고민이 많았다.

삼룡이 동생들이 마당에 쌓아놓은 장작을 중간에서 팔게끔 다리만 놔주었는데, 장작 한 짐당 꼬박 한 문씩 생겼다. 처음에는 고작 열 문이 전부였지만, 나중에는 하루에 삼백 문

이상씩의 돈이 쌓이게 되었다.

물론 그의 수입은 삼룡의 동생들과 똑같이 나눴기 때문에 삼룡의 동생들에게도 하루 삼백 문이 생겼다. 하지만 하루에 삼백 문이면 쌀 세 가마의 가치다. 반면 제갈서융이 문지기 일을 해서 한 달에 받는 것은 고작 쌀 한 말과 보리쌀 두 말이 전부였다.

이를 다시 생각해 보면 도깨비 장난 같기도 하고, 또 한편으로 생각하면 언젠가 원 상태로 되돌아갈 것이니 그 이후가 걱정이 되기도 했다.

"계속 돈이 들어올 것도 아니니 돈이 생겨도 걱정이로구나. 내 아들 명이가 헛된 바람이나 안 들었으면 좋겠는데. 나처럼 일을 크게 벌리다가 행여나 실패하게 되면……."

제갈서융이 정문 옆에 쪼그려 앉아 길게 한숨을 내쉬며 한탄을 할 때였다. 제갈세가의 주방을 맡고 있는 중년의 불목하니가 눈을 휘둥그레 굴려가며 쫓아 나오는 것이었다.

"이보게, 융이. 자네, 나에게 이럴 수 있는가?"

불목하니는 문지기 무사들과 달리 제갈서융의 성을 서씨로 알고 있었다.

"무슨 일이십니까?"

제갈서융이 허리를 굽실거리며 인사를 건네자 불목하니가 둥그런 배를 내밀며 삿대질을 하며 섭섭함을 토로했다.

"내가 자네 아들이 아프다고 해서 고기를 끊어준 일이 있는가, 없는가?"

"있습죠."

"그런데 자네가 어떻게 내게 이럴 수 있는가?"

"그게 무슨 말씀이신지… 어서 말씀해 보십시오."

제갈서융이 재차 고개를 숙이자 불목하니가 비로소 사연을 털어놨다.

"자네가 그 귀한 화령장작(火令長斫)을 시장에 내놓는다 들었네. 맞는가?"

"화령장작이요?"

"지푸라기조차 필요없는 최고급 장작 말일세."

불목하니의 설명에 제갈서융은 대충 짐작이 가서 고개를 끄덕였다. 그런데 장작이 대체 무슨 문제가 되는지는 알지 못했다. 그러다가 돈맛을 본 빈민촌 사람들이 너무 비싸게 파는 건 아닌지 걱정이 되었다.

"제가 마을 사람들에게 비싸게 팔지 말라고 신신당부를 해놨는데 만약 너무 비싸게 사셨다면 제가 물어드리겠습니다."

"이 사람, 명색이 제갈세가 주방에서 그깟 장작 값을 깎자고 이러는 줄 아는가?"

불목하니가 정색을 했지만 이유를 짐작키 어려운 제갈서융으로서는 허리만 굽실거릴 뿐이었다.

"무슨 일이 있는지 모르겠지만 잘못이 있다면 지적해 주십시오. 마을 사람들과 상의해서 잘못된 부분을 고쳐 보도록 하겠습니다."

그러자 불목하니가 반색하며 말했다.

"그럼, 내게 줄 화령장작이 있단 말인가?"

"네? 그게 무슨 말씀이십니까?"

불목하니의 사정을 들은 제갈서융은 크게 놀랐다. 글쎄, 자신의 앞마당에 산처럼 쌓여서 좀체 줄어들지 않는 장작이 저 잣거리에서는 웃돈을 주고도 못 살 정도로 품귀 현상이 일어나고 있다는 것이다.

아무리 빈민촌 사람 대다수가 장작을 실어 날라도 대도시 전체에 공급하기에는 물량이 딸릴 수밖에 없었다. 애초에 장작의 품질이 좋았으니 여러 사람이 찾게 된 것이고, 또 그러다 보니까 장작 가격이 자연히 올라가게 된 것이다.

뭐, 이 정도로 그쳤으면 제갈서융이 크게 놀랄 것도 없었다. 장작의 품질이 좋다는 것은 자신도 알고 있었고, 또 시간이 지나면 가격도 제값 이상으로 받을 것으로 예상했었으니 말이다.

정작 놀랄 일은 불목하니가 그다음에 말해준 사연에 있었다. 그동안 빈민촌 장작을 써오던 객잔과 주루에서는 원래 쓰던 장작을 다시 썼는데, 그날부터 요리 맛이 달라졌다고 손님이 끊기더라는 것이다. 해서 장작을 잘 아는 대장장이에게 그 원인을 물었더니, 빈민촌에서 나오는 장작이 장작 중에 최고로 치는 화령장작(火令長斫)이라 했다는 것이다.

처음엔 화령장작이 뭔지 몰랐던 사람들이 장작이 좋아봤자 얼마나 차이가 나겠느냐며 그의 말을 무시했다고 한다. 한데 그 대장장이가 집으로 돌아가지 않고, 저잣거리에 나와 있는 빈민촌 장작을 더 높은 가격을 주고 모조리 사들였다는 것이다.

아무래도 이상해서 다시 상인들이 알아보니 화령장작은 오래전부터 황실에서 비싼 값을 주고 사용하는 품목이라는 것이다.

이 장작으로 음식을 하면 음식 재료의 맛이 살아나고, 심지어 평범한 검을 만드는 대장장이도 이 장작을 쓰면 얼추 보검 축에 끼는 검을 만들 수 있다는 것이다. 그래서 대장장이 사이에서는 보검에 쓰이는 귀한 현철만큼 화령장작을 중히 여긴다는 것이다.

문제는 이 사실을 안 상인들이 빈민촌에서 나오는 장작을 더 비싼 값으로 모조리 사들여 매점매석을 하는 통에 시중에서는 빈민촌 장작을 구하고 싶어도 구할 수 없다는 것이다.

"그러니, 자네가 좀 도와줘야 하지 않겠나?"

"얼마나 필요하십니까?"

별것 아닌 제갈서융의 대답에 불목하니는 크게 감격했다. 방금 제갈서융의 말을 해석하자면 원하는 만큼 주겠다는 소리가 아닌가? 한데 그의 답변은 조금 의외였다.

“미안하네만 열 짐… 아니지, 너무 욕심을 부리면 자네에게 너무 큰 부담을 주겠구먼. 딱 다섯 짐만 어떻게 안 되겠나?”

“네? 다섯 짐이라구요?”

제갈서융은 마당에 산처럼 장작이 쌓여 있으니 열 짐이든 스무 짐이든 달라는 대로 줄 생각이었다. 그런데 고작 다섯 짐을 달라면서 미안해하는 것이 아닌가? 한데 불목하니의 반응이 조금 달랐다.

“이런, 내가 너무 욕심을 부렸군. 알겠네. 세 짐, 딱 세 짐만 주시게. 내 더는 욕심 부리지 않음세. 하지만 그 이하는 절대 안 되네. 주방장님께서 이번 무림대회에 참석하시는 귀한 손님 대접할 때 쓸 것이니 그 정도는 있어야 한다고, 내게 그 정도는 무슨 일이 있어도 확보하라고 신신당부를 했단 말일세.”

불목하니는 제갈서융이 혹시나 거절할까 봐 불안한 기색이 역력했다. 하지만 제갈서융의 성정은 원래 사람을 저울질하는 짓을 싫어했다.

“세 짐이라니요? 제가 열 짐을 가져다 드리겠습니다.”

그의 말에 불목하니는 좋아서 입을 다물 생각을 하지 않았다. 하지만 무슨 꿍꿍이가 있다고 생각했는지 이내 정색을 하며 엄포를 놓았다.

“자네, 그깟 장작 가지고 얼마나 더 받으려고 열 짐씩이나 내놓겠다고 하는 건가?"

"얼마를 더 받다니요?"

제갈서융이 무슨 소린가 싶어 반문하자 불목하니는 더 정색을 하며 말했다.

"나는 장사꾼이 아니니 한 짐당 은자 한 냥밖에 줄 수 없네. 그리 알게!"

불목하니는 혹시나 제갈서융이 장작 값을 다시 흥정하자고 할까 봐 부리나케 도망치고 없었다.

"장작 한 짐이 은자 한 냥이라구?"

＊　　　＊　　　＊

"이보게 삼룡, 아직 자는가?"

문지기 일이 끝난 이른 새벽부터 제갈서융이 침통한 표정으로 삼룡을 찾았다. 요 근래 그가 삼룡을 자주 찾아오긴 했지만 오늘처럼 초조한 기색은 처음이었다. 그런 서융의 마음을 더 속 타게 하려는지 삼룡은 금세 나타나지 않았다.

"이 사람, 날 보기 싫어서 이러는 겐가? 그러지 말고 나와서 내 사과를 받아주시게."

제갈서융의 사과에도 삼룡은 나타나지 않았다. 그러자 제갈서융은 무릎을 꿇었다.

"벌써 자네는 알고 있었구먼. 하지만 난 정말 몰랐네. 알았다면 이렇게까지 놔두지 않았을 걸세. 하지만 모두 내 책임이라는 걸 부정할 수 없네. 자네가 나올 때까지 여기서 무릎 꿇고 있을 테니 화가 풀리면 나오시게."

제갈서융은 그렇게 한 시진째 움직이지 않았다. 하지만 이 상태로 몇 시진만 더 지나면 기진맥진해서 쓰러질 것이다. 어렸을 때부터 잦은 병치레를 했던 그에게는 무릎 꿇고 있는 것도 중노동이나 다름없었다. 그래서 벌써 오한을 느끼고 끈끈한 진땀이 온몸을 축축하게 적시고 있었다.

'동생에게 큰 손실을 끼쳤으니 날 용서하지 않는 게야. 내가 조금만 일찍 알았다면 일이 이 지경까지 오지는 않았을 텐데……'

다시 이각 정도가 지났을 무렵이다. 그때까지도 제갈서융은 삼룡의 판잣집 앞에서 무릎을 꿇고 있었다. 제갈서융의 상태가 이전보다 나빠진 것은 말할 것도 없었다. 그런데 그때, 그의 뒤쪽에서 소리가 들렸다.

"서융 형님, 여기서 뭐 하십니까?"

뒤에서 들린 목소리는 다름 아닌 삼룡이었다. 그는 지금까지 집 안에 있었던 것이 아니라 밖에 나가 있었던 것이다. 그런데도 제갈서융은 일어날 생각을 하지 않았다.

"다리 아프게 왜 그러고 계세요? 무공을 모르시는 형님께서 수련을 하느라 이러시는 것도 아닐 텐데?"

"이 사람, 삼룡이!"

제갈서융은 차마 말을 잇지 못하고 울먹거렸다. 그러자 삼룡이 화들짝 놀라서 쫓아와 그를 일으켰다.

"사내가 뭘 잘못했다고 무릎을 꿇고 이러시는 겁니까? 어서 일어서세요. 몸도 약하신 분이 이러고 계시면 큰일 납니다."

삼룡의 마음이 느껴졌는지 제갈서융은 그 자리에 주저앉아서 사정을 설명하기 시작했다. 하지만 그의 사정을 들은 삼룡은 웃기만 할 뿐, 크게 화를 내지는 않았다.

"참, 형님도! 장작이 은자 한 냥을 하든 두 냥을 하든 누가 뭐라 합니까? 이백 문밖에 못 받았으면 마을 사람들도 속은 거잖아요?"

"그래도 그 사람들이 내게 가져다준 것은 고작 이 문이네. 백 배 차이란 말일세."

삼룡이 다시 웃으며 대답했다.

"애초에 가격을 정한 건 형님과 동생들입니다. 그러니 손해를 본 게 아니죠."

"이 사람아! 마을 사람들은 뻔히 알고도 속였는데 자네는 괜찮단 말인가?"

제갈서융의 물음에 삼룡이 그를 그늘에 앉히며 허리춤에 차고 있던 조롱박으로 만든 술병을 내밀었다.

"우선 이것부터 쭉 들이켜세요. 대신 무척 쓸 테니 각오하십시오."

엉겁결에 술병을 받아 든 제갈서융은 삼룡이 시키는 대로 했다. 하지만 내용물이 혀에 닿는 순간 강한 쓴맛이 뇌리를 흔들었다. 각오는 하고 있었지만 보통 쓴맛이 아니었다. 도무지 목구멍으로 넘길 수 없는 정도이니 어쩌겠는가?

그런데,

"그거 뱉으시면 형님을 용서 안 할 겁니다. 벌이니까 쭉 들이켜세요."

강한 어조의 삼룡의 말에 제갈서융은 눈을 질끈 감았다. 벌이라고 생각하니 이 정도는 아무것도 아니라 생각이 들었다. 그가 지금은 비록 몰락하기는 했어도 한때 신용과 신뢰를 목숨보다 소중히 여긴다는 대상인(大商人) 소리를 들었었다. 그랬던 그가 책임을 회피할 리가 없었다.

"꿀꺽, 꿀꺽, 꿀꺽!"

제갈서융은 몸이 어떻게 반응하든 간에 무조건 목구멍으로 넘겼다. 속이 뒤집혀 다시 토해내더라도 일단은 억지로 넘겼다. 그러다 보니 삼룡이 건넨 조롱박 병을 모조리 비우고 입을 뗄 수 있었다.

"자, 됐는가?"

제갈서융이 병을 비우고 당당하게 말하자 삼룡이 고개를 끄덕이며 재빨리 그의 마혈(痲穴) 두세 군데를 짚었다. 때문에 제갈서융은 몸을 움직일 수가 없었다.

"무, 무슨 짓인가?"

삼룡이 아혈(啞穴)을 짚지 않아서 말은 할 수 있었지만 몸을 움직일 수가 없어 제갈서융은 크게 당황했다. 하지만 다시 생각해 보니 큰 손실을 끼친 자신을 이 정도로 용서해 주지 않을 것 같았다. 금액으로 환산하면 지금까지 무려 은자 백오십 냥 정도의 손실을 끼친 것이다.

물론 수익을 반으로 나누기로 했으니 삼룡에게는 그 절반의 손실을 끼친 것이다. 한데 다음 삼룡의 태도는 그의 생각과 정반대였다.

"애써 드신 약을 토할까 봐 잠시 조치한 것이니 놀라지 마십시오."

약이라는 소리에 제갈서융은 어리둥절해했다.

"서융 형님, 만약 마을 사람들이 아니었다면 화령장작이 십여 일도 안 되어 곳곳에 소문이 퍼졌겠습니까?"

"그렇긴 하네만 그래도 원래 귀한 것이라 하지 않았나?"

"사람들이 알아주지 않는데 귀한 것이 어디 있습니까? 다 싼 맛에 화령장작을 써보고 그 가치를 알아본 것이죠. 만약 화령장작인 줄 알고서 은자 한 냥에 팔았다고 생각해 보세요. 누가 그 장작을 쳐다보기나 했겠습니까?"

"그래도 대장장이들은 알지 않겠나?"

"네. 하지만 그러기 위해서는 직접 뛰어다녀야 하지요. 그것도 이번처럼 화령장작을 알아보는 대장장이를 찾아야 합니다. 그렇게 되면 시일이 걸리겠죠?"

"그렇군. 그러다 보면 아무리 화령장작이라도 썩어나는 것도 있을 테고!"

제갈서융의 말에 삼룡이 그제야 고개를 끄덕였다.

"이제야 매사에 사려 깊은 형님답군요. 형님, 장사는 손해를 봐야 하는 때가 있습니다. 제가 아는 어떤 주루에서는 이십 문짜리 황주(黃酒)를 단 십 문에 팝니다."

"그거야, 처음에만 그럴 게 아닌가?"

제갈서융의 말에 삼룡은 고개를 가로저었다.

"아닙니다. 오 년 전이나 지금이나 그 주루에서는 황주를 단 십 문에 팔고 있습니다."

"그렇다면 매일 손해가 날 게 아닌가? 한 병당 십 문이 손해가 나면 몇 년, 아니, 몇 달 안에 손해가 나서 주루 문을 닫아야 할 것일세."

"그게 아니었습니다, 형님. 다른 주루에서도 십 문의 이익을 붙여 이십 문에 파는 것이니 실제 손해는 없습니다. 하지만 그 덕분에 한 가지 요리를 시켜 먹을 사람들이 두 가지를 시켜 먹게 됩니다."

삼룡의 질문에 제갈서융은 감탄할 수밖에 없었다.

"그래, 그러면 절대 손해가 아니지. 요리 값도 다른 곳보다 조금 싸게 내놓으면 훨씬 더 싸다고 여길 테니 아무 부담을 느끼지 않을 것이네. 그렇게 되면 그 주루는 아마 크게 번창했을 것이네. 정말 그랬는가?"

삼룡은 대답 대신 고개를 끄덕였다. 그러자 제갈서융이 반문했다.

"하지만 화령장작은 손해 본 것을 다른 것으로 메울 수가 없지 않은가?"

"형님, 마을 사람들도 이제 형님을 속일 수 없다는 것을 다 알고 있는데 뭐가 걱정입니까? 동생들은 돈에 상관없이 장작을 패는 것이니 이제부터라도 적당한 가격에 팔면 되는 게 아니겠습니까?"

"허, 이 사람, 정말 무서우이. 그렇게까지 사람의 습성을 속속들이 알다니!"

"제가 뭘요?"

삼룡이 능청스럽게 웃자 제갈서융은 고개를 절레절레 저었다. 그런데 그때 삼룡이 이렇게 말했다.

"형님, 형수님한테 얘기 들었습니다. 큰 배로 바다 건너 고려국까지 상선을 운행하다가 태풍으로 손해를 입고 이러고 계신다는 것을요."

"이미 지난 과거 일일세. 내가 너무 욕심을 부렸었어. 그곳 도자기가 하도 마음에 들어 내가 가진 배 말고도 여러 척 배를 빌렸었네. 그러다 태풍을 만나서 모든 걸 잃었지."

"모두 잃다니요? 형님은 모두 잃은 게 아닙니다."

"이 사람아, 농담하지 말게. 빚진 걸 갚느라 아버지가 물려주신 그 많던 재산을 모두 다 날렸으니 모두 잃은 게 아니면 뭔가?"

이에 삼룡이 피식 웃으며 대꾸했다.

"그 빚이란 것이 태풍으로 죽은 뱃사람과 상인들 가족을 챙기는 것이었지 않습니까? 또 그중엔 고려국 상인들과 뱃사람들까지 있었구요. 그런데 형님은 돈 한 푼 없이 길거리를 전전하셨다면서요?"

"그건 당연한 것이네. 상인이 일을 저질렀으면 끝까지 책임을 져야지. 자신이 손해 봤다고 모른 척한다면 그것은 상인이 아닐세."

정색하며 말하는 제갈서융에게 삼룡이 반문했다.

"그럼 뭡니까?"

"도적일세. 자기 손해만 손해고 남의 손해는 손해로 보지 않는 것이 바로 도적이 아니고 뭔가?"

제갈서융의 당당함에 삼룡이 크게 웃음을 터뜨렸다. 하지만 이상하게 그의 눈가에는 눈물이 살짝 맺혀 있었다.

"크하하하하!"

"왜 웃는 겐가? 그리고 웃으면서 눈물을 왜 흘리는 겐가?"

"재밌어서요. 제가 아는 제갈 성을 쓰는 사람은 자기가 시킨 일 때문에 가족 전체가 죽어나가도 절대 책임지지 않았는데 형님께서는 그깟 돈 몇 푼에 이렇듯 무릎을 꿇고 계시지 않습니까?"

삼룡이 갑자기 제갈 성씨를 언급하자 제갈서융은 의아할

수밖에 없었다. 게다가 얘기를 들어보면 그가 제갈 성씨라는 것을 알고 있다는 것이 아닌가?

"자네, 내 성을 어떻게?"

"제가 알고 싶지 않아도, 제 동생들이 다 알려줍니다. 하지만 걱정 마십시오. 동생들에게도 비밀을 지키라고 했으니까. 그리고 그 장작은 형님이 처분하세요. 그 돈을 밑천으로 다시 장사를 하시면 되잖아요. 아마 강소성으로 돌아가시면 형님을 도울 사람들이 많을 것입니다."

삼룡의 제안에 제갈서융이 대번 고개를 내저었다.

"아닐세. 장작 한 짐당 은자 두 냥일세. 그런데 아무것도 안 하고 중간 상인 역할만 하는 내가 어찌 한 냥이나 되는 이익을 가로채겠나? 이제 자네 동생들이 처분해도 살 사람이 줄을 설 것이네."

"제 동생들은 그 많은 장작을 처분할 방법을 모릅니다. 이는 이백 문 때문에 형님을 속이는 마을 사람들도 마찬가지구요. 그리고 생각해 보십시오. 그 많은 장작이 한꺼번에 풀리면 가치가 어떻게 되겠습니까? 제값을 받을 수 있을까요?"

"그럼 오 할은 너무 많으니 일 할만 받겠네."

"아니요. 제값으로 파는 것도 화령장작을 만드는 것만큼이나 힘든 일입니다. 형님이 그 반대 입장이라면 분명 거래를 주선하는 거간꾼에게도 오 할의 이익을 주셨을 겁니다."

그러자 제갈서융은 더 이상 거절할 수가 없었다. 삼룡의 애기를 아무리 부정하려고 했지만 사실 그의 생각도 크게 다르지 않았다. 다만 그에게 기회를 주는 삼룡이 고마울 따름이었다.

"고맙네."

이렇게 말한 제갈서융은 삼룡이 점혈한 마혈이 풀렸는지 손을 움직였다. 그러면서 그는 이상한 기운을 느꼈다.

"어, 이상하다? 내 몸이 왜 이리 가뿐한 게야? 분명 아까는 어질어질했었는데?"

고개를 갸웃거리는 제갈서융의 물음에 삼룡이 빙그레 웃으면서 말했다.

"형님 천 년 묵은 도라지하고 오백 년 묵은 더덕이 서로 뒤엉키면 어떻게 됩니까?"

"글쎄? 도라지가 천 년, 더덕이 오백 년 묵었으면 산삼만큼 약효가 있다고 들었네. 그런데 혹시 내가 먹은 것이 그것인가?"

제갈서융의 물음에 삼룡이 고개를 가로저었다.

"비슷하긴 한데 아닙니다. 어제 동생들이 나무하러 갔다가 천 년 묵은 도라지와 오백 년 묵은 더덕이 뒤엉킨 것을 발견해서 파봤더니 그 뿌리가 썩은 웅덩이만 나왔다고 하더군요."

"하지만 그것도 약이네. 필시 오랫동안 숙성됐을 터이니 약효도 뛰어날 것이네.."

"동생들도 그 정도는 압니다. 그런데 거기에 온몸이 검은 두꺼비하고 붉은 지네 수백 마리가 죽어 있었습니다. 그래서 저보고 먹을 수 있는지 확인해 달라고 해서 가보고 오는 길입니다.”

삼룡의 말에 제갈서융이 대번 고개를 내저었다.

“아깝지만 그것은 못 쓰네. 두꺼비와 지네는 필시 독을 품고 있었을 텐데, 그것들이 빠져 있었다면 약으로 쓸 수 없네.”

“어라, 형님이 드신 게 그건데 어쩌죠?”

삼룡의 반문에 제갈서융은 난처했다. 분명 자신이 마신 것이 그것이라면 자신은 죽었어야 하는 게 아닌가?

“하하, 놀라시긴요. 제가 가서 보니 서로 약 기운을 차지하려고 두꺼비와 지네가 싸우다 서로 죽었더라구요. 형님도 아시죠, 두꺼비와 지네가 상극인 거?”

“두꺼비 독이 지네에 물린 데 약으로 쓰이기도 하니 상극이라고 할 수 있네.”

“그래서 먹어도 된다고 알려줬습니다. 그랬더니 동생 녀석들이 신나서 제게도 두 병을 나눠 주더군요.”

“두 병? 자네는 분명 아까 한 병밖에 없었지 않았나?”

“한 병은 형님 아들 명이에게 먹이고 왔습니다. 그 녀석이 형수님 닮았으면 튼튼할 텐데 형님 닮아서 골골하잖아요? 그래서 억지로 먹이고 오느라 늦은 겁니다.”

순간 제갈서융은 감정을 주체하지 못하고 눈물을 흘리고 말았다.

"보잘것없는 날 이렇듯 챙겨주다니… 정말 고맙네, 고마워!"

"고맙긴요. 대신 부탁이 있습니다, 형님!"

"말해보게. 내 자네 부탁이라면 뭐든 들어줌세."

"형님 아들 명이를 제가 좀 가르치면 안 되겠습니까? 제자로 삼으려는 게 아니고, 무림대회가 있을 때까지 그냥 소일하자니 심심해서요. 보니까 가전으로 내려온 내공심법하고 무공을 수련하고 있던데 제가 손 좀 보면 꽤 잘할 것 같습니다만…….."

이에 제갈서융은 앞뒤 생각할 것도 없이 무조건 승낙했다.

"자네 마음대로 하시게. 자네는 오늘부터 내 의형제일세. 그러니 명이는 자네 아들이나 마찬가지지. 내가 명이에게도 그렇게 말해놓을 테니 걱정하지 말고 가르쳐 보시게."

이때까지만 해도 제갈서융은 두 달 동안 자신의 아들이 어떤 지옥을 구경하게 될지 짐작조차 못하고 허락한 것이다. 물론 나중에 알았을 때는 삼룡을 마냥 탓할 수만은 없었다. 단 두 달의 가르침으로 그의 아들이 십이 년 후 열린 무림대회에서 제갈세가 최초로 구파일방의 제자를 모두 물리치고 우승을 했으니 말이다.

第七章

기연(機緣)

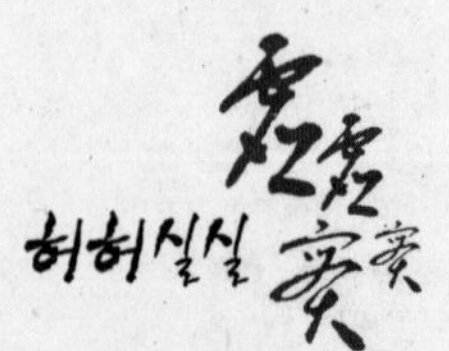
허허실실
虛虛實實

    제갈서융의 외동아들 제갈명은 어렸을 때 집안이 몰락한
탓으로 조금 삐딱하게 자랐다. 집 하나 없이 다리나 처마 밑
을 전전하고 살다 보니 자연스레 독해진 것이다. 게다가 체구
가 작고 유약해 보이니 또래 아이들에게 많이 시달리는 편이
었다.
    제갈명이 누굴 먼저 괴롭히는 성정은 아니었지만, 매일 당
하고 편히 지낼 성정도 아니었다. 그래서 그는 시간이 날 때
마다 가전 무공서를 탐독하고 따라 했다.
    이를 보고 그의 아버지 제갈서융은 극구 만류했다. 그 자신
이 어렸을 때 가전 무공을 익히다가 주화입마에 빠져 사경을

헤맨 적이 있으니 혹시나 잘못될까 봐 말이다. 하지만 이미 조금 비뚤어진 제갈명은 아버지의 말을 듣지 않았다.

아무 이유 없이 코피를 쏟아도 내공심법을 수련했고, 며칠씩 정신을 잃고 쓰러져도 다시 일어나면 무공서를 따라 몸을 움직였다. 하지만 타고난 신체적 한계 때문에 무공의 성취는 날이 가도 미미한 수준이었다.

그래도 그는 또래 아이들 한둘 정도는 때려눕힐 실력은 되었다. 하지만 그것도 무공을 모르는 아이들이었다. 간혹 무공을 조금이라도 익힌 아이를 상대하면 제갈명은 영락없이 두들겨 맞았다. 심지어 계집아이들에게도 맞을 정도였으니 그의 무공 성취는 정말 보잘것없는 수준이었다.

하지만 그러면 그럴수록 제갈명은 이를 부득부득 갈며 무공 수련에 매진했다.

그 덕분에 그가 네 달 전 빈민촌으로 이사 왔을 때도 시비 거는 또래 아이 다섯을 한꺼번에 때려눕힐 수 있었다. 그래서 요즘은 빈민촌에서도 제법 큰소리를 치고 살았다. 그런데 그에게 날벼락 같은 일이 생겼다.

얼마 전에 자신의 집 근처로 이사 온 괴상한 놈이 이른 새벽부터 자신을 찾아온 것이다.

아예 모르는 사이라면 모를까, 그의 어머니는 이 괴상한 놈을 잘 아는 듯싶었다. 게다가 무슨 이유에서인지 그놈에게 상당히 고마워했다. 하지만 제갈명과는 상관없는 일이었다. 그의 어머니가 그놈에게 고마워하든 말든 말이다.

중요한 것은 그놈이 잠도 덜 깬 상태의 제갈명을 불러낸 것이다. 그것도 인적이 드문 한적한 곳으로 말이다.

"날 보자고 했다면서요?"

새벽부터 자신을 깨우는 이웃집 놈에게 제갈명의 말이 짧게 나오고 인상이 구겨지는 것은 당연했다. 생각 같아서는 주먹으로 면상을 후려갈기고 싶은 걸 간신히 참고 있는 중이었다.

그런데 그놈이 갑자기 제갈명의 시야에서 사라졌다. 말이 짧게 끝나고 인상이 구겨진 순간에 말이다. 그리고 들리는 것이라고는 자신의 비명 소리뿐이었다.

"으악, 왜 때려요? 말로 해요, 말로!"

그놈은 이유도 얘기해 주지 않고 때렸다. 게다가 맞으면 맞을수록 아팠다. 팔이 빠지는 것 같기도 하다가 다시 붙고, 근육이 뒤틀리는 것 같다가 다시 펴지고 좀체 정신을 차릴 수가 없게 만들었다.

순간 제갈명의 머릿속에서는 어떻게든 살고 싶다는 생각이 들었다. 그러기 위해서는 자신이 무엇을 잘못했는지 생각해야 했다.

그때부터 무조건 빌었다. 건방지게 말한 것이며, 인상을 구긴 것, 심지어 지금까지 살아오면서 부모한테 잘못한 것까지 죄다 빌었다. 그런데 그놈은 상관하지 않고 팼다.

"제발 제가 무엇을 잘못했는지 말씀해 주세요, 네?"

이렇게도 말해도 봤지만 그놈은 들은 척도 하지 않았다. 울어도 봤지만 소용없었다. 오히려 눈물을 흘리면 더 아프게 팼다. 그래서 제갈명은 울지도 못했다. 약 반 시진을 그렇게 맞았을까? 드디어 놈이 때리는 것을 멈추고 처음 입을 열었다.

"이거 마셔라. 한 방울이라도 바닥에 떨어뜨리면 아까처럼 맞는다."

이러면서 그의 손에 조롱박으로 만든 병을 꼭 쥐어주는 것이다. 제갈명은 생각할 것도 없이 마셨다. 그것이 독이라고 해도 상관없었다. 먹고 죽으면 지금의 고통도 끝이 날 터이니.

"으윽!"

한데 맛이 무진장 썼다. 그가 지금껏 먹어본 것 중에 최악이었다. 하지만 조롱박 너머로 그놈의 눈빛을 보는 순간, 다 마셔 버렸다. 지금까지 험한 인상을 쓰는 시정잡배를 수없이 많이 봤어도 이놈의 눈빛에 비하면 호랑이 앞의 강아지 수준이었다.

얼마 전 그가 얼굴을 보고 한동안 악몽을 꿨던 놈들보다 족히 백배는 더 무서웠다. 나중에 알고 보니 그놈들도 이놈의 동생들이라고 했다.

그런데 놈은 제갈명이 그걸 다 마시자마자 다시 패기 시작했다. 단지 한 방울을 흘렸다는 이유로 말이다. 다시 반 시진을 맞으니 그놈이 정확하게 패는 것을 멈췄다. 그러면서 하는 말이 그렇게 맞아서 아마 몸에 더 좋을 거라는 것이다.

세상에 맞아서 몸이 건강해지는 놈이 어디 있겠는가라고 생각했지만 그놈 말이 맞았다. 맞고 난 다음 일어서기 위해 다리에 힘을 주었더니, 몸이 삼 장 높이로 둥실 떠올랐던 것이다.

그걸 보면서 그 괴상한 놈이 이렇게 말했다.

"혼자서 무공을 엉망으로 수련하니까 실력이 안 늘지. 오늘부터 내가 가르칠 터이니 아침 먹자마자 바로 와라. 안 오면 아까처럼 맞을 테니 그리 알아!"

순간 제갈명은 자신도 모르게 그러겠다고 대답했다. 물론 금방 후회했지만 그때는 달리 말할 방법이 없었다. 하지만 그것도 큰 문제가 아니라고 생각했다. 그놈을 피해 한 며칠 가출하면 되니까.

원래부터 자신이 무공 익히는 것을 싫어하는 그의 아버지는 기필코 막아줄 것이라 생각했다. 그때만큼은 제갈명도 아버지의 존재가 든든했다. 물론 그 생각은 금세 실망으로 바뀌었다.

밤새 문지기 일을 하고 돌아온 아버지가 갑자기 오늘 그놈이랑 의형제를 맺었다면서 아침밥을 먹자마자 바로 가보라는 것이다. 무공을 가르쳐 준다고 말이다. 조금 실망은 했지만 제갈명은 상관없었다. 원래 아버지 말을 잘 듣지 않았으니까.

머리가 총명한 제갈명은 그때 가출 결심을 세웠다. 예전처

럼 한 며칠 가출하면 그의 아버지도 고집을 꺾을 것이라 생각
했다. 그래서 그는 아침밥도 먹지 않고 가출을 감행했다. 이
대로 있다간 제명에 살지 못할 것 같은 강한 예감이 드는데
어쩌겠는가?

제갈명은 빈민촌을 나와 한참을 달렸다. 그런데 누가 자꾸
쫓아오는 느낌이 들었다. 하지만 뒤를 돌아봐도 아무도 보이
지 않았다.

"아침밥을 안 먹어서 그런가?"

이렇게 혼자 떠들며 제갈명은 다시 달렸다. 그렇게 한참을
또 달릴 때였다. 돌연 뒤쪽에서 사람 목소리가 들렸다.

"이게 구궁타혈대법(九宮打穴大法)의 효과인가 보군."

섬뜩한 목소리에 제갈명이 홱 고개를 돌렸지만 역시나 아
무도 없었다.

"이상하다, 누군가 분명 구궁타혈대법의 힘이라고 했는
데… 귀가 잘못된 건가? 에이, 그놈한테 맞아서 잘못된 건지
도 몰라."

잘못 들었다고 생각한 제갈명은 더 빨리 달렸다. 하지만 또
얼마를 달려가자 뒤에서 목소리가 들렸다.

"운 좋은 놈이야. 영약 효과가 제대로 나고 있어."

또 목소리가 들리자 길을 달리던 제갈명이 완전히 멈추고
주위를 두리번거렸다. 하지만 그의 눈에 보이는 사람은 아무
도 없었다.

"사람이면 나타나고, 귀, 귀신이면 썩 물러가거라!"

제갈명이 우렁차게 소리 질러봤지만 그 앞에 나서는 사람은 없었다. 분명 눈에 보이지는 않고, 목소리는 들렸으니 제갈명은 혼란스러웠다.

'귀, 귀신!'

그 길로 제갈명은 온 힘을 다해 뛰었다. 강호 경험이 많은 사람들도 이런 상황이라면 귀신이라 생각할 것이다. 하물며 올해 열다섯인 제갈명은 오죽하겠는가? 그는 그가 할 수 있는 최선을 다해 달렸다. 그런데 얼마 가지 않아서 또 목소리가 들렸다.

"이거, 어린놈이 경공이 장난이 아니잖아?"

"으아아악!"

또 목소리가 들리자 제갈명은 정말 귀신이라 생각하고는 비명을 지르며 더 빨리 뛰었다. 어디서 그런 힘이 나는지는 몰랐지만 제갈명의 다리 움직이는 속도는 점점 빨라지고 있었다.

"얘가 말보다 빨리 달리겠는걸?"

"에이, 설마! 아직 그 정도 수준 되려면 멀었어. 아직 한참 배워야 한다구!"

뒤쪽에서 누군가 대화하는 소리가 들렸지만 제갈명은 상관하지 않고 달렸다. 돌아봐야 아무도 보이지 않으니 어떻게든 따돌리길 바랄 뿐이었다. 하지만 제갈명이 지쳐서 더 이상

달리지 못할 때까지 그들의 대화는 계속됐다. 심지어 숨을 몰아쉬는 그의 오른쪽 귀에 대고 속삭이기까지 했다.

"지금이라도 늦지 않았으니 돌아가는 게 어때?"

이어 왼쪽에서도 들렸다.

"더 도망가면 정말 하루 종일 맞아야 할 거야. 어서 돌아가!"

이쯤 되자 제갈명은 가출할 생각을 접어야 했다. 귀신이 속삭이는 건 둘째 치고 옆에서 계속 겁을 주니 어쩌겠는가?

제갈명이 집에 돌아와 보니 그의 어머니와 아버지가 밥상을 차려놓고 그를 기다리고 있었다. 그가 가출한 지 이각 만에 되돌아온 것이다. 그가 지금까지 가출해서 최단 시간에 되돌아온 것이다.

*　　　*　　　*

허름한 삼룡의 판잣집 앞에서 제갈서융의 아들 명이 이른 아침부터 땀을 뻘뻘 흘리며 목검을 휘두르고 있었다. 그런데 그가 들고 있는 목검의 크기가 조금 남달랐다.

길이가 팔 척에 손잡이를 제외한 부분의 두께가 어른 팔뚝처럼 굵은 목검이었다. 얼핏 보면 빨래를 할 때 쓰는 방망이와 생김새가 비슷했다.

"아흔아홉, 백! 삼룡 사부님, 백 번 다 휘둘렀습니다."

그러자 판잣집 안에서 신경질적인 삼룡의 목소리가 들렸
다.

"인마, 백 번을 백 번 하라고!"

"네, 사부님!"

이렇게 말한 제갈명은 군말하지 않고 통나무처럼 생긴 목
검을 다시 휘둘렀다.

"하나, 둘, 셋, 넷……."

지금의 그의 모습은 새벽 나절에 조금 삐딱했던 모습은 찾
아보려고 해야 찾아볼 수가 없었다. 게다가 한 번도 목검을
대충 휘두르는 법이 없었다. 이는 딱 한 번, 검을 엉성하게 휘
둘렀다가 삼룡에게 새벽처럼 꼬박 반 시진을 맞은 효과였다.

게다가…….

"정말 부러운 놈일세!"

얼굴에 커다란 칼자국이 있는 축귀가 그의 옆에 붙어서 감
시하고 있었다. 그뿐만이 아니었다. 신귀와 동생 셋 역시 장
작을 패지 않고 한쪽 구석에 쪼그려 앉아 제갈명을 부러운 표
정으로 쳐다보고 있었다.

"니들, 나무하러 안 가냐?"

축귀의 물음에 신귀가 심드렁하게 대답했다.

"서융 형님이 당분간 나무하지 말라고 하던데요."

"그럼 너희들도 가서 수련이나 해."

"아니에요. 우린 여기서 구경할 겁니다. 삼룡 형님이 또 뭘

가르칠지 모르잖아요?"

신귀의 말에 축귀가 피식 웃으며 대답했다.

"글쎄다. 나한테는 앞으로 계속 내려치기만 가르칠 거라고 하시던데."

축귀의 말에 신귀와 동생들은 모두 그럴 리 없다고 고개를 내저었다. 분명 조금만 있으면 삼룡이 직접 상상하기 힘든 절초나 검식을 시현해 보일 거라는 강한 믿음이 있었다.

하지만 하루가 다 지나가도 삼룡은 제갈명에게 내려치기만 하도록 내버려 두었다. 백 번 중에 오십 번도 못 채웠으니 정말 제갈명은 내려치기만 한 것이다. 하지만 신귀와 동생들은 분명 내일은 다른 동작이나 초식을 가르칠 것이라 믿었다.

하지만 그 다음날도, 또 그 다음날도 삼룡은 제갈명에게 내려치기만 시켰다. 그러자 제일 먼저 묘귀가 먼저 나무를 하러 간다며 빠져나갔다.

그냥 내려치기 하는 것만 보자니 지겨웠을 것이다. 한 며칠 후 진귀와 묘귀가 연이어 사라지더니 나중에는 신귀까지 보이지 않았다.

이때가 삼룡이 제갈명을 가르치기 시작한 지 딱 열흘이 지나서였다. 하지만 그다음에도 제갈명은 내려치기만 배웠다. 삼룡에게 다른 것을 배우겠다고 해봐도 소용없었다. 얘기만 꺼내면 반 시진을 꼬박 팼으니, 다른 것을 배우겠다는 말은 입에도 올리지 못했다.

그렇게 두 달이 지나가고 무림대회가 열리는 구월이 찾아왔다.

삼룡의 판잣집, 그의 집에 두 달 만에 담초홍이 축귀와 함께 들어섰다.

두 달이 지난 사이 그녀의 키는 부쩍 자라 있었다. 오 척이 간신히 넘던 키가 어느새 육 척이 다되었으니 말이다. 하지만 아직 고만고만하게 자랐으니 어린 티는 완전히 벗지 못했다.

그전보다 많이 자랐다고는 하지만 아직은 키 작은 소녀일 뿐이었다. 그리고 그녀의 머리카락은 여전히 백발 그대로였다.

삼룡이 혈도를 넓혀준 이후 그대로 말이다. 그리고 그녀의 누더기도 같았다. 그녀도 삼룡처럼 보이고 싶었는지 그동안 한 번도 빨아 입은 티가 나지 않았다. 하지만 그녀의 눈매만큼은 이전보다 훨씬 강해져 있었다.

그리고 그녀의 오른쪽 어깨에는 삼룡이 키우던 영물, 오룡(五龍)이 검은 혀를 쉴 새 없이 움직이고 있었다. 이 영물은 예전에도 담초홍을 따랐지만 그사이 삼룡보다는 담초홍과 더 친해진 듯 보였다

"축귀 오라버니, 저기 괴상한 목검으로 수련하고 있는 아이는 누구죠?"

담초홍의 물음에 축귀가 친근하게 대답했다.

"사부님 임시 제자야. 무림대회가 열릴 때까지 심심하다고 가르치는 거지."

"실력이 상당하네요."

축귀가 고개를 주억거리며 대꾸했다.

"그러게! 두 달 전까지만 해도 보통 이하였는데 지금은 나도 놀랄 정도로 성장했어. 그래서 동생들이 저 아이를 보고 만날 후회해."

"오라버니들이요?"

"음, 사부님이 매일 내려치기만 시키니까 별거 아니라고 생각하고선 거들떠도 보지 않았거든. 사실 나도 그렇게 생각했었지. 그런데 한 달이 지나자 자세가 완전히 달라지더군. 내려치기 하나만으로 검로(劍路)를 파악했으니까. 그래도 지금은 다들 저 녀석을 보고 많이 배웠다고 하더군."

축귀의 말에 담초홍도 고개를 주억거렸다.

"저 목검 형태, 삼룡 오라버니가 잡은 거죠?"

"맞아. 나무 하나 구해오라고 하시더니 직접 형태를 잡더라구. 처음엔 용도를 몰랐는데, 나중에 보니 내려치기 전용 목검이더군."

"그뿐만이 아니에요, 오라버니!"

담초홍의 지적에 축귀도 이미 알고 있다는 듯이 동조했다.

"나도 알아, 저 목검이 길이만 긴 게 아니라는 것을. 저 검은 세 부위로 나눠져 있어. 삼 척에 한 번, 육 척에 한 번, 그리고 나머지 팔 척 부분까지."

"잘 보셨어요. 맨 끝 팔 척 부위는 공기의 흐름에 민감해서 내려치는 순간 정신을 집중하지 않으면 엉뚱한 방향으로 흐르죠. 두 번째 중간 육 척 부위는 압력에 민감해서 잘못 내려치면 그냥 부러져 버리죠. 그리고 몸과 가장 가까운 삼 척 부위는 힘을 강하게 쥘 수도, 약하게 쥘 수도 없게 되어 있어요. 저건 정말 민감한 검이에요."

"그러게. 나도 그걸 알아보는 데 꼬박 한 달이 걸렸어. 저 녀석, 이제는 단 한순간도 방심할 수 없는 검법을 쓸 수 있을 거야. 웬만한 거검이나 연검, 휘어진 사검도 저 녀석 손아귀에 들어가면 장난감이 될 테니까."

축귀는 자신이 말하는 것이 상상이 되는지 고개를 절레절레 흔들었다.

"그나저나 아직도 자고 있는 거예요?"

"똑같지, 뭐! 근데, 요즘 들어 느끼는 건데… 사부님은 그냥 자는 게 아닌 거 같아."

"그걸 이제야 아셨어요? 삼룡 오라버니는 몸으로 수련하기 싫어서 머리로 수련하시는 분이에요. 남들 눈에는 게으름 피우는 것 같지만 머릿속에서는 끊임없이 검을 움직이고 있는 분이죠."

담초홍의 대꾸에 축귀가 놀란 눈으로 그녀를 쳐다봤다. 자신은 단지 추측만 하고 있었을 뿐인데 그녀는 확신하고 있었으니 말이다.

"확실하니?"

"본인 입으로 말한 것이니 확실해요. 물론 그때는 믿지 못했었지만."

"그것을 알았다면 너 또한 실력이 많이 늘은 모양이로구나?"

"다 오라버니 덕분이죠. 영약 덕분에 이렇게 키도 커졌잖아요. 고마워요, 축귀 오라버니. 그때 준 영약으로 제가 이렇게 빨리 키가 커질 수 있었어요. 아마 몇 년만 있으면 저도 보통 여자들처럼 커질 수 있을 거예요."

"무슨! 삼룡 사부님 아니었으면 그 영약을 모조리 버렸을 거야. 그 썩은 물이 내력이 증진하는 영약이라는 것을 우리가 어떻게 알았겠냐? 그것도 독지네와 독두꺼비까지 잔뜩 죽어 있었는데."

"그래도 오라버니가 발견하신 거라면서요?"

"그거야 그랬지. 처음에 난 공청석유(空淸石乳)인 줄 알고 기뻐했었어. 내가 마교에서 듣기로는 그 냄새가 엄청 지독하다고 했었거든. 하지만 아닌 걸 깨닫고 실망했었지. 그때 묘귀가 삼룡 형님한테 물어나 보자고 해서 용케 버리지 않은 거야."

"그랬었군요. 어쨌든 오라버니 덕분에 마음놓고 수련할 수 있었어요."

문뜩 축귀가 담초홍의 흰 머리카락을 보며 물었다.

"그나저나, 머리카락은 도로 검어지지 않는 거니?"

축귀의 물음에 담초홍은 쓸쓸히 고개를 끄덕였다.

"이건 어쩔 수 없나 봐요. 하지만 이렇게 만든 게 삼룡 오라버니니까 책임지라고 하면 되요. 걱정 마세요."

담초홍이 예전보다 훌쩍 커서 나타났지만 삼룡의 별다른 반응이 없었다. 그저 평상시처럼 게으른 모습 그대로였다. 오직 아귀궁 살수 다섯만이 담초홍의 변한 모습에 기뻐하며 호들갑을 떨었다.

*　　*　　*

제갈서융은 화령장작을 처분한 돈을 밑천으로 다시 장사를 시작했다. 주로 비싼 물건보다는 서민들이 주로 일상생활에 쓰는 물건을 취급했기 때문에 큰돈을 만지지는 못했지만 예전에 비해서는 꽤 많은 수입을 벌어들이고 있었다.

그런데도 그는 변함이 없었다. 그의 집도 아내 진소란이 손수 지은 세 칸짜리 초옥 그대로였다. 다만 달라진 것은 마을 사람들이 그를 대하는 태도였다.

한낱 문지기일 뿐이라고 생각했는데 요즘 들어 그가 벌이는 일마다 마을 사람들이 대거 투입이 되고 손쉽게 돈을 벌 수 있었다. 그 때문에 요즘 들어 마을에는 굶는 사람이 없었다.

몸을 조금만 움직이면 일거리가 생기고 적당한 보수가 주어지니 마을 자체에 활기가 가득했다. 그러니 사람들은 그를 보면 모두 서 대인이라 부르며 칭송하기에 바빴던 것이다. 심지어 마을 촌장 반씨 노인보다 제갈서융을 더 믿고 따를 정도였다.

그런 그가 황급한 표정을 해서 빈민촌을 내달리고 있었다. 그런데 그가 뛰어가는 곳은 바로 삼룡의 판잣집이었다.

"이보게, 삼룡이. 게 있는가?"

예전 같으면 유약한 제갈서융이 이처럼 뛰었으면 한 며칠은 앓아누웠어야 했다. 하지만 그는 그 먼 거리를 달려오고도 전혀 지친 기색이 없었다. 그를 먼저 발견해서 쫓아온 것은 그의 아들 제갈명이었다.

"아버님이 이 시각에 어쩐 일이십니까?"

"명아, 아우가 어찌 안 보이는 게냐?"

"사부님은 무림대회 접수하러 가셔서 지금은 안 계십니다."

제갈서융은 자책하듯이 이마를 양손으로 쥐며 한탄했다.

"내가 한발 늦었구나! 그 사실을 알면 아우가 상심이 클 텐데, 이 일을 어쩌면 좋단 말이냐?"

"사부님께 무슨 안 좋은 일이 생겼습니까, 아버님?"

아들의 물음에 제갈서융은 자초지종을 털어놨다.

“두 달 전 내가 문지기를 하고 있을 때였다. 그때 아우가 붉은색 첩지 하나를 들고 온 적이 있었다.”

“어, 그거 저도 봤는데. 그게 무림맹에서 보낸 무림대회 초청장이라고 하던데요?”

제갈서융이 대번 고개를 심하게 흔들었다.

“원래 무림맹에서 보낸 초청장은 그것이 아니다. 무림에는 일일이 헤아리기 어려운 수많은 문파가 있느니라. 일단 큰 문파만 소림을 비롯한 구파일방만 열이고, 오대세가가 속한 칠십이세가가 있다. 또 거기서 나온 방파의 숫자만 대충 꼽아도 삼백여 개가 넘는다. 거기에 검각이나 남해신비문 같이 일부러 강호에 두각을 나타내지 않는 문파와 태산파, 형산파, 항산파 같은 중소 문파의 숫자를 합하면 그야말로 일일이 숫자를 헤아리기 어려운 일이야.”

“그렇게나 많이 있나요?”

“이 녀석아, 그것뿐이면 내가 말을 안 한다. 세외에는 북해궁, 독곡, 뇌음사 같은 문파가 널려 있으며, 강호십대표국과 백팔채의 산장과 삼십팔무관이 있다. 이들 문파 중에서 후기지수 세 명씩만 무림대회에 출전한다고 쳐봐라. 무림대회가 어떻게 되겠느냐?”

여기까지 설명만으로도 머리가 총명한 제갈명은 퍼뜩 계산이 되는 모양이었다.

“그 정도만 해도 대략 삼천 명이 넘겠습니다. 또 만약 일일이 한 문파마다 한 장의 첩지를 쓰게 돼도 분류하고 쓰는 데에만 최소한 여섯 달은 필요합니다. 그럼 저희 가문에서는 지금까지 어떻게 무림대회를 개최한 겁니까?"

"아무나 참석하지 못하게 숫자를 줄이는 일이 우리 가문에서 그동안 했던 일이란다. 일단 진짜 무림대회 초청장은 여섯 가지다. 금으로 만든 용패, 옥으로 만든 봉황패, 은으로 만든 교룡과 백호패, 황동으로 만든 기린패. 이 다섯 가지 패를 갖고 있지 않은 사람은 모두 다 가짜라고 볼 수 있다."

"그럼 나머지 사람들은요? 모든 사람한테 기회를 주는 것이 무림대회의 취지잖아요?"

"마지막으로 철로 만든 현무패가 있다. 열 개 남짓한 그 패를 차지하기 위해 대략 만 명이 넘는 사람들을 동시에 시험을 본단다. 하지만 그것도 응시자의 실력을 보려는 게 아니라 무조건 떨어뜨리기 위함이다. 어차피 무공이야 구파일방과 오대세가에 뒤진다고 생각하니까."

여기까지 설명은 들은 제갈명은 의아한 듯 되물었다.

"분명 사부님은 무림맹에서 보낸 초청장이라고 믿고 있는 것 같던데요?"

"그래서 내가 달려왔느니라. 오늘 새로 거래를 트기 위해 오래전부터 제갈세가와 거래를 하고 있던 상인을 만나러 가봤더니, 그 사람이 이상한 얘기를 하더구나. 일 년 전부터 자신이 무림맹에서 나온 소림승이라고 하며 무림첩이라 쓰인 첩지를 곳곳에 뿌리고 다니며 돈을 뜯었다는 거야. 게다가 그 때문에 요즘 제갈세가 앞에서 무림대회 초청장을 가지고 왔다고 들여보내 달라고 아우성이라는 거다. 한데 그 소리를 가만히 듣고 보니 두 달 전 아우가 들고 있던 첩지가 생각이 나더구나.”

“그럼, 사부님께서 가지고 계신 첩지가……?”

“가짜다. 진짜였다면 최소한 황동패라도 들고 있었을 테니.”

이때 제갈명이 고개를 갸웃거리며 물었다.

“아버님, 그래도 만 명 중에서라도 기회를 준다면 사부님께서 무림대회에 참석할 가능성도 있지 않을까요?”

“그건 모르는 소리다. 아까도 말했지만 이건 떨어뜨리는 시험이야. 아무리 아우의 무공이 고강해도 불가능하지.”

“대체 무슨 시험입니까?”

“일단 태산까지 갔다 와야 한다. 누구든 먼저 갔다 오는 삼백 명을 제외하고는 모두 떨어지게 되는 거지.”

“그거야 경공이 빠르면 이길 수 있지 않습니까?”

제갈명의 물음에 제갈서융이 고개를 가로저었다.

“그러면 오죽 좋겠느냐마는 무림맹에서는 승마법도 무공으로 친다. 무인이 칼을 쓰는 것과 말을 쓰는 것이 다르지 않다는 것이지. 하지만 사람이 아무리 빨라도 말보다 빠를 수가 있겠느냐? 그래서 말을 살 수 없는 수많은 중소 방파들이 대부분 이 시험에서 죄다 고배를 마신다."

"그럼 아버님이 사부님께 말 한 필을 사드리면 되지 않겠습니까?"

"이 녀석아, 제갈세가가 그렇게 물렁한 줄 알았더냐? 내가 알아보니 벌써 순위에 들 수 있는 인근의 말은 모조리 사들여서·친분이 있는 문파에 배정을 해놨단다. 게다가 여기서 태산까지면 갔다 오려면 말 한 필로는 어림도 없다."

제갈서융의 말이 언뜻 일리가 있었지만 그의 아들은 자신의 게으른 사부가 어떻게든 그 관문에 통과할 것 같은 생각이 들었다.

"아버님, 만약에 그 관문을 통과하면 정식으로 무림대회에 참석할 수 있는 겁니까?"

"제갈세가에서 삼백 명이나 통과시켜 줄 리가 있겠느냐? 첫 번째 관문을 통과한 사람은 바로 두 번째 관문에 응해야 하느니라."

"두 번째 관문은 대체 어떤 시험을 합니까?"

"물이 가득 담긴 항아리에 들어가 숨을 오래 참는 것이지."

"하지만 그 시험은 누구에게나 공평한 시험이 아닙니까? 당연히 토납법의 수양이 깊은 자가 오래 참을 테니 말입니다."

제갈서융이 한심한 듯 대답했다.

"그랬다면 내가 어찌 떨어뜨리는 시험이라 하겠느냐? 이 관문은 토납법과는 관련이 없다. 항아리 안에는 숨쉬기 곤란

할 정도로 얇은 대[竹]가 하나씩 있다. 오십 명 정도에게 다음 관문에 응할 기회를 주게 되니 대부분 사람들은 조금이라도 오래 견디기 위해 그것을 사용한다."

"제갈세가에서 미리 가져다 놓은 것이니 문제는 없는 것이 아닙니까?"

"물론 대를 사용하는 것은 문제가 없다. 하지만 그 대 안에 몇 시진 동안 내공을 흩어버리는 군자산(君子散) 가루가 있는 것이 문제다. 어차피 다음 관문까지 가기 위해서는 그 대를 사용할 수밖에 없고, 또 사용을 하면 모두 마지막 관문에서 낙마하게 된다."

"마지막 관문에서요?"

"그래. 마지막 관문에서는 한 자 정도 되는 무쇠를 잘라야 비로소 무림대회 출전 자격을 주는 현무패를 받을 수 있다. 하지만 군자산에 중독이 되었는데 어찌 한 자나 되는 무쇠를 자를 수 있겠느냐?"

"혹, 보검이나 보도를 쓰면 가능하지 않겠습니까?"

"제갈세가가 어찌 그것을 생각 못하겠느냐? 마지막 관문은 제갈세가에서 준 철검으로 응해야 한다. 다른 검을 쓰면 모조리 탈락이지. 그래서 지금까지 철로 만든 현무패는 세상에 단 한 번도 나온 적이 없다."

무림대회의 실상을 알게 된 제갈명은 자신이 제갈 성씨라는 것이 부끄럽게 느껴졌다. 기껏 무림대회를 열어놓고 일부러 떨어뜨리기 위한 시험을 하는 것은 분명 공평하지 못한 처사였다.

그때 삼룡이 아귀궁 살수 다섯과 담초홍을 데리고 어슬렁어슬렁 입구에 걸어오는 것이 아닌가?

삼룡이 나타나자 제갈서융이 미안한 기색으로 달려갔다. 그 자신은 지금껏 삼룡에게 도움만 받았는데, 자신은 그에게 아무것도 해줄 것이 없으니 표정이 어두웠던 것이다.

"이 사람, 어딜 갔다 오는 게야?"

"어디 가긴요? 무림대회에 응하러 제갈세가에 갔다 오는 길이죠."

"그 첩지는?"

제갈서융의 물음에 삼룡이 난처한 듯 머리를 긁적이며 대답했다.

"사기당한 거죠, 뭐! 하지만 현무패를 받을 기회를 준다고 삼 일 후에 다시 오라고 하더라구요."

삼룡의 천진난만한 대답에 제갈서융의 표정은 더 어두워졌다. 이제 그에게 무림대회의 실상을 말해줘야 하는데 삼룡이 밝은 표정으로 아무렇지도 않게 대답하니 더 마음이 안쓰러웠던 것이다. 그런데 그 순간 옆에 있던 축귀가 그의 어두운 기색을 읽고 참견했다.

"서융 형님, 무슨 걱정이 있으십니까?"

"이렇게 된 이상 뭘 더 숨기겠나? 삼룡이 자네가 무림대회에 기대를 하고 있다는 것 알고 있네만 현무패는 그만 포기하시게. 사실 그 시험은 기회를 주는 시험이 아니라……."

제갈서융이 사정을 막 설명을 하려 할 때였다. 돌연 삼룡이 그의 눈앞에 거무튀튀한 패를 꺼내 들어 말문을 막아버렸다.

"그것은?"

"무림대회에 출전할 수 있는 현무패입니다."

별것 아니라는 듯 대답하는 삼룡의 태도에 제갈서융과 그의 아들 명이 서로의 얼굴을 번갈아 쳐다보며 고개를 갸웃거렸다.

삼룡의 옆에 있던 축귀가 사정을 설명했다.

"형님이 천근향로를 옮기셨습니다. 제갈세가 정문 뒤편에 있는 향로 말입니다."

축귀의 설명에 제갈서융의 납득이 간다는 듯 고개를 끄덕였다. 그러자 사정을 모르는 그의 아들 명이 물었다.

"아버지, 대체 천근향로가 뭡니까?"

"전 무림맹주이신 소림사의 일지(一指) 대사께서 소림사에서 옮겨다 놓은 것인데, 그것을 옮기는 자에게는 무조건 현무패를 주라고 하셨다. 수많은 군웅들이 모조리 무림대회에 탈락하니 혹시나 재능이 있는 자가 나타날지 모른다고 말이다. 일천 근 나가는 향로를 옮길 정도면 시험이 무의미한 것이 아니겠느냐? 하지만 상당량의 모래가 담겨 있어 일천 근이 넘는 향로를 어찌 옮길 수 있는지는 나도 모르겠구나."

"에이, 사부님께서 귀찮게 그걸 옮기실 리가 있습니까? 아까 전 삼 일 동안 기다리기 지루하시다고 다른 방법이 없냐고 떼를 쓰니, 어떤 사람이 그 향로를 오 장 정도 옮겨놓으면 시험을 보지 않아도 현무패를 준다고 하더군요."

"그래서?"

"그때 대뜸 사부님이 이러시더라구요. 자신은 저 향로를 옮겨갈 자신은 없지만 다시 가져올 자신은 있다고 말입니다. 한데 제갈세가의 소가주인 제갈건이 이 소리를 듣게 된 겁니다. 사부님의 몰골이 맘에 안 드는지 위아래를 훑어보더니 사람들을 모조리 동원시켜서 향로를 옮겨놓더군요. 아마 망신을 주어 쫓아내려고 했던 것 같았습니다."

"그걸 아우보고 다시 옮겨놓으라고 말인가?"

"네. 근데 사부님은 천근향로가 옮겨진 것을 보고 대뜸 이제 천근향로를 옮겨놨으니 현무패를 내놓으라고 큰소리치시던데요."

여기까지 듣던 제갈서융은 그제야 어떻게 된 사연인지 알았다며 크게 웃음을 터뜨렸다.

"크하하하! 정말 통쾌하군, 통쾌해! 향로를 옮긴 건 아우에 지시에 의한 것이니 당연히 아우가 향로를 움직인 것이네. 그러니 현무패를 당연히 내줘야 하고 말고!"

이때 듣고만 있던 삼룡이 멋쩍게 말했다.

"웬걸요. 안 주려고 버티다가 사람들이 계속 몰려드니 어쩔 수 없이 줬는걸요."

"천하의 신기제갈이 오늘 자네에게 망신을 톡톡히 당했군 그래!"

이때 갑자기 삼룡이 고개를 숙여 인사를 하는 것이었다.

"서융 형님, 저 이제 떠납니다."

순간 환하게 웃던 제갈서융의 얼굴빛이 좀 전보다 더 어두워졌다. 하지만 그도 알고 있었다. 삼룡이 이제 떠날 때가 됐다는 것을 말이다.

"이거, 나이 들어서 주책이구면."

"형님도 참, 언제든 강소성 경내에 들면 형님을 찾아뵙겠습니다."

"이 사람아, 나는 아직 제남을 못 벗어났네. 그런데 강소성이라니?"

제갈서융의 물음에 삼룡이 빙그레 웃으며 대답했다.

"형님이 차근차근 다시 준비하는 것을 알고 있습니다. 그러니 강소성에 곧 돌아가시지 않겠습니까? 혹시나 강호십대상인이 되시거든 저를 모른다 하시지나 마십시오."

"이 사람, 삼룡이!"

그렇게 제갈서융은 삼룡과 작별을 했다. 두 달간 임시 제자가 되었던 제갈명은 기쁜 표정을 감추지 못했지만, 어쨌든 미운 정이 들어서 섭섭하기는 매한가지였다.

第八章

천근향로(千斤香爐)

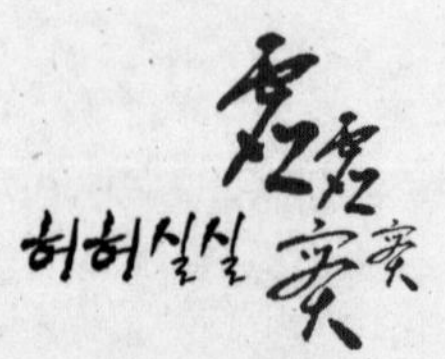

　무림대회를 준비하는 제갈세가는 곳곳이 전쟁터를 방불했다. 수많은 일꾼들을 임시로 고용했지만 이십사 년 만에 개최되는 무림대회는 모든 것이 부족했다.

　제아무리 사람을 잘 다루고 준비에 철저한 제갈가의 사람들이었지만 구름처럼 밀려드는 인파에는 속수무책이었다. 하지만 이번 무림대회는 무림맹의 건재를 알리는 데에 주효한 일이기 때문에 일을 대충 처리할 수도 없었다.

　그러나 구파일방과 오대세가가 제갈세가에 합류하자 상황은 일순간에 정리가 되었다. 지금까지는 방대한 무림맹의 일을 제갈가에서 처리했지만, 이들이 합류한 이상 무림맹의 조직이 가동된 것이다.

소림사와 화산파라는 두 거대 문파가 주축이 되어 제갈세가 대청 양쪽에 무게를 잡아주자 소란을 일으키던 수많은 방파들은 알아서 처신했다. 게다가 아미와 청성, 공동과 곤륜, 점창과 종남 등의 무림 명숙들이 번을 서듯 제자들을 이끌고 돌아다니자 함부로 행동하던 무림 인사들도 문제를 일으키지 못했다.

더구나 강호제일의 정보력을 가진 개방이 곳곳을 돌아다니며 정보를 수집하기 때문에 수많은 사람들이 운집했어도 별 소란은 일지 않았다.

이 때문에 한시름 놓게 된 무림맹 부맹주 제갈서천은 사람들 왕래가 뜸한 내당 한 전각에서 휴식을 취하고 있었다. 하지만 그가 쉬고 있는 것을 어떻게 알고 찾아왔는지, 점창파의 전공장로 연청이 그의 제자 능운비를 대동하고 방문했다.

연청 장로는 흰 피부에 좁다란 좌우와 아래로 뻗은 세 가닥 수염이 마치 세 자루의 검을 보는 것처럼 날렵해 보였다. 그를 보자마자 제갈서천이 자리에 일어나 포권했다.

"어서 오십시오, 연청 선배님!"

제갈서천이 비록 무림맹 부맹주이긴 하지만 연청의 나이가 백수를 헤아리니 당연히 머리를 조아려야 했다.

"부맹주께서 노도(老道)에게 과한 대접을 하십니다."

백수가 다 된 연청이 고개를 숙이자 제갈서천은 다시 고개를 숙이며 포권했다.

"삼원검(三元劍) 연 선배님에게 제가 어찌 고개를 숙이지 않겠습니까? 오히려 낮춰 말씀하시는 것이 이 후배는 더 편합니다."

"이거 오랜만에 강호에 나왔더니 다들 어려워만 하는군. 일단 앉아보시게."

"예, 선배님!"

연청과 제갈서천이 자리에 앉자 함께 온 능운비는 연청의 옆에 자연스럽게 섰다.

한데 제갈서천의 눈이 능운비의 얼굴에서 떨어지지 않았다.

"연 선배님, 저 아이는 누구입니까?"

"내 제자라네. 어떤가? 제법 쓸 만하게 생기지 않았는가?"

"제법이라니요, 선배님? 저희 제갈가의 무공이 태산북두 소림을 따라가지는 못해도 사람 보는 재주만큼은 누구에게도 지지 않습니다. 제가 얼핏 보기에도 기재(奇才)를 넘어선 관상에, 잘 가다듬어진 눈빛을 보자니 필시 약관에 절정을 넘긴 고수가 틀림없다고 여겨집니다."

"하하하, 과찬일세. 하지만 절정은 오래전에 넘어섰고, 이제 간신히 초절정을 넘겼을 뿐이네."

연청의 말에 제갈서천의 입은 다물어질 줄 몰랐다.

자신의 아들 셋은 소림사와 무림맹 맹주의 특별한 배려로 대환단을 복용하고 간신히 절정을 넘어섰는데 이렇듯 초절정을 아무렇지도 않게 넘어선 자가 바로 앞에 있으니 어찌 놀라지 않겠는가?

'만만하게 생각했던 점창에서 초절정고수가 튀어나오다니! 생각지 못했던 복병이야. 자칫하면 내 아들 건이가 십룡 안에 드는 것도 힘들겠어.'

제갈서천이 능운비에게 시선을 떼지 못하자 연청이 흐뭇한 표정으로 이곳에 온 용건을 말했다.

"내가 쉬고 있는 자넬 찾아온 것은 제갈세가에 도움을 주기 위해서이네."

"네, 그게 무슨?"

"이곳에 오다 보니 흉흉한 소문이 들리더군. 마교를 무너뜨린 혈교가 화북 분타까지 모조리 복속시켰다는 소식 말이야."

연청의 말에 제갈서천이 길게 한숨을 내쉬었다.

"그것 때문에 무림맹 수뇌부들이 모두 고민을 하고 있습니다. 강서의 문파 몇 군데는 벌써 공격을 받아 멸문을 당했습니다. 한데 저희는 아직 수뇌부들만 구성이 되어 있을 뿐, 변변한 본 맹 건물도 없지 않습니까? 사실 이번 무림대회도 사천에 있는 아미와 청성은 참석하지 않으려 했습니다."

"혈교와 가까워서겠지?"

"네, 선배님. 그래도 거긴 사천당가가 중심 축을 맡아 서로 긴밀히 방어선을 구축해서 당분간은 큰 걱정이 없다고 합니다. 하지만 그 후가 문제라서 이번 무림대회 기간에 어떤 결론이라도 내려야 할 듯싶습니다.”

제갈서천의 입에서 무림맹의 현황이 줄줄 흘러나오자 연청과 능운비의 눈빛이 반짝거렸다.

“한데 아까 선배님께서 말씀하신 저희 세가에 도움을 주시겠다는 얘기는……?”

잠시 딴생각을 했는지 연청이 바로 대답하지 못하자 능운비가 대신 나섰다.

“사부님께서는 지금까지 점창파에서 무림맹에 큰 도움을 주지 못했다며 강호에 은거하고 계신 점창파의 선배님들을 모시고 왔습니다.”

능운비가 말하는 동안 정신을 차렸는지 연청이 말을 이었다.

“이런, 나이가 드니 깜박깜박 하는구먼. 자네가 이해해 주게.”

“별말씀을 다 하십니다. 저도 나이를 먹으니 그럴 때가 있습니다. 너무 괘념치 마십시오. 그런데 강호에 은거하고 계신 점창파의 선배 분들이라면?”

“유운검, 환사검, 삼절검 등 내 사제들과 칠절(七絶)이라 불리는 내 사질들이지. 그리고 그 사람들과 교분이 있는 옥허 진인과 청풍 거사, 운남십괴 등일세. 그 외에도 더 여럿을 데리고 왔지만 모두 나이 많은 늙은이들이라 일단 자네의 허락을 얻고자 찾아왔네."

"그분들이라 하시면 사오십 년 전에 모두 강호를 호령하던 점창파 출신의 고수 분들이 아니십니까? 게다가 옥허 진인과 청풍 거사라면 모두 한 문파의 장문인이셨던 분들이고, 운남 십괴는 불과 이십 년 전에 운남과 광서 일대를 휩쓸던 도적 무리들을 모두 제압하신 강호 불세출의 영웅이 아닙니까? 그런 분들께서 무림맹을 돕고자 하면 정말 큰 힘이 됩니다, 선배님!"

제갈서천의 놀라워하는 모습에 연청은 손사래를 치며 말했다.

"그 사람들을 데려온 것은 그냥 자네를 도우려는 것만은 아닐세. 내가 보기엔 이번 혈교의 움직임은 정말 심상치 않으니. 그래서 내가 하고자 하는 말은 점창이 도와줄 터이니 예전에 자네 세가에서 줄기차게 제기했던 그 일을 한번 추진해 보시라는 말이라네."

'그 일이라면, 설마?!'

점창파 전공장로가 말하는 내용이 무슨 뜻인지 간파한 순간 제갈서천의 표정은 경기라도 일으킬 듯 놀라움을 감추지 못했다. 어찌나 감격을 했는지 제갈서천이 그 자리에서 벌떡 일어나 바닥에 엎드려 연청에게 넙죽 절을 하는 것이다.

"선배님의 결정에 무림맹 부맹주 제갈서천은 감읍할 따름입니다."

점창 전공장로 연청이 제갈서천을 독대하고 나서부터 무림맹에서 차지하는 제갈세가의 입김이 더욱 강해졌다. 이는 지금까지 이렇다 할 구실을 못한 무림맹에 큰 변화가 임박했다는 것을 의미했다.

왜냐하면 제갈세가는 무림대회가 있을 때마다 무림맹이 제 역할을 하기 위해서 본 맹을 설치하고 수뇌부를 임시직이 아닌 상설직으로 두자고 얘기했었다. 하지만 다른 문파에서 여러 이유를 들어 이를 반대해 왔다.

사실 소림사나 다른 문파의 입장에서는 본맹을 설치하면 자신들의 힘이 분산이 되고, 불교나 도가인 곳이니 크게 실익이 없었다. 반면 오대세가의 입장에서는 자신들이 주로 일을 처리하는 본맹의 힘이 강화되면 강화될수록 실익이 증대되었기 때문에 이를 추진하려 했던 것이다. 그런데 이번에 점창의 지지로 그 상황이 바뀐 것이다.

거기에 백수를 넘긴 무림 대선배 연청이 나머지 문파를 설득하러 돌아다니니 제갈세가의 입장에서는 뜻하지 않게 큰손을 덜게 된 것이다.

물론 구파일방 중 가장 크게 두각을 나타내지 않던 점창파가 나섰다고 모든 일이 이처럼 술술 풀려간 것은 아니었다.

가장 중요한 이유는 혈교가 마교를 무너뜨리고 화북 지역까지 분타를 복속하는 과정에서 각 문파들이 위기감을 느끼고 있었기 때문이다. 더구나 이미 혈교에 의해 정파 몇이 무너지고, 멸문을 위협받고 있는 상황에 가만있던 사파들까지 이참에 세력을 넓히기 위해 걸핏하면 분란을 일으킨 탓이 컸다.

어찌 됐든 제갈세가는 무림맹주를 새로 뽑는 것은 물론, 무림맹의 수뇌부들까지 대대적으로 물갈이하려는 준비를 하고 있었다. 하지만 그 모두가 엉뚱한 놈에 의해서 풍비박산이 날 줄은 그 누구도 생각지 못했었다.

*　　　*　　　*

저녁때가 다 되어 삼룡이 제갈세가의 입구로 아귀궁 살수 다섯과 담초홍을 대동하고 들어섰다. 그러자 무림대회 준비를 하던 제갈세가의 사람들이 이들을 보고 모두 인상을 찌푸렸다.

"저 자식 아니야?"

"어? 저놈이야, 저놈! 도련님을 골탕 먹여서 현무패를 가져간 놈이라구!"

불과 하루 사이에 유명 인사가 된 삼룡은 누더기와 봇짐을 앞세워 당당하게 정문을 통과해서는 무림대회 정식 초청장을 접수하는 일을 하는 서기(書記) 앞에 섰다. 하지만 무림첩 접수를 담당하는 서기는 삼룡을 봤음에도 괜히 딴청을 피우고 있었다.

그러자 삼룡이 인상을 쓰고 품속에서 현무패를 꺼내 탁자에 큰 소리가 나도록 내려놓았다.

탁!

큰 소리가 바로 앞에서 들리자 서기가 더는 딴청을 피우지 못하고 그제야 삼룡을 쳐다봤다.

"저, 무슨 일 때문에 오셨는지요?"

서기는 분명 삼룡을 아는 것 같으면서도 말을 돌리고 있었다. 하지만 삼룡은 상관하지 않았다.

"향로 한 번 더 옮겨 드릴까?"

순간 서기의 얼굴이 사색이 되어 말을 더듬었다.

"저, 혀, 형님! 제발 절 살려주십시오!"

갑자기 태도가 바뀐 서기는 삼룡의 옷자락을 잡고 허리를 연신 숙이며 사정을 봐달라 애원하는 것이다.

"이거 왜 이래? 빨리 방 내놔! 나 배고프단 말이야!"

삼룡이 큰소리치자 서기가 눈물까지 비치며 말했다.

"직접 향로를 옮기신 것도 아니잖아요? 그러니 삼 일 뒤에 열리는 선발 대회에 참석하시면 안 될까요? 안 그럼 제가 이 일을 관둬야 해요."

"그건 당신 사정이지, 내 사정이 아니야. 축귀야, 뭐 하냐?"

삼룡이 이름을 부르자 팔 척 떡대에 칼자국이 얼굴에 큼지막하게 생긴 축귀가 목을 좌우로 꺾으며 나섰다.

"이봐! 우리 사부님 말 못 들었어? 방 내놓으라구!"

축귀가 불량스러움을 한껏 드러내자 왜소한 서기의 답변이 궁색해졌다.

"그, 그게… 현무패가 실제 발급된 적이 없어서. 그리고 아직 현무패가 정식 발급된 건 아닙니다."

순간 아귀궁 다섯 살수의 눈매가 모두 가늘어졌다. 이때 그나마 차분한 성정의 담초홍이 나섰다.

"향로를 옮긴 걸 부정하실 건가요?"

"아닙니다, 아가씨! 저희도 인정하고 싶은데 다른 문파 사람들이 인정하지 못하겠다고 하도 항의를 해서. 제갈건 도련님도 그 일 때문에 가주 어르신께 큰 꾸지람을 듣고 근신 처분 중에 계십니다."

"그래서 현무패 발급을 취소하겠다는 뜻인가요?"

그러자 서기가 눈치를 힐끔 보더니 이내 눈을 꼭 감고 고개를 두 번이나 끄덕이는 것이다.

순간,

"여기가 어디라고 감히 행패인가?"

서기의 편을 들어 삼룡 일행을 꾸짖는 사람은 한 중년 사내였다. 말쑥하게 생긴 것이 서생(書生)처럼 보였는데, 입술이 두툼하지 않고 가벼운 것이 왠지 신뢰감이 느껴지지 않았다. 그럼에도 태양혈 언저리가 꽤나 솟아 있는 것이 무공은 한가락하는 자 같았다.

다른 사내의 출현에 삼룡이 미간을 찌푸렸다.

"난 현무패를 들고 무림대회를 접수하려는 것인데 이 접수 담당자가 한사코 거부를 하고 있으니 내 동생이 화가 날 법하지 않소?"

삼룡이 애써 상황을 알아듣기 쉽게 설명하였으나 되돌아오는 중년 사내의 대답은 성의가 없었다.

"오라, 네놈이 바로 제갈건 도련님을 골탕 먹여 현무패를 빼앗아간 삼룡이라는 놈이구나!"

사내의 말투에 안색이 대번에 굳어진 건 담초홍과 아귀궁 다섯 살수였다. 특히나 백발의 담초홍의 몸 주변에 풍기는 기세가 냉랭했다. 하지만 삼룡은 별 신경을 쓰지 않는 눈치였다.

"그럼 천근향로를 옮긴 걸 인정하지 않겠다는 말씀이신가요?"

"홍, 네놈이 직접 옮긴 것도 아닌데 어찌 현무패를 내줘야 하느냐? 아까는 네놈의 해괴한 소리를 하는 통에 제갈건 도련님의 심기가 잠시 어지러워 실수한 것이다. 무림대회가 어찌 너희같이 입만 가지고 출전할 수 있는 줄 아느냐?"

사내의 말에 삼룡이 피식 웃으며 대꾸했다.

"저는 개소문의 삼룡이라 합니다. 저의 잘못을 이렇듯 깨우쳐 주시는 분의 성함은 어찌 되시는지요?"

"제법 예의는 아는 놈이로군. 나는 제갈세가의 총관을 맡고 있는 대대강(大大康)이라 한다. 이제 내 신분을 알았으면 썩 물러가거라. 여긴 너희 같은 하류 잡배가 올 곳이 아니다."

"저기, 대강 총관 어른!"

"성이 대대고, 이름이 강이다, 이 무식한 놈아!"

대대강의 고함에도 삼룡이 변죽 좋게 말했다.

"죄송합니다, 대대 총관 어른!"

"그래, 아직 그 자리를 지키고 있는 이유가 무엇이냐? 혹, 소가주님과 대면이라도 시켜달라는 뜻인 게냐?"

"아닙니다. 그저 궁금한 것이 있어서 그것을 묻고자 함이죠."

"무엇이 궁금한 게냐? 시간이 없으니 빨리 용건만 말하고 가거라!"

"저는 천근향로 옮기는 것이 아무나 할 수 있는 것이라 생각하는데, 총관님은 어찌 생각하시는지요?"

대대강이 잔뜩 비웃음을 머금고 대답했다.

"지금 무슨 해괴한 소리를 하는 게냐? 저 일 갑자가 넘는 내공 고수들도 삼사백 근을 드는 것이 고작인데 어찌 아무나 천근향로를 들 수 있단 말이냐?"

"글쎄요? 저따위 향로 하나 드는 데 일 갑자 내공씩이나 필요할지 모르겠습니다."

삼룡의 대꾸에 대대강의 한쪽 입꼬리가 치켜 올라갔다.

'이놈이 대체 무슨 수작이지? 천근향로를 혼자서 옮기는 것은 구대문파 제자들도 장담하지 못하는 일인데 저따위라니?'

"지금 네놈의 말은 분명 아무나 할 수 있다는 얘기렷다?"

대대강의 말에 삼룡이 싱긋 웃으며 재빨리 고개를 끄덕였다.

'이놈 봐라? 하지만 더욱 잘된 일! 이참에 제갈건 도련님에게 딴말 못하도록 입막음을 해놓으면 되겠구나!'

"그럼 네놈이 입으로 떠들게 아니라 직접 증명도 할 수 있어야 하지 않느냐?"

"사내가 어찌 일구이언하겠습니까?"

"만약 증명하지 못하면 오늘 아침에 있었던 일은 영원히 함구할 테냐? 그렇게 되면 방금 네가 제시했던 현무패도 가져간 일이 없게 되는 거다. 그래도 좋으냐?"

삼룡이 이번에도 대답 대신 고개를 끄덕였다. 그러자 대대강이 삼룡의 앞에 있는 제갈세가의 서기를 가리키며 말했다.

"네가 분명 아무나 할 수 있다고 했으니 이 서기도 할 수 있을 것이 아니냐?"

대대강의 질문에 삼룡은 가타부타 언급이 없었다. 그러자 대대강은 더 신나서 떠들어댔다.

"여기 서기가 천근향로를 옮기게 되면, 내 너희 모두에게 현무패를 지급하겠다. 뿐만 아니라 대회가 끝나는 날까지 내 처소를 빌려줄 것이며, 내 직접 너희 시중을 들겠다. 하나, 만약 옮기지 못할 시에는 너희 모두 제갈세가 근처에는 얼씬도 말거라!"

순간 삼룡이 언제 집어 들었는지 서기 책상의 종이와 붓을 들고 그에게 내밀었다.

"저… 이왕이면 여기에 쓰시는 게 어떨지?"

자신이 큰소리쳤으니 대대강이 물러설 이유가 없었다. 게다가 천근향로를 들어야 하는 상대가 무공을 전혀 모르는 자신의 서기였으니 거리낄 것도 없었다.

일필휘지로 자신이 한 말을 적은 대대강은 손바닥에 먹을 묻혀 손도장까지 찍어 보이며 큰소리쳤다.

"자, 됐느냐? 어서 시범을 보여라. 못 보이겠으면 어서 꺼져라!"

대대강의 축객령 소리가 울려 퍼졌지만 삼룡은 대꾸하지 않고 서기의 앞으로 다가갔다. 이어 그의 눈을 지그시 응시하더니 이렇게 말했다.

"잠시 자신을 잊으십시오."

이렇게 말한 삼룡이 서기의 팔을 이끌고 마당 한가운데 차지하고 있는 천근향로로 향했다. 이 천근향로는 돌로 만들어져 있었다. 그리고 다리가 팔각에 몸체는 둥근 모양을 하고 있어 손으로 잡을 곳이 마땅치 않아 보였다. 한데 삼룡은 돌향로 아랫부분을 향해 팔 한쪽을 쑥 집어넣더니 힘을 들이지도 않고 들어 올렸다.

그 순간 제갈세가의 총관 대대강의 눈이 접시만 하게 커진 것은 물론이고, 이를 지켜보던 세가 사람들과 무림인들의 입도 턱이 떨어져 나갈 정도로 크게 벌어졌다. 뿐만 아니라 아귀궁 살수들도 죄다 놀란 눈치였다.

이를 담담하게 지켜보는 이는 오직 담초홍뿐이었다.

'심검(心劍)과는 전혀 다른 경지, 검체(劍體)란 저런 거야. 그리고 검체를 깨달은 오라버니에겐 내공이 필요없어. 마음을 먹을 필요도 없지. 다만 그 깨달음이 자신을 해칠까 걱정해야 돼. 안 그럼 그 자신이 위험하니까!'

어느새 삼룡은 자신이 데려온 서기에게 천 근이 나가는 돌덩어리 향로를 쥐어주고 있었다. 게다가 삼룡의 팔을 빼도 약간 기우뚱할 뿐, 서기는 계속 천근향로를 들고 있었다.

"말도 안 돼!"

대대강의 비명에 가까운 괴성에도 서기는 천근향로를 들고 이리저리 움직이며 마당을 배회하고 있었다. 삼룡은 여기에서 그치지 않았다. 서기가 들고 있던 천근향로를 뺏어 다른 제갈세가 사람들에게도 건넸다.

물론 그들은 거부했지만 삼룡이 팔에 끼워주자 신기한 듯 천근향로를 들고 이리저리 배회했다. 그러자 다른 제갈세가 사람들도 앞 다투어 서로 들어보겠다고 다툼이 일었다.

이를 한참 지켜보던 삼룡이 대대강을 쳐다보며 말했다.

"약속은 지키십시오. 우린 배가 고파서 총관 어른 처소에
가 있겠습니다. 현무패는 알아서 가져오시고 오실 때 술도 부
탁드리겠습니다. 자, 가자!"

삼룡은 아예 천근 석향로를 제갈세가 사람들에게 맡겨두
고 방금 천근향로를 들었던 서기를 앞세워 총관 처소로 향했
다. 삼룡 일행이 사라지고 나서야 대대강을 차리고 천근향로
근처로 걸음을 옮겼다.

"이것들이 갑자기 왜 힘이 세진 거야?"

대대강이 멍한 표정으로 천근향로를 만지자 눈이 동그랗
게 떠졌다.

"뭐야? 이게 왜 이렇게 가벼운 거야?"

그러자 한 일꾼이 말했다.

"모르겠습니다, 총관 나리. 분명 천근향로인데 불과 오십
근이 안 나가는 것 같습니다. 속이 텅텅 빈 것이, 아무리 들어
봐도 천 근 무게가 느껴지지 않습니다."

천근향로를 들어봤던 다른 일꾼도 말했다.

"저도 오십 근 정도밖에 느껴지지 않았습니다. 혹 총관님
이 바꿔놓으신 건 아닙니까?"

순간 속았다는 생각이 든 대대강이 향로를 바닥에 던져 버
렸다. 그러자 뽀얀 돌먼지가 일어나며 향로가 힘없이 부서져
버렸다.

"대체 어떤 자식이 가짜 향로를 가져다 놨어!"

대대강은 뒤늦게 목청을 질러봤지만 이미 엎질러진 물동이요, 깨진 항아리였다. 삼룡에게 자신이 문서까지 써줬으니 이번엔 빼도 박도 못하게 된 것이다. 하지만 그들이 간과한 것이 있었다. 아무리 오십 근밖에 나가는 돌 향로라도 그렇게 쉽게 부서지지 않는다는 사실을 말이다.

*　　*　　*

제갈세가 총관의 처소는 서북쪽 외곽에 위치해서 세가 안에서도 인적이 드문 편이었다. 게다가 전각이라고 말할 수 있을 정도로 컸다. 오대세가에 무림맹 부맹주를 모셔야 하는 총관이니만큼 처리해야 하는 잡무가 많으니 그가 기거하는 처소도 자연히 클 수밖에 없었다.

운 좋게 이 제갈세가 총관의 처소를 차지한 삼룡과 담초홍, 아귀궁 살수 다섯은 세상에서 가장 편한 자세로 쉬고 있었다.

삼룡은 창가 쪽을, 그 옆은 백발의 담초홍이, 그리고 아귀궁 살수 다섯은 각자 편한 곳을 찾아 누워 있었다.

덕분에 대대강의 처소는 곳곳이 침소이며 누울 자리로 변해 있었다.

축귀가 누워 있는 상태로 삼룡에게 질문했다.

"사부님, 어떻게 한 거예요?"

"뭐가?"

"그 천 근인지 만 근인지 하는 돌 향로 말입니다. 분명 아침이랑 달라진 게 아무것도 없어 보였는데요?"

"내가 아냐? 누가 그 사이에 바꿔치기 해놨겠지."

삼룡의 성의없는 대답에 제일 막내 사귀가 끼어들었다.

"축귀 형님, 아까 저 깜짝 놀랐잖아요. 삼룡 형님께서 괜히 허풍 치는 줄 알고 간이 다 오그라드는 줄 알았습니다."

"인마, 너만 그랬냐? 나는 심장이 멈추는 줄 알았다. 대체 어떤 사람이 서기가 그 향로를 들 수 있을 거라고 생각했겠어? 아마 다른 형님들도 모두 마찬가지일걸? 안 그런 사람은 초홍이 하나뿐이더라."

축귀의 지적에 삼룡의 옆에 있던 담초홍이 고개를 가로저었다.

"아니에요. 저도 놀랐는걸요."

"그랬니? 아무튼 삼룡 사부님은 알다가도 모를 때가 너무 많다니까? 그런데 사부님은 창가 자리가 제일 좋으세요? 뱃전에서도 그렇고, 판잣집에서도 꼭 밖이 보이는 곳에 누워 계시던데……."

축귀의 질문에도 삼룡의 눈은 창밖을 떠나지 않았다.

"창가에 있으면 낮에는 구름이 보이고 밤에는 별이 보이지. 구름은 끊임없이 변해서 같은 모습인 적이 없어. 대신 별은 항상 순서를 지키며 자기 자리를 지키지. 하지만 그걸 확인하기 위해서는 밤이든 낮이든 창가에 있을 수밖에 없잖아."

"하지만 바람이 불고 춥지 않나요? 특히 겨울에는?"

"사천은 더워. 여기도 덥지만 거긴 더 더워. 그러니 겨울에 찬바람 걱정은 없지. 너희들도 사천으로 이사 오면 알 거다."

이런저런 얘기가 오가는 와중에 처소 입구에서 누군가의 인기척이 들렸다.

"흠흠, 주무십니까?"

대대강의 목소리였다.

이에 아귀궁 살수 중 막내 사귀가 대답했다.

"무슨 일이십니까, 총관 나으리?!"

사귀의 비꼼에도 대대강은 바로 화를 내지 않았다. 아무래도 자신이 저질러 놓은 일이 있고, 손도장을 찍은 증거 문서까지 만들어놨으니 화가 난다고 해서 큰소리칠 입장은 아니었다.

"대협님들께 부탁이 있어서 늦은 밤에 이렇게 찾아왔습니다. 밖에서 잠시 뵈었으면 합니다."

무림맹 부맹주가 속한 제갈세가에서 총관을 하고 있는 그가 대협이라고 부르는 사람의 숫자는 그리 많지 않았다. 그 때문에 다소 교만하다는 소리도 듣긴 했지만 무림맹 부맹주 직속 총관이라는 직함이 그리 가볍진 않았기에 어찌 보면 당연한 일이었다.

그런 그가 오늘 저녁에 있었던 일로 이렇듯 삼룡 일행 모두를 대협이라 부르고 있는 것이다. 하지만 삼룡은 그런 것을 상관하는 놈이 아니었다.

"귀찮아. 내일 오라고 해!"

삼룡이 말이 떨어지자 사귀가 그대로 말을 전했다. 그러자 문밖에서 들리는 대대강의 목소리와 분위기가 대번에 바뀌었다.

"흥, 이것들이 보자 보자 하니까! 애들아, 문 열어라!"

이어 처소 출입문이 활짝 열리더니 제갈세가에서 무공깨나 하는 장정 수십 명이 몽둥이 하나씩을 들고 한꺼번에 밀려 들어 왔다.

"일어나! 내 처소에서 일어나란 말이야, 이 사기꾼 자식들아!"

장정들 사이에서 대대강이 눈을 번뜩이며 고함을 쳤다. 하지만 삼룡은 아예 상대도 하지 않으려는 듯 눈을 감고 있었다. 그의 옆에 있던 담초홍도 삼룡의 얼굴만 쳐다볼 뿐, 눈앞에 설치는 세가 사람들은 신경 쓰지 않았다.

다만 아귀궁 살수들이 눈을 부라리며 제갈세가 장정들을 쳐다보고 있었다.

순간,

"축귀야, 시끄러운 거 싫다. 니 선에서 해결해."

"예, 사부님!"

축귀의 짧은 대답과 함께 처소 곳곳에 켜진 등잔과 촛불이

일시에 꺼지며 장정들의 비명 소리가 들렸다. 덩달아 무공깨
나 할 줄 알았던 제갈세가 총관 대대강도 함께 비명을 질러야
만 했다.

그것도 어릴 때나 뒷간 가서나 지르던 비명을 말이다.

"귀, 귀신이다!"

"이 자식들, 우리 이름에 괜히 귀(鬼) 자가 붙는 줄 아나? 사
귀야, 안 되겠다. 얘들 한 바퀴 더 돌려서 우리가 왜 귀신인지
확실하게 인식시켜 줘라!"

"예, 축귀 형님!"

*　　　*　　　*

제갈서천은 두 눈이 퉁퉁 부어 있는 자신의 총관 대대강을
보며 혀를 차고 있었다.

"대대 총관, 대체 몰골이 이게 뭔가?"

그러자 대대강이 연신 고개를 숙이며 용서를 빌었다.

"죄송합니다, 부맹주님! 하지만 워낙 본 사람이 많아서. 모
두 제 불찰이긴 하지만 저는 소가주를 돕기 위해서 그런 것이
니……."

"시끄럽다. 누가 시키지도 않은 일을 해서 현무패를 일곱
개나 내어줘 놓고는 말이다!"

제갈서천의 추궁에 대대강은 고개를 제대로 들지 못했다.

"구파일방은 그렇다 치고, 다른 문파에서는 뭐라 하겠느냔 말이야? 개소문과 아귀문이라니? 그런 문파 이름은 내 생전 처음이야. 그런데 누가 그런 자들과 무림대회에서 비무를 하겠느냔 말이다."

대대강의 고개는 점점 밑으로 내려갔다.

"게다가 총관 처소의 전각을 내어주다니? 이를 다른 문파에서 알면 우리 제갈세가의 체면이 어떻게 되느냔 말이야."

"면목없습니다, 부맹주님!"

"흥, 예전에도 이름없는 문파들 합류시켜서 무림맹에 마교의 첩자가 잠입한 일이 비일비재했다. 확실하지 않은 문파는 위험하다 그리 일렀거늘!"

"제가 감시의 눈길을 붙여놨으니 그 점은 심려치 않으셔도 됩니다, 부맹주님!"

대대강이 연신 머리를 조아리자 제갈서천도 더 이상 몰아세우지 않았다. 지금껏 지내오면서도 큰 실수가 없었으니 더 나무랄 수도 없었다.

"분란만 더 일어날 것 같으니 현무패는 어쩔 수 없네. 그냥 그자들에게 나눠 주고 정식으로 접수를 받아주게."

"그리하겠습니다, 가주 어른!"

"문제는 무림대회에 만전을 기해야 하는 것이네. 이번엔 무림대회에서는 무림맹주도 새로 뽑아야 하고, 수뇌부들도 교체도 이루어질 걸세. 다행히 점창파의 연청 선배께서 위기의식을 느끼고 우리에게 힘을 실어줄 모양이야. 본맹을 설립하고 상설직을 세우자는 우리의 요구를 들어주실 모양이더라구. 그러니 자네의 어깨가 무겁네. 자네가 어떻게 하느냐에 따라 우리 제갈세가의 미래가 달라질 테니.”

“맡겨주십시오, 부맹주님!”

“자네도 언제까지 우리 세가의 총관 노릇만 할 순 없지 않나? 우리 뜻대로 본맹이 세워지게 되면 자넨 무림맹 내총관 직을 맡아야 하네. 그러니 각별히 신경써 주도록 하시게.”

제갈서천의 첨언에 대대강은 기쁜 표정을 감추지 못했다. 현재 제갈세가에서 무림맹 본맹 역할을 하고 있긴 하지만 임시일 따름이었다. 게다가 정식 무림맹 총관이 아니니 그가 하는 일은 많았어도 주어지는 권한은 별로 없었다.

하지만 본맹이 설립되어 내총관 직을 정식으로 맡게 된다면 이는 구파일방의 장로도 그에게 함부로 대하지 못하게 된다.

이런저런 생각이 드니 벌써 본맹에서 총관 직을 차지한 것 같은 기분이 되어 자연스레 기분이 좋아진 것이다. 그가 환한 기색으로 물러가자 제갈서천이 이를 보고 머리를 짚었다.

‘말 한마디에 자기 속내를 금방 드러내는 놈이라니! 그릇이 아니야, 그릇이! 제갈세가를 관리하기에도 벅찬 놈이군. 믿을 만한 사람은 없고, 혈육에게 일을 모두 맡기자니 모양새가 안 좋고! 본맹이 설립되어도 걱정이로군.’

한참 고민하던 제갈서천은 불현듯 좋은 생각이 떠올랐다.

'잠깐! 그러고 보니 연청 선배의 제자가 있었지? 약관의 나이에 초절정을 넘나드는 무공이며, 아미파와 차기 장문과도 친분도 있고, 청성오검수와도 친분이 있다고 들었어. 얼마 전에는 곤륜과 공동파 후기지수들과도 친해졌고. 그렇다면 지금도 혼자서 오대문파를 충분히 상대할 수 있다는 얘기잖아?!'

제갈서천은 급히 생각을 정리하더니 사람을 불러 점창파의 능운비를 불러들였다.

第九章

몽연(夢燕)

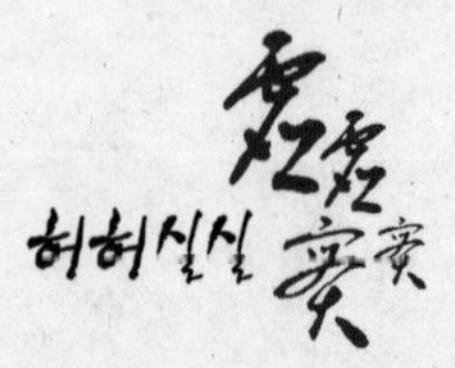

　대대강의 처소를 차지한 삼룡은 다음날에도, 그 다음날에도 빈둥빈둥거리기만 할 뿐, 움직일 생각을 하지 않았다. 정식으로 무림대회가 열릴 날만 기다리기만 하면 되니 그가 움직일 리가 없었다.

　그래서 삼룡은 원래 그의 방식대로 세상 편하게 지내고 있었다. 하지만 이것이 모든 이에게 적용되는 것은 아니었다. 특히 아귀궁 출신 살수들에게는 삼룡의 방식이 아주 죽을 맛이었다.

　빈민촌에 있었을 때는 장작하러 산에 가거나 제갈명이 수련하는 것도 훔쳐보고, 그것도 아니면 장작을 패면서 자신의 검법이나 도법에 심취할 수도 있었다. 하지만 제갈세가에 온 뒤로는 하루 종일 뒹구는 것 이외에는 할 일이 없었다.

즉, 삼룡에게는 지극히 당연한 것들이 그들을 미치게 하는 것이다.

"으하하, 지겹다, 지겨워!"

아귀궁 살수 막내 사귀가 째진 눈으로 기지개를 켜자 반대편에 있던 묘귀를 기점으로 진귀, 신귀, 축귀의 순서대로 모두 기지개를 켜며 있는 대로 늘어지게 하품을 했다. 그러자 드디어 삼룡이 반응했다.

"지겨우면 나가 놀아라. 누가 말리냐?"

삼룡이 한마디 하자 아귀궁 살수 다섯이 재깍 일어나며 반문했다.

"정말 저희 나갔다 와도 됩니까?"

"그럼. 왕년에 마교 출신들인 너희들이 무림맹을 돌아다니면 재미있는 일이 많이 벌어질 거다. 아마 축귀 얼굴에 나 있는 칼자국을 보고 기분 나쁘다고 먼저 시비 걸 놈들도 꽤 있을 거야. 축귀, 넌 특히 소림사 땡중들을 조심해야 돼. 그놈들은 험한 관상을 보면 앉혀놓고 하루 종일 교화시킨다고 못살게 굴 거다."

삼룡의 얘기에 축귀가 머뭇거렸다.

"무림맹 애들도 약자 괴롭히는 거 좋아하거든. 그건 어딜 가도 마차가지니까. 그러니 말이다, 신귀 네가 돌아다니면 달라붙을 놈이 많이 있을 거야. 여긴 의협을 행한다고 설치는 놈들 천지니까 만만한 놈 하나 나타나면 파리처럼 꼬일 거다.”

이번엔 신귀가 나갈 생각을 접었다.

이때 묘귀는 자신있게 나갈 채비를 하고 있었다. 다섯 중에 제일 준수한 것이 진귀와 묘귀였는데, 그 자신은 진귀보다 용모가 낫다고 생각하는 편이었다. 그러니 자신은 거리낄 것이 없다고 생각한 것이다.

“묘귀야, 여기 여잔 건드리면 죽을 때까지 쫓아온다. 특히 아미파 애들은 아예 건드리지 않는 게 좋을 거야. 이건 내가 겪어봐서 아는 건데, 걔들은 눈빛이 마음에 안 들어도 칼을 들고 설쳐. 이게 다 염라 사태 할머니의 영향인데, 그 할머니는 대를 위해서 소를 희생하자는 주의야. 쉽게 말하면 어느 한 놈 걸려 목줄을 끊어놓으면 강호 전체에 소문이 나는 걸 죄다 바란단 말이지. 내가 보기엔 분명 이참에 손버릇 나쁜 놈 하나 죽이려고 마음먹고 있을 거란 말이야.”

지금까지 삼룡의 한 말에는 진귀와 사귀가 빠져 있었다. 내심 다행이라고 여긴 이들은 삼룡이 말을 꺼내기 전에 먼저 나가려 했다.

하지만,

“그래도 니들은 사귀하고 진귀보다는 낫다. 대대 총관이 재들을 잔뜩 벼르고 있더라고. 아픈 데만 골라서 때렸다나?

대대 총관하고 친한 놈들이 개방 애들이거든. 걔들은 숫자가 많지. 그러니 진귀하고 사귀는 항상 등 뒤를 조심해. 개방 녀석들은 무지 비겁하거든. 언제 뭘 던질지도 몰라. 식칼이 될지, 개똥이 될지 모른단 말이야."

삼룡의 말 몇 마디에 아귀궁 살수들 모두가 나갈 생각을 접고 다시 그 자리에 주저앉았다.

순간 묘귀가 기특한 생각을 해냈다.

"은형술을 쓰면 안 될까요?"

묘귀의 말에 주저앉았던 아귀궁 살수들이 모두 벌떡 일어났다.

"겨우 일각 동안 돌아다니려고? 맛만 보면 더 몸이 근질거릴 텐데? 그러지 말고 죽치고 앉아 있어. 조금 있으면 대대 총관이 맛있는 술 가지고 온다고 했으니까!"

삼룡의 말 한마디에 또 아귀궁 살수 다섯이 주저앉았다. 하지만 그사이 삼룡의 옆에 있던 담초홍이 말없이 총관 처소를 빠져나갔다.

누더기 차림의 담초홍이 백발을 질끈 묶고 무림맹 내부를 돌아다녔다. 둥그런 눈매에 오뚝 솟은 코, 도톰하고 작은 입술의 담초홍은 아름다웠지만 누더기에 백발, 게다가 삼룡처럼 씻지 않아 그 미모가 겉으로 드러나지 않았다.

게다가 아직 육 척에 못 미치는 키다 보니 누구 하나 그녀를 눈여겨보는 사람이 없었다.

그 때문에 담초홍은 아무런 방해를 받지 않고 돌아다닐 수 있었다. 게다가 여자였으니 남자들이 출입을 제한받는 아미파나 검각 제자들의 처소까지 돌아다닐 수 있었다.

그러다 담초홍이 들른 곳은 아미파 제자들이 있는 처소였다. 담초홍이 처소에 도착했을 때는 아미파 집법장로 원지 사태가 사질 조영과 문하 제자 서른 정도를 데리고 옥허삼십육검(玉爐三十六劍) 초식 수련을 하고 있었다.

원지 사태 앞에서 조영이 시범을 보이면 나머지 문하 제자들이 따라 하는 방식이었다.

"나봉추수(羅峯秋收)!"

조영이 초식명을 외치며 초식을 펼치자 서른 정도 되는 아미 제자가 한 사람도 빠짐없이 손을 놀리고 발을 놀렸다.

"월하청음(月下淸音)!"

"봉익압산(鳳翼壓山)!"

조영은 초식을 가르치는 것보다는 제자들의 잡념을 잊어버리게 하려는 듯, 한시도 쉬게 하지 않고 초식에 초식을 연결시켰다. 그 때문에 아미파 제자들은 너나 할 것 없이 땀을 흘렸다. 하지만 옷매무새가 흐트러진 아미 제자는 아무도 없었다.

눈앞에 저승사자보다 무서운 집법장로가 버티고 있으니 애초에 몸단장을 단단히 하고 나온 탓이었다.

　담초홍이 멀리서 이 모습을 보며 머릿속으로는 초식을 따라 했다. 그녀도 아미신녀로부터 무공을 배웠으니 당연히 아미파의 무공을 아는 것이다. 하지만 그녀의 눈망울은 촉촉이 젖어 있었다.

　자신의 눈앞에서 옥허삼십육검 초식을 펼치던 사부, 아미신녀의 생각이 나니 절로 눈물이 난 것이다. 하지만 이런 모습은 남들이 보기에 이상한 법이었다.

　순간, 담초홍의 뒤편에서 노기 서린 여인의 목소리가 들렸다.

　"허락도 없이 다른 문파의 무공을 훔쳐보다니!"

　담초홍이 촉촉이 젖은 눈매를 감추며 고개를 돌리자 화산파의 제자인 듯한 소녀가 그녀를 노려보고 있었다. 나이는 이제 스물이 채 안 되게 보였는데 담초홍보다는 훨씬 컸다. 그런데 그녀의 얼굴이 담초홍의 눈에 매우 익숙했다. 몹시 당황스러울 정도로 말이다.

　"누, 누구시죠?"

　"어디서 무공을 훔쳐보고 배우는 도둑년 주제에 누구라니?"

　담초홍의 몰골이 마음에 안 들었는지 화산파 여제자는 대뜸 손을 들어 담초홍의 뺨을 후려쳤다. 순식간에 뺨을 얻어맞은 담초홍의 눈가에 눈물이 고였으나 억지로 참아서 눈물이 흐르지는 않았다.

　"이것이 그래도 잘못한 줄을 모르고!"

화산파 여제자가 다시금 담초홍의 뺨을 막 후려칠 찰나였다. 그녀의 등 쪽에 차가운 냉기가 느껴지는 목소리가 들렸다.

"백 낭자가 여긴 어쩐 일이죠?"

뺨을 때리려던 화산파 여제자는 뒤에서 들려오는 차가운 목소리에 그대로 멈추었다.

목소리가 들려온 곳에는 아미파의 차기 장문으로 내정되어 있는 한철빙면 주희설이 금정선원의 아미팔선을 대동한 채 담초홍과 화산파 여제자를 번갈아 쳐다보고 있었다.

이런 주희설을 보자 화산파 여제자는 때리려던 손길을 멈추고 언제 그랬냐는 듯이 예의바르게 무릎을 구부리며 반갑게 인사를 건넸다.

"아버지 심부름으로 주 선배를 뵈러 왔습니다. 그런데 오다 보니 이 계집아이가 아미파 무공을 몰래 훔쳐보며 배우고 있어서 따끔하게 혼을 내주려는 참이었습니다."

이에 주희설의 시선이 누더기 차림의 담초홍에게 향했다.

"네가 정녕 본 파의 무공을 훔쳐 배웠더냐?"

그녀의 물음에 담초홍은 담담하게 고개를 가로저었다. 담초홍의 입장에서는 아미신녀에게 배운 검 초식이니 훔쳐 배운 것이 아니었다. 하지만 아무 사정을 모르는 화산파 제자 입장에서는 아니라고 잡아떼는 것으로 보였다.

"그럼 내가 주 선배께 거짓을 고했다는 말이냐?"

스르릉!

화산파 여제자는 담초홍을 그냥 용서하지 않을 작정인지 검을 뽑아 들었다. 실제 강호에서는 무공을 몰래 훔쳐보다가 들키면 그 사람을 죽여도 벌하는 사람을 탓하지 않았다. 그러니 담초홍이 어떻게든 잘못을 빌어야 했다. 하지만 그녀는 그럴 마음이 추호도 없었다. 오히려 뺨을 맞은 것이 억울할 뿐이었다.

"바른 대로 말하지 않으면 네 팔목을 자를 테다!"

야멸찬 목소리와 함께 화산파 여제자의 검이 햇빛에 반짝였다. 그녀는 정말 검을 내려칠 생각이었다.

"멈춰라!"

그 순간 노성과 함께 누군가 달려와 담초홍의 앞을 가로막았다. 그러자 화산파 여제자는 화들짝 놀라 뒤로 몇 발짝 물러나며 검을 회수했다.

담초홍이 고개를 올려다보니 한때 염라사태라 불리던 아미파의 집법장로가 어느새 자신의 앞을 가로막고 있었다. 그리고 그녀의 행동으로 봐서는 용케 담초홍을 알아본 모양이었다.

"대체 무슨 일인데 이 아이를 칼로 벤단 말이냐?"

노성이 깃든 집법장로의 목소리가 화산파 여제자를 꾸짖고 있었다. 그러자 화산파 여제자는 오히려 황당해하며 주희설을 쳐다봤다. 자신은 아미파를 위해서 나섰는데 집법장로가 오히려 자신을 꾸짖고 있는 것이 부당하다는 뜻이었다.

그러자 주희설이 못이기는 척 나섰다.

"집법장로님, 저 아이가 아미파 무공을 훔쳐 배우고 있는 걸 화산파 백 낭자가 봤다고 합니다."

그러자 집법장로는 고개를 바로 내저어 상황을 설명했다.

"제자들이 사내들의 시선에 정신을 못 차려 내가 일부러 공개적으로 검 초식 수련을 시켰는데 누가 훔쳐 배웠다는 게 야?"

집법장로의 노성에 화산파 여제자의 얼굴이 대번 붉어졌다. 이는 담초홍의 죄가 없음을 알고 부끄러워서 그런 것이 아니라 거지처럼 보이는 여자 아이를 집법장로가 두둔했기 때문이다.

이때 주희설이 난처해진 그녀를 대신해서 나섰다.

"집법장로님, 저 아이는 화산파 장문인의 여식인 백몽연 낭자입니다."

"그게 무슨 상관인가? 화산파 장문인의 여식이면 함부로 아이를 베어도 된다는 말인가? 이 불쌍한 아이가 설사 검 초식을 훔쳐 배웠다고 해도 어찌 사람을 벨만큼 그리 야멸찰 수가 있는가?"

집법장로가 담초홍의 편을 들자 오히려 주희설의 입장이 난처해졌다. 집법장로야 본문의 어른이니 함부로 대할 수가 없고, 한쪽은 앞으로 소림과 더불어 구파일방의 양대 산맥을 이루고 있는 화산파 장문인의 여식이니 말이다.

주희설이 어느 한쪽 편도 들지 못하는 난처한 상황이 되자 집법장로의 눈매는 더욱 험악해졌다. 이는 화산파 장문 여식 백몽연도 마찬가지였다. 순간 가만히 있던 담초홍이 입을 열었다.

"옥허삼십육검법은 이미 알고 있었습니다."

그녀가 벙어리인 줄 알고 있던 집법장로는 조금 놀란 표정이었다. 하지만 그녀를 지켜주려는 표정에는 변함이 없었다.

이때 주희설이 나섰다.

"네가 어찌 아미파의 본문 무공을 알고 있다는 말이냐?"

"옥허삼십육검법은 원래 아미파의 것이 아니라 녹옥사(綠玉寺)의 것입니다. 그러니 아미파만의 무공이라고 할 수 없습니다. 그리고 제가 여기서 본 것은 제십팔식 봉익압산(鳳翼壓山)까지였습니다. 제 말이 맞죠, 집법장로님?"

담초홍의 당돌한 물음에 집법장로는 고개를 끄덕여 주었다. 그러자 담초홍은 초식명을 직접 말하며 들고 있던 목검으로 초식을 펼쳤다.

"제십구식 호조연풍(鳳鳥軟風)! 제이십식 선학취정(仙鶴取頂)… 제삼십육식 녹옥대평(綠玉大平)!"

담초홍이 나머지 옥허삼십육검법 초식을 모두 전개하자 주희설뿐만 아니라 집법장로와 아미팔선, 그리고 담초홍의 뺨을 때렸던 화산파 백몽연까지 놀라 입을 다물지 못했다. 무룻 검법은 본다고 바로 펼칠 수가 없는 것이었다.

　아무리 초식명을 알고 있고 동작을 눈으로 봐도 호흡과 보법을 운용하는 방법을 알려주지 않으면 초식이 꼬여 재연하기 어려웠다. 그런데 담초홍이 펼친 초식은 조영과 처소 마당에서 펼쳤던 검법보다 더 섬세하고 검법의 이해가 깊었다.

　그러면서도 호흡이 자연스러웠고 검끝에는 항상 실바람이 일 정도로 힘이 실려 있었다. 즉, 담초홍이 최소한 검법을 훔쳐 배우지 않았다는 것을 여실히 증명하고 있는 샘이었다.

　상황이 이쯤 되자 그녀의 뺨을 때린 화산파 백몽연이 난처하게 되었다. 하지만 담초홍은 사과조차 받고 싶지 않았던지 초식을 끝내자마자 돌연 발길을 돌려세웠다.

　이를 보고도 화산파 장문인의 여식 백몽연은 사과하기 싫어 그냥 내버려 두었다. 그러자 주희설이 참견했다.

　“백 낭자, 저 아이에게 사과를 하지 않으면 나중에 아버님이 망신당할 터이니 어서 가서 사과하세요.”

　“저의 잘못이니 제가 알아서 하겠습니다. 주 선배께서는 너무 걱정하지 마세요.”

　백몽연이 나중에 사과할 것처럼 말하자 주희설도 더 이상 얘기하지 않았다.

　“알겠습니다. 그런데 백 장문인께서 무슨 일로 심부름을 보내셨나요?”

　주희설의 물음에 백서연은 소매에서 작은 합을 꺼내 내밀며 말했다.

"주 선배님, 이 합에는 화산파의 자하단(紫霞丹)이 들어 있습니다. 주화입마에 빠져 심지가 회복이 되지 않을 때 쓰면 효과가 있습니다. 아버님께서는 오전에 아미파 전공장로님께서 아직 쾌차하지 못했다는 소식을 듣고 화산파 제자들을 시켜 가져오게 한 것입니다."

"이런 고마울 데가!"

주희설이 합을 받아들자 백몽연은 인사를 하고 그냥 돌아서려 했다.

"백 낭자, 잠시만. 화산파에서 자하단을 주셨으니 아미파에서도 자그마한 보답을 해야겠습니다. 원하는 것이 있거든 말씀하세요."

"아닙니다. 아버님께서 예전에 아미파 전공장로님께 신세를 진 적이 있으시다고 아무것도 바라지 말고 그냥 오라고 하셨습니다."

"그래도 그렇지요. 백 낭자가 개인적으로 원하는 것도 좋으니 어디 말해보세요."

주희설이 한 번 더 권하자 백몽연이 마지못해서 말하는 것처럼 입을 열었다.

"소녀도 이번 대회에 봉황패를 받고 출전을 할 것입니다. 하지만 아직 제 실력이 어느 정도인지 가늠할 수가 없습니다. 그렇다고 아무나 붙들고 제 실력을 펼쳐 보일 수도 없구요.

그래서……."

"내 가르침을 받고 싶다는 말인가요, 백 낭자?"

"주 선배의 검이 여협 중 최고로 알고 있습니다. 선배님 앞에서 자신있게 검술을 펼칠 수 있다면 분명 무림대회에서도 좋은 성적을 낼 수 있을 것 같습니다."

"별로 어려운 부탁도 아니군요."

주희설이 흔쾌히 승낙하자 백몽연은 기쁜 표정을 감추지 못했다.

"지금은 본 문의 일 때문에 안 되니 저녁 시간에 봐드리죠. 그때 오세요, 백 낭자."

화산파 백몽연이 돌아가자 집법장로가 주희설을 따로 불렀다.

"아까 그 아이가 누구인지 알고 있는가?"

"저는 처음 보는 아이입니다만……."

"자넬 구해준 삼룡이란 청년이 아미산 정상에서 데려온 아이일세."

이에 주희설은 깜짝 놀랐다. 하지만 집법장로의 충격적인 말은 아직 끝나지 않았다.

"그리고 옥허삼십육검법이 녹옥사의 것이란 것을 아는 사람은 장문인과 장로들뿐이네. 하나, 더 있다면 아미신녀님, 그분뿐이지."

"그럼?"

"그 아이가 아미신녀님의 제자네. 달리 말하면 금정선원의 주인이란 말이지. 자네, 전공장로가 정신을 차리면서 했던 말 기억하나?"

"아미신녀님께 제자가 있을 수도 있다고 하셨습니다."

"그래, 그래서 나도 놀랐네. 뇌음사 승려들 때문에 소란스러운 밤에 삼룡이 그놈과 사라진 줄은 알았네만 그 아이가 아미신녀님의 제자인 줄은 지금껏 몰랐어. 몰골을 보면 삼룡이란 놈과 함께 있는 것이 분명해."

삼룡이 함께 있다는 말에 주희설이 내심 놀랐으나 겉으로 내색하지는 않았다.

"이제 어쩌실 겁니까?"

"그놈을 잡아서 데려가야지. 그놈을 잡으려고 우리가 아미팔선을 모시고 온 것이 아닌가? 게다가 그놈은 뇌음사 승려들도 따돌린 놈이야. 만만히 봐선 절대 안 돼. 분명 아미신녀님 제자 주위에 얼쩡거릴 테니."

"그럼 아미신녀님의 제자는?"

"금정선원의 후계자이니 당연히 모시고 가야지. 하지만 먼저 아미팔선에게 말하지는 말게. 아미팔선은 우리에게 협조하는 것이지, 명령을 받는 게 아니지 않나? 삼룡이, 그놈을 잡고 난 뒤에 알려야 하네. 그전에 알리면 오히려 우리를 방해할 게야!"

　　　　　*　　　　　*　　　　　*

　담초홍이 한쪽 뺨이 부풀어 오른 채 쓸쓸히 처소로 돌아오자 아귀궁 살수들 사이에 한바탕 소란이 일었다. 먼저 축귀가 환두도를 빼 들고 당장 쫓아가려는 것을 사귀와 진귀가 팔을 신귀와 묘귀가 다리를 잡아 간신히 뜯어말렸다.

　한데 말리는 이유가 조금 달랐다.

　"축귀 형님, 대체 어떤 자식인지는 안 다음에 죽여야죠."

　사귀의 말에 축귀가 담초홍을 쳐다봤지만 그녀가 입을 열 것 같지는 않았다.

　"어떤 놈인지 내가 알아내서 죽이면 된다. 비켜! 안 비키면 니들부터 죽일 거야!"

　빈말 같지 않은 축귀의 말에도 아귀궁 살수들은 비키지 않았다. 그러자 축귀가 바로 공력을 끌어올려 이들을 떼어내려 했다. 하지만 그러지는 못했다. 지금까지 누워만 있던 삼룡이 나섰으니 말이다.

　"니들은 여기 있어. 뺨 한 대 맞았으니 내가 뺨 한 대 때리고 오지, 뭐."

　삼룡이 움직이자 축귀도 더 이상 날뛰지 못했다. 삼룡이 화를 내지는 않지만 그가 나선 이상 분명 상대는 그 이상의 응징을 받을 것이 분명했으니까. 하지만 담초홍의 생각은 다른 모양이었다.

"오라버니는 못 때릴 거예요."

"왜? 날 못 믿니? 게을러도 할 건 해. 동생이 맞고 왔는데 오라버니라는 사람이 가만있냐?"

"못 믿는 게 아니라 오라버니는 그 사람 못 때려요. 때릴 수가 없거든요."

평소 빈말하지 않는 담초홍의 성정을 아는 삼룡은 이상한 기분이 들었다.

'꼬맹이의 표정이 왜 저렇지?'

"내기할까?"

삼룡의 제안에 담초홍이 고개를 내저었다.

"해봤자 오라버니가 져요. 그리고 전 오라버니에게 이런 내기로 이기고 싶지 않아요. 뺨 한 대 맞은 건 상관없으니 그냥 주무시던 잠 주무세요. 난 아무렇지도 않으니까."

말을 마친 담초홍은 삼룡을 쳐다보지도 않고 창밖을 쳐다 봤다. 이는 평소 삼룡의 얼굴만 뚫어지듯 쳐다보는 것과 전혀 상반되는 행동이었다.

이런 담초홍의 행동에 삼룡은 내심 화가 났다. 평소 자신을 그렇게 믿어주었는데 이 문제에서는 자신을 전혀 믿지 않으니 말이다.

"좋아, 내기하자! 만약 이 오라버니가 복수 못하고 오면 초홍이 니 소원 하나 들어줄게. 대신 돈이라던가 부지런해지라 던가 이런 건 안 된다. 내가 쉽게 할 수 있는 것이어야 되는 조건이야.”

삼룡의 말에 담초홍은 들은 체도 하지 않았다. 그냥 삼룡처럼 무표정하게 창밖을 쳐다볼 뿐이었다.

“정말 날 못 믿겠냐?”

“그냥 축귀 오라버니 보내세요. 축귀 오라버니가 말로만 죽인다고 했지, 실제로는 죽이지 않을 거예요. 그러니 축귀 오라버니 보내세요.”

차가운 담초홍의 말에 삼룡이 마음의 결정을 내렸는지 처소 밖으로 걸어나갔다. 순간 담초홍이 쫓아나가며 그를 말렸다.

“난 상관없으니까 가지 말라고, 이 바보야!”

담초홍의 말을 무시하고 삼룡은 휘적휘적 걸었다.

‘뺨 한 대 때리는 일인데 나이 든 할머니든 할아버지든 잘못했으면 맞아야지.’

삼룡이 낮에 있었던 담초홍의 행방을 추적하는 것은 쉬웠다. 왜냐하면 그에겐 제갈세가의 내부 사정을 꿰고 있는 대대강이란 만만한 호구가 있었으니까.

“그래, 화산파 장문인 여식이 초홍이를 때렸단 말이지?”

삼룡의 물음에 대대강이 사색이 되어서 말렸다.

“삼룡 대협, 제발 거긴 건드리지 말아주십시오. 삼룡 대협이야 무림대회가 끝나면 상관없지만 저는 화산파 사람들과 자주 부딪쳐야 합니다. 그리고 화산파면 소림사와 양대 산맥을 이루는 대문파라구요. 건드릴 곳을 건드려야죠."

"그럼 동생이 맞았는데 보고만 있으란 말이야?"

"상대가 상대잖아요. 아무리 삼룡 대협이 절세신공을 익혔어도 화산파를 상대할 수는 없다구요. 거기 장문인이 두 눈을 시퍼렇게 뜨고 있는데 딸자식이 뺨 맞는 걸 두고 보겠습니까?"

"맞을 짓 했으면 맞아야지. 뭐, 여자를 때리는 것이 좀 뭣하긴 하지만 오라버니로서 때리는 거니까 상관없어."

삼룡이 물러설 기미가 보이지 않자 대대강은 무릎을 꿇은 채 삼룡의 다리 한쪽을 잡고 빌었다.

"삼룡 대협, 아니, 큰형님! 제발 이러지 말자구요. 제가 현무패도 드렸고, 처소도 제공하고 꼬박꼬박 매 끼니를 챙겨 드리잖아요. 혹, 제 성의가 부족해서 이러시는 거라면 필요한 걸 말씀하세요. 네?"

"됐거든!"

"이제 곧 정식 무림대회가 열리는데 소란을 일으키면 강제 탈락이라구요."

"현무패가 일곱 개니까 거기서 한 개 빼!"

삼룡은 말과 함께 대대상의 시야에서 사라졌다.

대대강이 그를 놓치지 않기 위해 그가 아는 금나수법을 총동원했지만 어느 순간 힘이 들어가지 않아서 고개를 들어보니 삼룡이 이미 사라지고 난 뒤였다.

화산파 제자들의 처소는 제갈세가의 본 건물과 오솔길로
연결되어 있는 동쪽 전각을 따로 쓰고 있었다. 오솔길 사이와
처소 전각에는 이십여 장에 달하는 굵고 긴 대나무가 길게 솟
아 있었다.

제갈세가에서 이처럼 화산파를 예우해 주는 것은 화산파
가 소림사와 더불어 무림의 양대산맥을 이루는 대문파이기
때문이었다.

물론 소림사도 제갈세가의 예우를 받아 서쪽에 따로 떨어
져 있는 전각을 처소로 쓰고 있었다.

휘이이이이!

삼룡이 잎이 푸른 대나무 잎사귀 하나를 입에 물고 아이들
처럼 소리를 만들어내며 동쪽 전각으로 난 오솔길 사이를 휘
적휘적 걷고 있었다.

보통 복수를 한다고 하면 한시라도 빨리 뛰어가 응징하는
게 당연할 텐데, 이 삼룡이란 놈은 평상시보다 더 천천히 걸
었다.

얼핏 보면 한가하게 산책을 즐기는 것처럼 보였다. 하지만
그의 머릿속에는 어떻게 하면 담초홍의 복수를 할 것인가 하
는 고민뿐이었다.

'뇌음사 땡중들처럼 손에 똥을 묻혀 때릴까? 아님 사람들

이 보는 앞에서 욕이나 실컷 퍼부으면서 때릴까? 그것도 아님 구정물을 퍼부어서…….'

아직 어떻게 응징할지 결정을 내리지 못한 이유로 삼룡의 발걸음이 더욱 느려졌다. 거기에 대나무 사이로 바람이 불어 햇살을 어지럽게 흔들어놓자 삼룡의 발걸음이 더욱 느려졌다.

"이야, 대나무 높고 울창하기도 하다. 대나무가 이리 높고 빽빽하니 내가 무슨 소란을 피워도 안에서는 들리지 않을 거야. 그럼 나만 좋지, 뭐. 참, 내 얼굴을 알아보면 안 되니 얼굴이나 가릴까?"

잠시 걸어가던 삼룡은 옷을 뒤적이며 얼굴을 가릴 만한 무언가가 나오길 바랐다. 하지만 없는 것이 뒤진다고 나올 리는 없었다.

"아참, 아무것도 없었지? 그냥 가자."

이렇게 어영부영, 가는 둥 마는 둥하던 삼룡의 걸음이었지만, 채 일각이 못 되어 화산파 제자들이 처소로 쓰는 전각에 도달했다.

그곳이 별채로 쓰는 전각이었지만 그렇게 멀리 떨어뜨려서 건물을 짓진 않았던 것이다.

그런데 삼룡은 전각 앞에 도착하자마자 미간을 잔뜩 찌푸렸다. 이는 대나무로 만든 입구가 닫혀 있어서만이 아니었다.

전각 안에서 검이 부딪치고, 칼이 부딪치는 소리가 들렸기 때문이다. 물론 비무를 하는 소리라면 삼룡이 이처럼 머뭇거리지 않았을 것이다. 대나무 문 뒤에서는 사람의 비명 소리가 끊임없이 들리고 있었다.

'젠장, 무림맹도 공격당하는 거야?'

삼룡은 화산파 제자들의 전각을 앞에 두고 돌아갈 것인지를 고민했다. 물론 평상시 같았으면 미련없이 뒤돌아섰겠지만 담초홍과 철석같이 약속을 하고 온 터라 발길을 돌리지 않은 것이다.

"그래, 그년만 때리고 오자! 초홍이 뺨을 때린 그년만 때리고 오는 거야! 강호 대문파를 내가 도울 이유가 없잖아?"

이렇게 생각한 삼룡은 지체없이 신형을 날렸다. 그는 정문으로 들어갈 생각도 하지 않고 바로 오솔길 양옆을 막고 있는 대나무 사이로 뛰어든 것이다.

어느새 삼룡의 신형은 대나무 끝을 밟고 있었다. 하지만 대나무는 조금의 무게도 느끼지 못하는지 전혀 아래로 처져 있지 않았다. 오히려 바람이 불면 다른 대나무처럼 바람을 따라 한들한들거리고 있었다.

삼룡이 시선은 아래로 향하고 있었다. 그리고 그 아래에는 오십 명에 달하는 화산파 제자가 모두 피투성이가 된 채로 전각 앞에 모여 있었다. 개중에는 여제자 몇 명이 보였는데, 이들도 상처를 입긴 매한가지였다.

이미 바닥에 쓰러져서 죽어 있는 화산파 제자들도 상당수 보였는데, 모두 무엇에 물어뜯기거나 할퀸 몰골로 사지가 뜯겨 보기 흉하게 널브러져 있었다.

상황이 처참하고 비명이 끊이지 않는데도 그들을 공격하는 사람은 그림자조차 보이지 않았다. 그렇다고 병풍처럼 전각 주위를 둘러치고 있는 대나무 숲에 숨어서 공격하는 것도 아니었다.

이는 공격을 당하는 화산파 제자들의 눈빛에서도 읽을 수 있었다. 모두가 주위를 둘러보기만 할 뿐, 어느 한곳을 집중해서 바라보는 곳이 없었다.

"장문님과 장로님들이 올 때까지 어떻게든 버텨야 한다! 상대가 보이지 않으니 서로의 등을 의지하고 검을 치켜들어라!"

한 화산파 제자의 외침에 피투성이가 된 제자들이 몸을 추스르며 검을 고쳐 잡았다. 하지만 그들의 눈빛은 절망에 가까웠다.

검에 있어서는 강호제일을 자처하는 대화산파의 제자들이 이렇듯 피투성이가 되고 당황하는 데에는 이유가 있었다. 바로 눈에 보이지 않는 상대, 그것도 도검이 듣지 않는 상대를 상대하고 있었기 때문이다.

"우아아악!"

멀쩡히 서 있던 화산파 제자 하나가 자신의 의지와는 상관없이 대열을 이탈했다. 이어 그의 몸이 쓰러져 있는 동문 제 자들처럼 뜯겨 나갔다.

푸아악!

멀쩡했던 제자의 목줄기에서 피가 솟구쳐 오르며 사방에 피를 뿌렸다. 순간 피가 뿌려진 허공에 무엇인가가 꿈틀거리 는 게 보였다. 하지만 그것도 잠시 피가 허공에 스며들더니 다시 보이지 않았다.

'젠장, 저 괴물들은 뭐야?'

은형술을 꿰뚫어 보는 삼룡의 눈에 이들이 보이는 것인지, 빈 허공 사이로 부지런히 눈동자가 따라 움직였다. 하지만 삼 룡도 끼어들 엄두가 나지 않는지 표정이 어두웠다.

이때 당하고만 있던 화산파 제자 서넛이 공력을 주입한 검 을 사방을 향해 휘둘렀다. 그러자 그들의 검끝에서 매화꽃같 이 생긴 검화(劍花) 수십 송이가 사방을 향해 흩날렸다.

검화는 검기(劍氣)보다 높은 단계로, 마교의 검편(劍鞭)의 파괴력과 쌍벽을 이루는 수법이었다. 하지만 검편이 속성으 로 익혀 항상 비슷한 수준에 머무르는 데 반해 검화는 수양이 깊을수록, 내공이 깊을수록 검화의 개수가 늘어나고 파괴력 또한 늘어나는 차이점이 있었다.

방금 화산파 제자들의 검에서 최소 스무 개 이상의 검화가 뿌려졌으니 이들의 실력은 강호 어디에 내놔도 뒤처지지 않 는 일류나 절정고수들임이 틀림없었다.

팍, 팍, 팍!

검화가 허공에 꽂히며 둔탁한 파열음을 만들어냈지만 눈에 보이지 않는 상대를 쓰러뜨리지는 못했다.

오히려 눈에 보이지 않는 상대를 더 자극한 모양이었다.

"크아아아아!"

"크아아아!"

이를 목격한 삼룡의 눈동자는 심각하게 흔들렸다. 자신은 화산파 여식 하나를 혼내주러 왔는데 오히려 도와줘야 하는 상황에 처했으니 말이다.

"젠장, 모른 척할까? 그러면 다 죽을 텐데?"

갈등하는 삼룡의 눈망울이 바람 앞에 촛불처럼 요동쳤다. 그사이 또 다른 화산파 제자 하나가 대열을 이탈해 사지가 뜯겨 나갔다. 더는 못 보겠던지 삼룡이 눈을 질끈 감았다. 보지 않으면 도와주고 싶은 마음도 없어질 거라는 생각에서 말이다. 하지만 이 때문에 비명 소리가 더 똑똑히 들렸다.

"사형, 살려줘! 으아아악!"

비명 소리 때문이었는지 삼룡이 더 참지 못하고 뛰어내렸다. 그리고 그의 손에는 어느새 삼 척 정도의 대나무 줄기 하나가 검처럼 들려져 있었다.

"강시는 무릎 아래를 공격하지 못하니 어서 몸을 숙이세요!"

이렇게 소리친 삼룡은 화산파 제자들의 대열 앞에 뚝 떨어

졌다. 이를 보고 화산파 제자들은 삼룡도 곧 당할 것이라 생
각하고는 고개를 흔들고 있었다. 하지만 삼룡의 몸은 아무 이
상이 없었다.

오히려 그는 눈에 보이지 않는 상대를 보기 좋게 공격하고
있었다. 바로 방금 꺾은 대나무 줄기로 말이다. 삼룡의 대나
무 줄기가 닿는 곳마다 통쾌한 파공음이 터져 나왔다.

펑, 펑, 펑!

소리뿐만이 아니었다. 삼룡의 대나무가 스친 허공에서는
무언가가 터져서 바닥에 떨어졌다. 화산파 제자들이 그것을
보니 썩어 문드러진 시체의 팔과 다리, 머리가 떨어지고 있었
다.

이때 삼룡의 말을 듣지 않고 몸을 일으키고 있던 화산파 제
자 하나가 끌려나가 또 죽임을 당했다. 그러자 삼룡이 다시
화산파 제자들을 향해 고함쳤다.

"야, 이 병신들아! 몸을 허리 아래로 숙이면 공격당하지 않
는단 말이야! 몸을 숙이라구!"

삼룡이 잠시 시간을 벌어준 탓인지 정신을 차린 화산파 제
자 하나가 삼룡의 말대로 몸을 숙이며 소리쳤다.

"저분 말대로 몸을 숙여! 어서!"

한 사람이 정신을 차리자 그 파급 효과가 일시에 나타났다.
한 사람이 멀뚱히 서 있는 상대를 끌어앉히면서 정신을 차렸
으니 말이다. 곧 살아남은 화산파 제자들이 모두 몸을 숙이자

더 이상 당하는 사람이 없었다.

그사이 삼룡의 주변에는 시커먼 시체 토막이 잔뜩 쌓여가고 있었다. 하지만 삼룡은 조금도 쉬지 않았다. 아직 그에게 달려드는 강시들이 많으니 쉴 수가 없는 탓이었다.

"젠장, 어떤 새끼가 사술을 쓰는 거야? 죽은 놈들은 죽은 채 내버려 둬야지, 끄집어 올려서 대체 뭘 하겠다고! 에이, 새끼들, 지저분하게 덤비네."

삼룡은 눈에 보이지 않는 강시들을 해치우며 끊임없이 떠들고 있었다. 하지만 삼룡이 쓸데없이 떠들어대는 성정이 아니었다. 이는 그가 무언가를 의식하고 있다는 것이었다.

순간!

삼룡이 별안간 화산파 제자들을 향해 소리쳤다.

"이 새끼, 거기 숨어 있었구나. 나와!"

화산파 제자들은 자신들이 잘못 들은 줄 알고 모두 고개를 갸웃거리고 있었다. 자신들을 도와서 강시들을 처리하는 고마워할 일이지만 이제 와서 욕을 하며 나오라고 하니 어찌 황당하지 않겠는가?

"나오라고, 새끼야! 안 나오면 내가 직접 끄집어낸다!"

삼룡의 외침에 영문을 모르는 화산파 제자들은 불쾌한 표정을 지었다.

지금 이 자리에 있는 화산파 제자들이 하루 이틀 전에 만난 타 문파 사람들도 아니고, 지금껏 함께 싸워 모두 피투성이가 된 마당에 배신한 사람이 있다고 어찌 믿겠는가? 오히려 갑자기 나타나 눈에 보이지도 않는 강시를 처리하는 삼룡이 의심되는 상황이었다.

하지만 삼룡은 의심의 눈길을 거두지 않았다.

"다 봤어. 좋은 말 할 때 나와! 네놈이 숨어서 방울 흔들어대는 거, 내가 모를 줄 알아?"

그러자 화산파 제자들 중 나이가 제법 되어 보이는 제자 하나가 소리쳤다.

"당신이야말로 의심스럽소! 우리 눈에 안 보이는 저 강시들이 당신 눈에는 어찌 보인단 말이오?"

"누구든 또 떠들어봐! 어떤 놈이든 그놈부터 강시 부리는 놈과 같은 편으로 생각해서 강시들한테 던져 줄 테니."

삼룡의 엄포에 화산파 제자들이 일시에 입을 다물었다. 자신들이 아무리 서로를 의지하는 동문 제자라 하더라도 지금의 상황은 삼룡이 주도하고 있으니 그의 말이 우선이었다. 그러자 전각 주위가 일시에 조용해졌다.

심지어 대나무 줄기를 들고 움직이던 삼룡도 움직이지 않으니 언제 소란이 있었는지 조차 의심스러울 정도였다.

이때 삼룡이 속삭이듯 작게 말했다.

"일어서지 마. 아직 강시들 많아. 이 강시들은 누가 조종하지 않으면 움직이지 못해. 그러니 소리 낼 생각하지 마."

삼룡의 경고에 화산파 제자들은 모두 고개를 끄덕였다. 순간 삼룡이 화산파 제자들 가운데 있는 여제자 쪽을 향해 똑바로 걸어갔다. 스물대여섯 된 평범하게 생긴 여자였는데, 삼룡은 처음부터 그녀에게서 시선을 떼지 않았다.

삼룡의 시선을 받은 화산파 제자는 고개를 부르르 떨어 자신의 결백하다는 의사를 표현했다. 하지만 삼룡은 다른 곳으로 시선을 돌리지 않고 오직 그녀만 뚫어지게 쳐다보며 다가섰다.

"강시 사술을 쓴 게 너지?"

삼룡의 물음에 화산파 여제자는 금세 눈물을 떨어뜨릴 것처럼 억울한 표정으로 고개를 가로저었다. 그러자 그녀와 친분이 있었던 화산파 제자들이 검을 치켜들어 삼룡에게 다가오지 말라 경고했다.

"같은 편이냐?"

삼룡의 강한 눈초리에 검을 치켜들었던 화산파 제자들은 금세 고개를 떨어뜨렸다. 그러자 삼룡이 말했다.

"나와! 나, 시간 끄는 거 싫어해. 그리고 귀찮게 하는 건 더 싫어해. 빨리 끝내자!"

삼룡은 그녀가 사술을 쓴 사람으로 확신했지만 동문인 화산파 제자들은 이를 믿지 않았다. 다만 이 난국을 수습하기 위해 잠시 내버려 두는 것이고, 또 기력을 되찾을 때까지 기다렸던 것뿐이다.

벌써 공력을 회복한 화산파 제자들 중에는 삼룡에 살기를 고스란히 드러내는 이도 여럿이 있었다.

"살기도 기운이야. 쓸데없이 낭비하지 마. 니들 눈에는 이 여자가 동문 제자로 보이겠지만 내 눈에는 강시를 조종하는 수괴로밖에 안 보여. 나랑 싸울 놈은 강시들 못 움직이게 한 다음에 따로 시간을 내줄 터이니 그때 덤벼."

삼룡이 나직이 말하는 동안에도 그에게 지적당한 여제자는 동료들에게 도움을 요청하고 있었다. 그러자 삼룡이 피식 웃으며 이렇게 말했다.

"난 네가 정체를 드러내지 못하고 도망 못 치는 이유를 알고 있어. 은형술, 그까짓 거 어찌 보면 소용없거든? 나만 없다면 벌써 치고 빠졌을 텐데, 그치? 좋아, 인정하기 싫다면 정체를 스스로 드러내게 해주지."

순간 삼룡의 신형이 사라지는가 싶더니 어느새 화산파 여제자의 목줄을 움켜쥐고 강시들이 있는 곳으로 던져 버렸다. 이를 본 화산파 제자들이 경악했지만 벌써 그녀의 몸은 강시들이 있는 곳에 떨어지고 말았다.

"으아아악, 아아악!"

화산파 여제자는 바닥에 뒹굴며 마치 강시들에게 당하는 것처럼 소리를 질렀다. 하지만 시간이 지나도 그녀는 그대로였다. 오히려 상처를 입은 팔과 다리를 더 잘 움직였으니 말이다.

잠시 후 속이는 것을 포기했는지 그녀 스스로 일어나더니 삼룡을 지그시 응시했다.

"후후, 존주님께서 네놈을 조심해야 한다더니, 정말이었군. 대단해, 나를 찾아내다니."

갑자가 화산파 여제자의 태도가 바뀌자 동문 제자라고 생각했던 이들의 눈동자가 모두 휘둥그렇게 변했다.

"놀라긴! 너희들이 알고 있는 사매 옥영영은 내가 죽였어. 이곳에 오자마자 저 대나무 숲 속에서 목을 졸라 죽였지. 그년 죽을 때 가관이더군. 제발 살려달라고 애원을 하더라니까? 명색이 대화산파의 제자가 말이야."

그때였다. 그녀를 집어던진 삼룡이 귀를 후비며 끼어들었다.

"내가 귀찮은 거 싫다고 했지? 이제 정체를 드러냈으면 스스로 잡히든지 아님 도망치든지 해라. 나 저녁 먹으러 가야 한다."

"흥, 웃기지 마라. 네놈이 아까 날 죽이지 않은 걸 후회하게 해주마! 내 은형강시(隱形僵屍)들이 있는 이상 너희 모두 죽은 목숨이다!"

이때 삼룡이 손에 무언가를 들어 보이며 물었다.

"너, 이거 믿고 떠드는 거지?"

삼룡의 손바닥의 방울을 확인하자 자신만만해하던 화산파 여제자의 눈동자가 크게 흔들렸다.

"그, 그걸 어떻게?"

“어떡하긴, 아까 슬쩍했지. 여자라서 미안은 한데 그래도 너도 사람을 이런 식으로 죽였으니 날 원망하지는 마라.”

이어 방울 소리가 요란하게 들리면서 한 사람의 비명 소리가 대나무 사이에 묻혔다.

난장판이 된 화산파 제자들 처소 한쪽에는 수십 구의 멀쩡한 강시가 바닥에 쓰러져 있었다. 그리고 그 옆엔 부서진 강시들이 즐비했고, 또 한쪽에는 강시들에게 당한 화산파 제자들의 시신이 수습되어 있었다.

화산파 제자들은 갑자기 나타나 자신들을 구해준 삼룡에게 은인이라 칭하며 포권을 하며 감사의 뜻을 전했다.

그가 아니었으면 자신들이 전부가 바닥에 쓰러져 있는 동문 제자들처럼 되었을 테니 말이다

“장문인과 장로님들이 자리를 비운 사이에 습격을 당하고 말았습니다. 은인께서 도와주시지 않았다면 저희도 저기 누워 있는 사제들 꼴이 되었을 겁니다.”

문뜩 삼룡이 한 화산파 제자에게 엉뚱한 질문을 했다.

“화산파 장문인 여식이 여기 있습니까?”

“네? 아… 몽연 사매요?”

“그렇소.”

“아미파 주희설 선배님을 뵈러 간다고 하고선 아직 오지 않았습니다.”

“이상하다? 제갈세가 사람들은 장문인의 여식이 분명 처소로 되돌아갔다고 하던데?”

“그렇다면 점창파의 처소 전각에 갔을 겁니다. 거기에 사매가 마음에 들어하는 소협이 있거든요. 능 뭐라고 하는 것 같은데 운남하고 사천에서 꽤 이름을 날리는 협사라고 들었습니다.”

“혹시 능운비 아닙니까?”

“맞습니다. 그 소협의 이름이 능운비였던 것 같습니다. 역시 은인께서도 아실 정도면 대단한 사람임이 틀림없겠군요.”

순간 삼룡의 눈매가 가늘어졌다.

‘능운비, 그 자식에게 갔다고? 젠장, 뭐가 이리 복잡해? 뺨 한 대 때리기 힘들구만. 이래서 초홍이가 못 때릴 거라 한 건가?’

“참, 은인께서는 소속 문파가 어디신지? 혹 소문에 들리는 개방 출신의……?”

한참 얘기를 듣던 삼룡이 서둘러 전각 밖을 향해 뛰었다.

“은인께선 어디 가십니까? 문파를 밝히시기 곤란하시다면 성씨라도 알려주십시오.”

혼자만의 생각에 바쁜 삼룡은 대답도 안 하고 뛰었다.

‘젠장, 초홍이가 욕하겠네. 뺨 한 대 때리고도 욕먹게 생겼어. 이렇게 늦었으니 축귀 녀석도 내 편 안 들어줄 거란 말이지. 에이, 내가 이럴 줄 알았나, 뭐?!’

　대나무 숲, 오솔길을 가로질러 한참을 내달리던 삼룡의 앞에 가운데 한 소녀를 두고 정답게 대화하는 네 명의 젊은 남자가 나타났다. 그런데 이들 모두가 삼룡이 아는 얼굴들이었다.

　남자 넷은 아미파 주희설의 사가인 주가장의 일공자 주원덕과 호위무사 정패, 그리고 덕창 출신의 제호창 두천이었다. 그리고 나머지 한 남자는 점창파의 능운비였다. 하지만 이들의 얼굴을 알아볼 때까지도 삼룡은 당황하지 않았다. 그냥 무시하고 지나칠 것이라 생각했으니까.

　하지만 삼룡은 그러지 못했다. 바로 나머지 한 여자, 화산파의 여제자인 듯한 소녀를 보고서 말이다. 열일고여덟 되어 보이는 그녀는 능운비의 얼굴을 마주 보며 즐겁게 대화하고 있었다. 바로 그 소녀를 보고부터 삼룡은 그 자리에 얼어붙은 듯 멈추어 섰다.

　게다가 눈동자 역시 흔들렸다. 그녀와의 거리가 한 발, 또 한 발 가까워질 때마다 더 심하게 말이다.

　짙은 눈썹, 난초 같은 가녀린 목 선, 정기 어린 눈빛. 멀리서 그녀의 얼굴을 차례차례 확인하는 순간 삼룡의 시야가 점점 흐릿해졌다. 이는 삼룡이 안력이 떨어져서가 아니었다. 그의 눈에 눈물이 맺혀 있었기 때문이다.

　순간 삼룡이 다른 것을 다 제쳐 두고 그녀의 이름을 불렀다.

“서연아! 서연아!”

삼룡은 앞뒤 재지 않고 그녀를 향해 달려갔다. 그가 지르는 소리에 놀란 주가장 정패와 주원덕이 검을 빼 들고 가까이 접근하지 말라고 소리쳐도 삼룡은 멈추지 않았다.

“서연아아아아아!”

『허허실실』 제5권에 계속…

시하 新무협 판타지 소설

춘추전국시대!

무공이 마법과의 친연(親緣)에서 벗어나지 못하고 신화와 전설이 강대한 영향력을 행사하던 미명(未明)의 시절!

"병사(兵士)는 음모에 죽고 전사(戰士)는 검에 죽는다.
너는 음모에 죽기를 원하느냐, 검에 죽기를 원하느냐?"
"검입니다."

음모에 빠져 일개 군사가 된 황산고(黃山高).
하지만 그것은 시작에 불과했다.
수없이 이어지는 인연과 깨달음은 그를 무제의 길로 인도한다.

Golden Key

박이수 소설

황금열쇠

「달의 아이」, 「붉은 소금성」의 작가 박이수.
그가 또 하나의 기대작 「황금열쇠」로 나타났다.

우연한 만남이란 단어는 그들에겐 존재하지 않았다.
얽혀 있는 사람들… 그리고 피할 수 없는 운명의 굴레!

뒤틀려 버린 운명의 주인공 세이엔 가이스카 리베 폰 라시에…
한순간 인생이 뒤바뀐 불운의 주인공 듀이 델코!
그리고… 유일하게 그녀를 기억하는 단 한 사람 이샤무딘!

이제 운명의 주사위는 던져졌다.
엇갈린 운명 속에 모든 사건은 하나로 연결된다!
황금열쇠를 차지하기 위한 그들의 위험한 모험이 지금 시작된다.

유행이 아닌 자유추구 –
WWW.chungeoram.com

Book Publishing CHUNGEORAM

武士 廓優　참마도 新무협 판타지 소설

무사 곽우

『무정지로』, 『십삼월무』, 『화산진도』의
작가 참마도, 그가 돌아왔다!!

새롭게 시작되는 그의 네 번째 강호 이야기!!

"힘이 있는 자가 없는 자를 돕는 것입니다.
또한 힘이 없다면 돕기 위해 노력이라도 하는 것입니다.
그것이 진정한 협 아니겠습니까?"
"호오……."
송완은 다시 봤다는 듯 곽우를 바라보았고 담고위는
무슨 케케묵은 보물단지 보는 듯한 얼굴을 만들었다.
송완은 살짝 킥킥거리며 웃다가 이내 곽우에게 말했다.
"틀렸다. 협이란 무공이 높은 자의 중얼거림일 뿐이야.
무공이 낮은 자는 그저 그 협을 바라만 보고 있어야 하는 것이지.
그래서 세상은 협사가 널렸고 그 협사의 주변엔 구더기들이 들끓고 있는 거야."

강호라는 세상 속에서 지금 한 사람이 그 눈을 뜨려 한다.
한 자루의 부러진 검과 함께 곽우라는 이름을 가지고…….

운룡쟁전

조돈형 新무협 판타지 소설

팔룡전설을 아는가?

북녘 하늘을 밝히는 별의 정기를 받고 태어난 여덟 명의 기재가
한 시대에 나타나리니, 그들의 눈은 삼라만상(森羅萬象)을 살피고
지혜는 하늘에 닿고 웅심은 천하를 덮을 것이다.
그들이 화합을 한다면 더없이 평온한 세상을 이룰 것이나,
만약 그렇지 않다면 피의 광풍이 온 천하를 휩쓸 것이다.

혼란의 시대!! 모략과 음모가 극에 다다른 혼돈의 강호무림!!

이때 하늘이 안배해 놓은 이가 있었으니, 그의 이름 도극성이라……!!
도극성!! 그가 무림에 다시 모습을 드러내는 날,
팔룡전설은 그로 인해 깨질 것이고 새로운 전설이 탄생할 것이다!!

유행이 아닌 자유추구 -
WWW. chungeoram.com
Book Publishing CHUNGEORAM

임희정 소설

갈대하늘이

그러던 어느 날, 그에게 그 '능력' 이 찾아왔다.
조금은, 아름답지 않은 모습으로.

신의 뜻, 그것 외엔 없었다.
신의 영역, 시대의 금기를 깨는 그들의 불꽃같은 삶!

막연히 의사가 되기 위한 삶을 살아왔던 세요 폰 어뷔니트.
인간을 살리기 위해 의사가 되어야만 했던 웨인 파예트.

잔혹한 과거, 어긋난 현재.
그리고 우연히 찾아온 신비로운 능력!
보통 사람들과 다른 존재가 아니라는 것에 대한 증명.